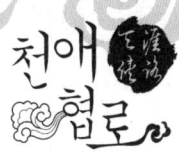

촌부 新무협 판타지 소설

천애협로 1
촌부 新무협 판타지 소설

초판 1쇄 찍은 날 § 2011년 10월 13일
초판 1쇄 펴낸 날 § 2011년 10월 20일

지은이 § 촌부
펴낸이 § 서경석

편집부장 § 권태완
편집책임 § 주소영

펴낸곳 § 도서출판 청어람
등록번호 § 제1081-1-89호
등록일자 § 1999. 5. 31
어람번호 § 제2-2162호

주소 § 경기도 부천시 원미구 심곡2동 163-2 서경B/D 3F (우) 420-822
전화 § 032-656-4452 팩스 § 032-656-4453
http://www.chungeoram.com
E-mail § chungeoram@chungeoram.com

© 촌부, 2011

ISBN 978-89-251-2652-4 04810
ISBN 978-89-251-2651-7 (세트)

※ 파본은 구입하신 서점에서 교환하여 드립니다.
※ 저자와 협의하여 인지를 붙이지 않습니다.
※ 이 책은 도서출판 청어람과 저작자의 계약에 의해 출판된 것이므로,
 무단 전재 및 유포·공유를 금합니다.

서(序)		7
제1장	괴이한 노파(老婆)	13
제2장	우리들의 할머니	41
제3장	독한, 혹은 독했던 세상	67
제4장	너희의 성은 진가(秦家)다	97
제5장	무학(武學)	127
제6장	그렇게 흘러가며……	157
제7장	무(武)로써 뜻을 세우다	179
제8장	칠 년의 세월	225
제9장	진무신모(眞武神母)	251
제10장	돌려받겠습니다	285

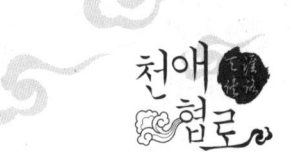

序

세월은 유구히 흘렀다.

명(明)이 건국된 것도, 나라를 건국한 홍무제(洪武帝)가 승하한 것도 벌써 오래전 일이었다. 북방의 번왕이었던 연왕(燕王)이 황위에 오른 지도 네 해가 지났다.

무림맹주 진무극(秦武克)은 세월의 흐름을 곱씹어보았다.

"으음."

무림맹의 맹주가 아니면 아무도 들어갈 수 없는 금지(禁地).

그곳은 속내 모르는 사람들이 상상하듯 천하를 피로 잠기게 했던 마인(魔人)들의 머리가 산을 이루거나 천하를 일통하기 위한 문서들이 분주히 오가는 곳은 아니었다.

그보다는 아무렇게나 얽은 돗자리와 갓 싹을 틔운 청경채(靑
莖菜) 밭이 자리한 시골 풍경에 가까웠다.

그곳을 가꾼 것은 다름 아닌 맹주의 어머니였다.

"…어머니."

씁쓸하게 중얼거리는 주군을 보다 못해서였을까. 맹주의 호위인 무영대(無影隊)의 기세가 일순간 흐트러졌다.

텃밭을 바라보던 맹주가 지친 듯 이마를 감싸 쥐었다.

"나는 괜찮으니 걱정들 말게나. 기세가 흔들리는군."

"송구합니다. 하오나 심기가 편치 않으신 듯하여……."

"그렇게 보이던가?"

맹주가 허탈하게 웃음 짓고는 고개를 두어 번 끄덕였다.

"그래, 자네들 말이 옳네. 자식 된 도리로 어찌 편하겠는가."

맹주는 눈을 지그시 감았다. 어머니가 매병(呆病:치매)에 걸렸던 얼마 전의 일이 어제 일처럼 떠올랐다.

장남인 그가 모시던 어머니는 언젠가부터 동생에게로 가고 싶다며 보채기 시작하셨다.

죄스런 마음에 원하시는 것이 있냐고 여쭤도 묵묵부답이었고, 섭섭한 마음에 장남이 모시는 게 싫으냐고 윽박을 지르면 '자식새끼 다 필요없다더니 그 말이 옳구나. 내 너를 어찌 키웠는데!'라며 우는 시늉을 하셨다.

혹여 아내가 잘못한 게 아닐까 싶어 구박을 해봤지만, 그녀는 무표정한 얼굴로 '내가 시집살이하느라 얼마나 고되었는지 알기나 하세요?'라고 반문할 뿐이었다.

 결국 그날 이립(而立)을 넘은 이후로 하지 않았던 부부싸움을 하게 되었다.

 그러기를 석 달째, 어머니는 결국 도지휘사(都指揮使)로 재직 중인 동생에게로 가버리셨다.

 하지만 그것도 오래가지는 않았다.

 동생네서 안정을 찾는 듯 보였던 어머니는 다섯 달이 지나지 않아 다시 이상한 낌새를 보이셨던 것이다.

 이유도 없이 군문을 샅샅이 뒤지고 다닌다든가, 체면 떨어지게 신병들의 식사를 직접 차려주기도 했다. 심지어 도독(都督)을 모신 자리에 나타나 손때 묻은 만두를 먹어보라고 강권한 적도 있었다.

 그렇게 일 년이 지나자 동생의 아내는 어머니가 매병에 걸린 게 아닌가 의심하며 백안시하기 시작했다.

 시간이 지나도 어머니의 기행(奇行)이 계속되자, 동생의 아내는 급기야 뒷방에 어머니를 가둬놓고 말았다.

 그 일로 동생과 생사결(生死決)에 가까운 비무를 펼치기도 했지만, 그라고 어찌 동생의 마음을 모르겠는가! 동생이 아내와 피가 흐르도록 부부싸움을 벌일 때에 동생의 마음은 이미 이해되고도 남았다.

하지만 중요한 것은 그것이 아니었다. 장군부에 머무시던 어머니께서 언제부턴가 아미파의 장문인인 큰누님을 그리워하기 시작했던 것이다.

"시집도 안 가고 출가한 미친년이라고 욕했지만, 그래도 그토록 출세했다니 다행이다. 본래 큰애가 첫정이라 떼기 힘든 법이니 그년에게나 가야겠다. 아무리 선방(禪房)이라지만 이 늙은 몸 하나 얹혀산다고 해도 흉은 아니겠지?"

어머니는 같은 구절을 반복하듯 되뇌며 누님을 그리워했다. 어머니를 이기지 못한 동생은 상의를 청해왔고, 상의 끝에 결국엔 아미파에서 어머니를 모시기로 결정이 났다.
아미파의 장문인인 큰누님은 그야말로 지극 정성이었다.
남몰래 무림맹주인 자신과 도지휘사인 동생을 마구 욕하는 듯 보였지만, 그 욕설이 어머니를 위하는 마음의 반증이 아닐까 싶어 내심 흡족하기까지 했다.
때문에 아미파의 장문인인 큰누님은 어머니가 '사위와 외손자가 보고 싶다' 며 남궁세가로 시집간 막내딸에게로 가겠다고 했을 때, 눈물까지 보였다고 한다.
막내딸과 막내사위인 남궁세가의 가주는 거부감이 역력한 미소를 지으며 내키지 않는다는 듯이 어머니를 청했다.
그렇게 합비(合肥)로 나선 지 사흘이 되던 날.

어머니는 실종되었다.

"벌써 반년이 넘은 일입니다. 혹여 사고라도 만나신 게 아닐지……."

무영대주가 상념에 빠진 맹주에게 말했다.

"그럴 리가 없네. 어머니는 정정하실 게야."

맹주가 오만상을 찌푸리며 대답했다.

'이 모든 게 형 때문이다'라고 종알거리던 괘씸한 동생도, '우리 어머니 불쌍해서 어떻게 하냐'고 울먹이던 큰누님도, '오빠는 어릴 적에 엄마를 그렇게 부려먹고도 제대로 모시지 못해서 막내인 내게까지 차례가 오게 만드느냐'며 강력하게 따지던 막내도 그것만큼은 모두 동의할 것이다.

어머니는 그들 네 남매를 키운 분이셨다.

일반적으로 알려진 의미처럼 그냥 키웠다는 말이 아니다.

어머니는 '무공과 학문을 포함한 모든 영역에서' 그들 네 남매를 키운 분이셨다.

천하제일이라는 허명을 얻은 자신도, 군문제일검(軍門第一劍)이라는 동생도 어머니를 이긴 적은 한 번도 없었다.

매병만 아니었더라면, 아니, 매병이 있어도 어머니를 이길 수 있는 사람은 세상에 없을 것이다.

"어머니께서는 틀림없이 정정하실 걸세. 그러니 부탁함세. 부디 포기하지 말아주게."

아무리 무림맹의 맹주라지만 사적인 일로 맹의 무인을 움직일 수는 없는 노릇이었다. 무림맹에 소속되었다기보다 그에게 소속된 무영대에게 명령도 아닌 부탁을 하는 것이 전부였다.

"부탁이라니요. 맹주 위에 오르시기 전부터 주군을 모시던 저희입니다. 그저 명령이면 족합니다."

"…부탁함세."

맹주의 목소리에는 미안함과 간절함이 배어 있었다.

천하의 무림맹주의 목소리치고는 어울리지 않는 것이었지만, 무영대주는 오히려 그것을 기쁘게 여겼다. 그는 권력을 얻고도 조금도 변하지 않은 것이다.

무영대주는 맹주의 어머니가 일군 텃밭 앞에 부복했다.

"천하를 뒤지고 있사오니 반드시 찾을 수 있을 것이옵니다!"

第一章
괴이한 노파(老婆)

1

호광성(湖廣省) 무창(武昌).

무창은 중원에서도 손꼽히는 대도시였다. 장강(長江)과 한수(漢水)가 만나는 곳에 있으니 오가는 물류가 많고, 오가는 물류가 많으니 그를 쫓는 사람도 많다.

온갖 기물이 모인 저자에서는 아낙들의 교소가 울려 퍼졌고, 짐을 가득 실은 배가 오가는 포구에서는 사내들의 거친 웃음소리가 터져 나왔다.

하지만 울음이 가득한 곳도 있었다.

산과 들을 뛰어놀아야 할 어린아이들이 매를 맞아가며 구걸을 하고, 늙은 퇴기(退妓)가 한 줌 쌀알에 몸을 파는 곳, 하통(下通)이 바로 그곳이었다.

소량(小兩)은 그런 하통 태생이었다.

"자, 모두 먹을 것을 꺼내봐!"

짐짓 활기차게 말했지만, 모두의 허기를 이길 수는 없었다.

하통에서 먹을 것을 보였다가는 누군가에게 죽도록 얻어맞고 빼앗기기 일쑤여서 야트막한 언덕인 모산(毛山)에서 구걸해 온 먹을거리를 나눠 먹는 중이었다.

사실 하통에서 자는 날보다 이름 모를 화전민이 만들어놓은 허름한 모옥에서 자는 날이 더 많았으니 이곳이야말로 소량의 집이라고 할 만했다.

"난 만두 하나."

"난 오늘 찐쌀을 가져왔어. 조금 곰팡이가 피었지만. 선학객점(仙鶴客店)에서 버린 쓰레기에서 주웠어."

여덟 살쯤 되어 보이는 사내아이가 코를 훙 하고 마시고는 때가 꼬질꼬질 낀 옷 속에서 쌀밥 덩어리를 꺼내었다.

눈매가 날카로운 아홉 살 사내아이는 만두를 하나밖에 구해오지 못한 것이 분한 듯 퉁명스럽게 만두를 내밀었다.

소량은 그런 아이들이 귀엽기도 하고 안쓰럽기도 해서 머리를 쓰다듬어 주었다.

"괜찮아. 다음에 더 얻어올 수 있을 거야. 나머지는 뭐 얻어온 거 있어?"

아이들은 소량의 시선을 피하며 기운없이 고개를 저었다. 하다못해 네 살짜리 아이까지 구걸에 동원되었지만 구걸에 성공한 아이는 두 명뿐이었다.

소량은 그런 아이들에게 싱긋 미소를 지어 보였다.

"그게 전부라도 괜찮아. 오늘은 형이 맛난 걸 얻어왔거든. 어때, 기대되지?"

"응! 뭐 가져왔는데?"

흐르는 코를 날름 핥은 네 살배기 계집아이가 더러운 손을 내밀어 소량의 품을 만지려 들었다. 소량은 몸을 슬쩍 뒤로 뺀 다음 눈웃음을 지었다.

"뭐냐면……."

모두의 기대감이 극대화될 때 소량이 짠 하고 품에서 더러운 헝겊을 꺼내 들었다.

"이거지!"

"우와!"

아이들의 입에서 절로 환호성이 터져 나왔다.

소량이 꺼내 든 것은 오리고기였다.

아니, 정확히 말하자면 오리 뼈다귀라고 할 수 있으리라. 뼈에는 먹다 남긴 살점이 아주 조금 붙어 있을 뿐이지만 아이들은 감미로운 고기 향에 벌써부터 중독된 듯 보였다.

"고기다, 고기!"

"응, 그래. 자, 이제 먹자. 만두를 쪼개고……."

괴이한 노파(老婆)

네 명이나 되는 아이들을 위해 만두를 쪼개다가 눈물이 왈 칵 날 뻔했다. 곰팡이를 털어낸 쌀밥 덩어리를 쪼개는 것도 마찬가지였다. 뼈밖에 안 남은 오리고기에 천하를 얻은 듯한 아이들의 표정은 더더욱 서러웠다.

"자, 이제 먹자. 남기지 말고 먹어야 돼. 유선(諭善)아, 흘리면 안 돼. 다 먹어야 돼."

네 개로 쪼갠 만두 조각과 쌀밥 덩어리, 그나마 살점이 많이 묻어 있는 오리의 갈비뼈 조각이나 엉덩이 뼈 조각 등을 나눠 준 소량은 아이들이 흘리지 않고 먹도록 최대한 신경을 써주었다.

아이들은 쌀밥과 만두를 한입에 털어 넣고는 오리 뼈를 핥아대기 시작했다. 그것도 고기랍시고 아이들의 얼굴에는 웃음이 감돌았다.

그나마 눈치가 있는 영화(榮華)가 소량의 소맷자락을 잡아당기며 무언가를 내밀었다.

"응?"

"오빠도 먹어."

영화가 먹을 거라곤 단 한 조각도 가져가지 않은 소량을 위해 만두 조각 하나를 내민 것이다. 자그마한 조각이었지만, 영화로서는 커다란 것을 양보한 셈이었다.

"아냐. 오빠는 배불러. 아까 아저씨가 나눠 주셔서 오리고기를 얻어먹었거든. 그보다 너희들!"

소랑은 만두 조각을 보면 유혹이 들까 봐 고개를 억지로 돌리곤 짐짓 아무렇지 않은 척 모두를 불렀다.

"오리 뼈로 탕을 끓여먹어야 하니까 뼈까지 먹으면 안 돼. 있다가 개울가에서 물 떠다가 거기에 오리 뼈를 삶자. 뼈를 삶으면 뽀얀 고깃국물이 나오거든."

"우와! 고깃국!"

쌀밥을 얻어온 아이가 신이 나서 깡충깡충 뛰었다.

조금 머리가 굵은 아이들은 고깃국은 말일 뿐 사실은 맹물에 가깝다는 것을 알고 있었지만, 어린 꼬맹이들의 희망을 꺾기는 싫었는지 별다른 말은 하지 않았다.

소랑은 미소를 지으며 아이들이 핥은 오리 뼈를 모아 들고는 가장 어린 유선이의 머리를 쓰다듬으며 모옥으로 향했다.

그리고 만났다. 솥 앞에서.

할머니는 모든 것이 마음에 들지 않았다.

"시상에! 이게 뭐다냐?"

이토록 정리가 안 되고 더러운 집은 처음이었다. 허름한 면포를 아무렇게나 꿰어 입은 그녀는 소매부터 걷어 올렸다.

"방 꼬라지가 이 모양이면 있던 복도 달아나는 법인데. 내가 정신이 나갔나 벼. 이리 청소도 안 하구."

고개를 홰홰 돌린 할머니는 양동이에 제법 맑은 물이 담긴 것을 보고는 그 옆에 놓인 헌옷을 집어 푸욱 담갔다.

괴이한 노파(老婆) 19

헌옷을 힘껏 짜낸 다음에는 방 안을 구석구석 닦을 차례였다. 열심히 바닥을 훔치던 할머니가 주름살 가득한 얼굴을 찌푸렸다.

"시상에, 시상에! 이 땟국 좀 보소."

그녀의 몸놀림이 한층 더 빨라졌다. 방 안을 모두 닦아놓고도 마음에 안 차는지 다시 한 번 방을 훔칠 정도였다.

그러자 바닥의 찌든 때가 조금 사라졌다.

"에휴! 어차피 뒈질 몸, 놀려서 뭐하리 싶다가두 이럴 때면 힘들단 말이여. 나도 인즉 많이 늙었나 벼."

철벅철벅 걸레를 빤 그녀는 양동이에 담긴 물을 마당에 촤악 뿌렸다. 그리고는 집 안을 꼼꼼히 둘러보기 시작했다.

"워매, 저기는 비가 새겠네. 저쪽은 바람이 심해서 영 못써야. 이를 어쩐다냐?"

흙을 발라 막아야겠다는 생각이 든 그녀는 허리를 두드리며 마당으로 나갔다. 그리고는 진흙에 물을 섞어 손으로 꾹꾹 누른 다음 모옥으로 돌아와 구멍이 숭숭 뚫린 벽에 발랐다.

"이걸로는 임시변통밖에 안 될 터인디. 어쩐다냐, 어쩐다냐."

하지만 현실은 걱정과는 달랐다.

그녀의 손에서 붉은 열꽃이 피어나는가 싶더니 물기가 빠르게 사라지며 수증기가 피어오른 것이다. 할머니가 손을 떼자 흙은 마치 벽돌을 구운 양 딱딱하게 굳어 있었다.

"언제 미장이라두 좀 불러다가 벽을 밀어야 쓸 텐디……."

끊임없이 중얼거리며 손닿는 지붕이나 벽을 메운 할머니는 손을 탁탁 털고는 다시 걸레로 바닥을 훔쳤다.

허름했던 모옥은 어느새 튼튼하게 변해 있었다. 겉은 몰라도 안은 비바람은 막고도 남을 정도로 견고하게 보수된 것이다.

모옥 안을 못마땅하게 바라본 할머니는 혀를 쯧쯧 차고는 허리를 두드리며 조방(竈房:부엌)으로 향했다. 가기 전에 이불이라고 부를 것도 없는 천 쪼가리를 보고 인상을 팍 굳힌 것은 말할 것도 없다.

"이불도 한참 안 빤 겨? 죽겠구먼."

고개를 저으며 조방으로 나간 할머니는 두 개밖에 안 되는 그릇과 구멍 나기 직전인 솥을 보고는 또다시 혀를 찼다.

"워매, 더러운 것. 그나마 설거지도 안 했구마잉."

할머니는 남아 있는 물을 솥에 붓고는 설거지를 시작했다.

그리고 만났다, 때가 꼬질꼬질 낀 다섯 아이를.

2

소량은 할머니를 보자마자 아이들부터 등 뒤로 감추었다.

"하, 할머니는 누구세요?"

괴이한 노파(老婆) 21

소량의 눈에는 경계심이 가득했다.

하통의 할머니들 중에 그들을 도와주는 사람은 없었다. 사나운 할머니는 썩 꺼지라며 때리기도 했다. 각박한 세상은 인자해야 할 할머니들까지 냉혹하게 바꾸어놓은 것이다.

"누구냐고 묻잖아요!"

솥을 닦던 할머니가 잉 하는 소리와 함께 미심쩍게 소량을 바라보았다. 숨으려 해봐야 제대로 숨을 수도 없건만, 지레 겁을 먹은 아이들은 최대한 소량에게 붙었다.

잠시 그들 사이에 싸늘한 침묵이 감돌았다.

'아무래도 이 모옥마저 뺏길 모양인가 보다.'

소량이 눈을 질끈 감았다.

예전에도 어디서 왔는지 모를 할머니에게 모옥을 빼앗긴 적이 있다. 할머니 하나를 당해낼 만큼 배불리 먹지 못했던 아이들은 꼼짝없이 쫓겨날 수밖에 없었다.

"집이 탐나서 이러시는 거라면……."

"너거덜 손 좀 봐라잉!"

말을 끝내기도 전에 불호령이 떨어졌다. 지독한 광동(廣東) 사투리라 낯설고 어색했지만, 어쨌든 알아들을 수는 있었다.

"어디서 본데없는 새끼덜마냥 손이 그렇게 새카맣당가? 당장 가서 안 씻을 겨!"

"예?"

22 천애협로

소량이 어리둥절한 눈으로 그녀를 바라보자, 할머니는 득달같이 달려와 소량의 머리를 쿵 하고 때렸다.

 "니는 큰눔이라는 게 동생들을 씻기지도 않고 데불고 당기는 겨? 어디서 본데없는 새끼덜같이 하구 댕겨! 당장 동생들 데불고 씻으러 안 가냐잉!"

 "네? 씨, 씻으러요?"

 이 엄동설한에 씻을 필요가 어디 있겠는가!

 아이들 손발이 부르튼 것만 해도 안쓰러워 죽겠는데 거기에 동상까지 겸해주고 싶은 마음은 없었다.

 할머니는 다시 화를 내려다가 갑자기 머리를 긁적였다.

 "아참, 근디 큰눔아, 니 이름이 뭐였당가? 내가 정신이 나가긴 나갔나 벼. 니들 이름도 까먹구."

 "저, 전 소량이요."

 "아, 맞어. 소량이. 니는 후딱 동생덜 데불고 씻어야 쓰겠다. 물 끓여놓은 거 있으니께 거기서 씻으면 돼야. 아가덜 젖으면 고뿔 걸리니께 옷에 물 안 튀게 잘해야 혀."

 할머니는 대수롭지 않게 소량의 머리를 쓰다듬고는 하던 설거지를 마치러 조방으로 걸어갔다. 상황을 이해하지 못한 소량은 그런 할머니의 모습을 멍하니 바라볼 뿐이었다.

 할머니가 멀뚱멀뚱 서 있는 소량을 보고는 불호령을 내렸다.

 "아따, 당장 안 갈 겨! 이 할미가 데불고 가랴?!"

괴이한 노파(老婆) 23

"가, 가요!"

할머니의 고함 소리에 화들짝 놀란 소량이 얼른 모옥 뒤편으로 달려갔다. 아이들이 종종걸음으로 소량의 뒤를 따랐다.

"오빠야, 저 할무이는 누구야? 나쁜 할무이야?"

불안한 듯 소량의 손을 꼬옥 잡은 막내 유선이 떨리는 눈으로 그를 올려다보았다.

과거 어떤 할머니에게 맞아 크게 다친 적이 있는 유선이었다. 유선은 그때부터 그 할머니를 '나쁜 할무이'라고 불렀다.

"나쁜 할무이일지도 모르니까 가까이 가면 안 돼. 오빠가 나쁜 할무이면 알려줄게."

경계심을 버리지 않은 소량이 말했다. 만약 저 할머니가 아이들을 꾀어 나쁜 짓을 하려고 하면 당장 도망쳐야 했다.

모옥 뒤편에는 과연 물이 보글보글 끓고 있었다. 도대체 장작이 어디서 났는지 짐작도 가질 않았다.

할머니가 누군지 가늠해 보려 맹렬하게 머리를 굴리던 소량은 일단 그녀의 말을 따르는 게 낫겠다고 생각했다. 어쨌든 끓는 물로 씻는 호사는 오랜만인 것이다.

"자, 한 명씩 이쪽으로 와. 내가 씻겨줄게."

소량은 네 명의 아이를 끓는 물가로 불렀다. 막내 유선이 종종걸음으로 다가오자, 소량은 정성 가득한 손길로 물을 떠 유선의 얼굴을 씻겼다.

손과 얼굴만 겨우 씻겨주는데 마음이 아려왔다. 닦을 때마다 느껴지는 툭 튀어나온 광대뼈가 서글펐다.

제 손으로 씻는 아이들도 있었기에 씻는 것은 금방 끝났다.

아이들이 주저주저하며 다시 모옥으로 돌아가자, 설거지를 끝낸 낯선 할머니가 조방을 정리하는 것이 보였다.

"응? 다 씻구 온 겨?"

씻고 난 얼굴들을 주욱 돌아본 할머니가 넉넉한 미소를 지으며 아이들의 머리를 쓰다듬었다.

"거 봐라잉. 씻고 나니께 얼마나 말간지. 어디 재상 가문 사람 안 부럽구먼. 자고로 씻으면 사람 대접이고 안 씻으면 거지 대접인 겨."

여전히 지독한 광동 사투리였다. 도통 알아듣기 어려워 소량은 머릿속에서 몇 번이나 단어를 짜 맞춰야 했다.

"참, 니들 옷도 빨아야 쓰겠는디, 내가 너거덜 옷을 어디다 놨는지 모르겠어야. 큰눔아, 옷 어딨냐잉?"

"저, 저희는 옷 없어요."

소량의 등 뒤에 숨은 영화가 고개만 쏙 내밀고는 겁먹은 목소리로 외쳤다.

누가 한낱 고아들에게 옷을 준단 말인가. 어디서 훔쳐다가 입고 찢어지면 새로 훔치는 것이 바로 고아들의 옷이었다.

"그럼 당장 면포부터 떼어와야겠네잉. 니들은 추우니께 방안으로 얼른 들어가야. 그것도 그렇고, 내가 먹을거리도 안 놔둔 겨? 광에 왜 암것도 없는 것이여? 워매, 내가 매병에 걸

괴이한 노파(老婆) 25

린 건 아닌가 모르겠네. 집안 꼴을 이리 놔두고……."

목소리가 점점 작아지더니 할머니가 입을 다물었다. 속에서 뭔가가 북받치는지 할머니의 눈시울이 붉어졌다.

"이 할미가 미안혀. 할미가 미안혀. 잠깐 누워서 잔다는 게 우리 거둘 데도 없는 손주눔덜 다 놔두고 황천 가는 것마냥 오래도 누워 자서 그려. 훌쩍."

뭐가 그리 슬픈지 소매로 눈가를 쿡쿡 찍어 닦은 할머니가 소량의 머리를 쓰다듬었다.

"그래두 우리 큰눔이 효자로구나. 할미가 이렇게 아파도 아가덜 안 다치게 잘 돌보고 있었어. 네가 이 할미보다 낫구나. 미안혀, 아가덜아. 이 할미가 미안혀……."

손길을 피하는 아이들을 울먹거리며 바라본 할머니는 보수공사를 마친 방 안으로 아이들을 이끌었다. 얼결에 할머니의 흐름에 말려든 아이들은 군소리없이 집 안으로 들어갔다.

반짝반짝 빛나는 집을 보니 절로 감탄이 터졌다.

"우와! 오빠야, 오빠야! 이제 바람 안 들어오겠다. 그치?"

유선이 신이 난 듯 말했다.

사실 외풍은 아이들의 가장 무서운 적이었다. 겨울바람은 아이들 살을 얼려놓았고, 언 살을 녹이려면 끼리끼리 붙어 자는 수밖에 없었던 것이다.

'하지만 보수를 한 걸 보면 모옥을 빼앗으려는 속셈일지도 몰라.'

의심스러운 눈으로 할머니를 돌아보던 소량이 몹시 당황한 얼굴로 고개를 홱 돌렸다. 할머니는 고쟁이 속에 손을 집어넣고는 사타구니를 어루만지고 있었던 것이다.

"할미가 가진 돈이 이것밖에 없는디, 이걸 쓰면 앞으루 우리 새끼덜은 뭘 묵고 살아야 되려나 모르겠구먼. 그래두 이거라도 있어서 나무장이라도 봐오구 우리 새끼덜 월병(月餠)이라도 사줄 수 있으니 그게 다행일랑가."

고쟁이 속에서 꺼낸 것은 때 묻은 은자 반 냥이었다. 할머니는 그걸 애틋하게 만져보고는 끙차 하고 몸을 일으켰다.

소량은 빨개진 얼굴로 그런 할머니를 멍하니 바라보았다. 이 집의 주인은 자신들인데, 아무래도 자신들이 손님 같고 저 할머니가 주인 같다.

"할미가 나가서 니들 먹을거리부터 사와야겠다. 인즉 이 할미가 기운 차렸으니께 앞날은 걱정하지 말어. 불쌍한 내 새끼덜……."

"저, 저기 할머니, 할머니는 누구세요?"

더 이상은 참지 못하고 소량이 질문을 던졌다.

아무래도 적의가 있는 것 같지가 않다. 할머니의 목소리는 마치 친 가족을 만난 것처럼 정겨웠던 것이다.

"뭐여? 이눔이 제 할미도 못 알아보구! 할미가 저 아랫동네 의원 집서 비실비실거리니께 아주 까먹은 겨? 몹쓸 놈 같으니

괴이한 노파(老婆) 27

라구. 쯧쯧. 나갔다 올 테니께 아가덜이나 잘 보더라고."

할머니는 못마땅한 얼굴로 소량을 바라보며 그렇게 외치고는 잔뜩 굽은 허리를 두드리며 밖으로 나섰다.

소량은 아무래도 자신이 미친 게 아닐까, 진짜 자신들에게 할머니가 있었던 게 아닐까 하는 긴 고민을 시작해야 했다.

시전에 간다며 모옥을 떠난 할머니는 오래도록 돌아오지 않았다. 할머니가 없는 동안 아이들과 그녀의 정체에 대해 심도 깊은 대화를 나누던 소량은 걱정을 감추지 못했다.

이 집을 잃으면 하통의 차가운 바닥으로 돌아가야 한다. 아이들이 뭇매를 맞아 죽을 수도 있는 잔인한 곳으로.

그러느니 자신들을 손자로 여기는 이상한 할머니와 같이 사는 게 낫지 않을까? 할머니를 믿어보는 게 낫지 않을까.

소량은 일단 할머니를 기다려 보기로 했다.

잠시 뒤, 소량은 나무를 한 짐 업은 할머니가 두터운 솜을 누빈 면포를 왼손에, 그릇 몇 개를 오른손에 들고 걸어오는 것을 발견할 수 있었다.

머리에는 보리와 두부 등이 담긴 바구니를 이고 있었는데, 도대체 어떻게 떨어뜨리지 않고 저만큼을 다 들 수 있는지 신기할 정도였다.

곧이어 할머니가 비명을 질러댔다.

"야, 이 망할 눔덜아! 니들은 할미가 이리 무겁게 가져오는

데 마중도 안 나오냐! 돼먹지 못한 것들! 어이구 무거워라! 이 것 좀 받아라잉!"

"네? 네!"

부지불식간에 소량이 황급히 대답했다. 기쁜 기색이 역력한 목소리였다. 할머니의 정체보다도 당장의 입을 거리와 방을 데워줄 장작, 먹을거리가 탐스러웠던 것이다.

아이들도 신이 났는지 환호성을 질러댔다.

"우와! 형아, 저거 보리랑 두부야! 우리 저거 먹는 거야?"

"으응? 나도 모, 모르겠어."

"당장 안 기어나오냐, 이 못된 눔덜아!"

할머니가 다시 한 번 우렁차게 외치자, 소량과 아이들이 정신없이 달려나갔다. 영화는 옷가지들을 받았고, 소량은 제일 소중한 먹을거리들을 받아 들었다.

소량의 곁에 붙어 있던 아이들은 콩이나 보리 따위의 잡곡을 보고는 아무렇게나 집어서 입가로 가져갔다. 익히지도 않고 먹으려는 것이다.

등에 진 나뭇짐들을 내려놓던 할머니가 분노해서 외쳤다.

"지금 묵으면 어쩌자는 겨! 할미가 얼른 끼니 해줄 테니께 지금은 묵지 말어! 묵으면 돼지게 맞을 줄 알어!"

"네? 네!"

아이들은 화들짝 놀라 손에 움켜쥔 것들을 내려놓았다. 개중에는 몰래 숨기거나 하는 아이들도 있었다. 아직 사람을 믿지 못해 언제 빼앗길지 모른다고 생각했기 때문이었다.

"누가 안 뺏어가니께 손에 든 것 당장들 내려놔. 이 불쌍한 것들. 할미가 얼른 끼니부터 해줄 테니께 기다리더라고. 야, 큰눔아. 넌 가서 물 끓여다가 아가덜 한 명씩 씻겨줘라. 이 살지 모르니께 헌옷은 버려 부려. 우리 아가덜은 큰형 따라서 새 옷 잘 입어야 된다잉?"

나뭇짐을 부엌으로 옮기랴, 아이들을 훑어보랴 부산하게 움직이던 할머니가 말했다.

소량은 떨떠름한 얼굴로 알았다고 대답한 후 아까 애들을 세수시켰던 물가로 아이들을 몰고 갔다.

할머니가 경기를 일으키며 고함을 질렀다.

"너, 둘째야! 막둥이는 몰라도 다 큰 계집애가 어디서 본데 없는 아가덜처럼 오빠, 동생하구 씻을라구! 니는 나중에 씻고 이 할미를 도와야지!"

"네?"

고함 소리에 겁에 질린 둘째 영화가 소량을 돌아보았.

소량은 잠시 생각하다가 가보라는 듯 영화에게 고개를 끄덕여 주었다. 할머니를 더 지켜봐야겠다는 생각이 든 것이다.

영화는 울먹거리다가 어쩔 수 없다는 듯 미적거리며 할머니가 있는 조방으로 걸어갔다.

할머니는 장작을 아궁이에 쑤셔 넣고 있었다.

"워매, 매워라. 나무장이 안 열려서 잔가지 좀 꺾어왔더니 연기가 맵기도 하구먼. 참, 니가 이름이 뭐더라? 이 할미가 정신이 나갔나 벼. 우리 아가덜 이름도 까먹구."

"여, 영화예요."

"그려, 영화. 우리 예쁜 영화, 저기 두부 있으니께 그거랑 철과랑 같이 가져오련?"

영화는 머뭇거리다가 주위를 두리번거려 음식 광주리에 담긴 두부를 찾아내곤 철과에 담아 가져왔다.

어느새 장작 불씨를 솜씨 좋게 살려놓은 할머니가 철과를 받아 들고 무어라 중얼거렸다.

여전히 광동 사투리는 어려웠지만, 그래도 조금 전에 몇 마디 들어봤다고 영화는 쉽게 알아들을 수 있었다.

"니는 낸중에 시집갈라면 요리를 잘 배워야 하는 겨. 자고로 미색이라도 밥을 못하면 소박맞는 법이구, 박색이라도 밥만 잘하면 예쁘다, 예쁘다 하구 서방이 아끼는 법이거든. 니도 인즉 요리 배워야 하니께 잘 보더라구. 두부는 이렇게 물이 자글자글하게 해서 먼저 끓이는 겨."

그러면 고소한 맛이 철과에 배어 나온다. 영화는 꼬르륵 소리를 내는 배를 어루만졌다.

"저기 소금 조금이랑 보리도 좀 가져와 봐라잉. 두부보리죽을 좀 쒀다가 아가덜 먹여야지. 빈속에 많이 처묵으면 탈나니께 죽이 딱이여."

괴이한 노파(老婆) 31

아직 어린 나이답게 영화는 먹을거리를 보고는 할머니에 대한 두려움도 잊고 신이 났다. 영화는 쪼르르 달려가 할머니가 시킨 대로 보리를 가져왔다.

할머니가 이빨이 다 빠져가는 허전한 얼굴로 히죽 웃었다.

"어디 니가 한번 해볼랑가? 과는 여기 놔둘 테니께."

영화는 긴장한 얼굴로 할머니를 바라보았다.

할머니가 다시금 미소를 짓자 나름 안심이 된 영화는 할머니가 새로 사온 반짝이는 나무 국자를 받아 들었다.

죽을 조심스럽게 휘저어보니 고소한 냄새가 진동을 했다.

"그려, 그려. 우리 영화는 이렇게 요리도 잘하니께 커서 서방님한테 예쁨 받을 겨."

"헤헷."

이제는 웃을 줄도 아는 영화였다.

할머니는 그런 영화의 머리를 쓰다듬어 주고는 쌀이 퍼지기를 기다려 소금을 톡톡 털어 넣었다. 일다경이 지나자 죽이 보글보글 거품을 내며 끓어올랐다.

"요것이 또 별미여, 별미. 여자 팔자가 암만 뒤웅박 팔자래두 조방 밥만 안 굶으면 복 있다 했어. 자, 한입 묵어봐야. 아니지. 간 본답시구 우리끼리 다 처묵어 버릴까?"

할머니는 인자하게 웃으며 나무 국자에 죽을 조금 담아 영화의 입에 넣었다. 영화는 배시시 웃으며 죽을 오물거렸다.

너무나 맛있었다.

할머니도 곧 간을 보는가 싶더니 고개를 두어 번 끄덕였다.

"늙으면 손맛이 없어진다지만 이 할미는 아니여. 이렇게 두부보리죽 잘 끓이는 할망구 있으면 나와보라구 혀. 자, 너는 어여 가서 아가덜 불러라. 새 옷 든든히 입고 방으로 기어 들어 가라 혀. 끓는 물에 씻어두 엄동설한이라 추울 테니께."

할머니는 철과를 적당히 흔들어 조금 전에 사온 새 그릇에 죽을 옮겨 담았다. 홀린 듯이 그 모습을 바라보던 영화가 조금씩 뒷걸음질 쳐 소량에게로 달려갔다.

말갛게 씻고 새 옷도 입은 소량과 아이들은 저희끼리 자기의 옷이 제일 멋지다며 툭탁거리고 있었다.

모두들 행복해 보였다.

"오빠, 오빠! 밥 다 됐다고 먹으러 오래!"

영화가 신이 나 미소를 지으며 외쳤다. 소량은 걱정스러운 얼굴로 영화를 멈춰 세운 다음 조심스레 질문을 던졌다.

"그 할머니, 정상 같니?"

"으, 응?"

소량의 얼굴을 살피던 영화는 분위기가 심상치 않자 몸을 비비 꼬았다. 뭔가를 말하고 싶은 것 같은데 쉽게 입을 열지 않는다.

괴이한 노파(老婆)

소량은 할머니가 해코지라도 했나 싶어 걱정스러워졌다.

"왜 그래? 혼났어? 저 할머니가 무슨 짓 해?"

"아니, 그게 아니라……."

"그런데 왜 그래, 너? 무슨 일 있으면 얼른 말해."

"아냐. 좋은 할머니야."

영화는 뒷짐을 지고는 해져서 발가락이 드러나는 초혜로 바닥을 슬슬 긁었다. 답답해진 소량이 가슴을 탕탕 쳤다.

"너, 얼른 말 안 할래? 어서 말해봐. 무슨 말이든."

겁이라도 줄 요량으로 소량이 얼굴을 딱딱하게 굳히자, 영화는 마침내 눈물을 주르르 흘렸다. 그리고는 겨우 입을 여는데, 그 말이 소량의 가슴을 답답하게 했다.

"흐흑, 아냐. 저 할머니는 착한 할머니 같아. 난 그냥 우리 할머니 같아서……. 흑, 저 할머니는 나도 아는 것 같구, 오빠도 아는 것 같구. 화 내지 마, 오빠. 난 그냥……."

"큰눔! 아가덜을 잘 돌보진 못하고 오히려 울려 버려야? 뭐 하느라 아가를 울리고 지랄이여!"

"으앗!"

불쑥 나타난 할머니의 모습에 소량과 아이들은 물론 울던 영화까지 히익 하고 놀랐다. 할머니는 마치 공기 중에서 나타난 것처럼 솟아올랐던 것이다.

갑자기 나타난 할머니는 울먹이는 영화부터 품에 안았다.

"이리 와, 우리 영화. 오빠가 때린 겨? 할미가 혼내줄 테니께 울지 말어. 얼른 들어가 죽 묵자. 너 큰눔, 떼끼! 떼끼!"

영화를 달래며 소량을 때리는 시늉을 하는 할머니였다.

그녀의 머릿속에 장남의 권위는 몹시 중요한 것으로 인식되어 있었고, 그래서 때리는 시늉만 할 뿐 아이들 앞에서 진짜로 때리진 않았다.

영화를 품에 안고 어르던 할머니가 아이들을 보고 함박웃음을 머금었다.

"어이구, 내 새끼덜. 옷 지을 시간이 없어서 얻어온 것이지마는 이리 차려입으니 귀공자가 따로 없네그려. 우리 새끼덜이 최고로다가 예쁘다, 예뻐. 홀홀, 할미가 맛난 거 해놨으니 얼른 가서 묵자."

아이들 손을 옹기종기 잡고 방 안으로 걸어가던 할머니는 멍하니 서서 자신을 바라보기만 하는 '큰놈' 소량을 불렀다.

"우리 영화 울린 장손두 밥 묵어야지! 얼른 들어와야. 밖에 추워."

소량은 영화 때문에 멍해 있던 것이 아니었다.

처음엔 미안한 마음에 아무 행동도 못했던 것이었지만, 할머니가 달래자 조금씩 진정하는 영화를 보고는 그녀에 대한 미안함도 금방 사라져 버렸다.

지금 소량은 그저 눈물이 날 만큼 정겨운 광경을 넋 놓고 바라보고 있을 뿐이었다.

온기가 넘치는 모옥, 그곳에서 풍겨오는 음식 냄새, 새 옷을 입은 아이들. 평생 가지지 못하리라 여겼던 풍경들이었다.

세상에 누가 있어 그들을 이렇게 돌봐준단 말인가!

처음 보는 자신들을 손자로 아는 저 사람이 아니라면, 갑자기 나타나서 주인 행세를 하는 저 사람이 아니라면…….

"큰눔아, 아가덜이 니 밥 다 뺏어 묵는다! 얼른 들어와서 밥 묵어야!"

새된 고함 소리가 들려오자, 소량은 눈물이 살짝 맺혀 있는 눈가를 닦고는 천천히 걸어갔다.

마음속의 갈등이 서서히 녹아내리고 있었다.

믿어도 될까. 우리를 괴롭힐 거라 의심하지 않고 우리를 돌봐줄 거라 믿어도 될까. 저 할머니를 믿어도 될까.

믿고 싶다.

소량은 그렇게 생각하며, 두부보리죽 냄새가 고소히 풍기는 모옥 안으로 녹아들어 갔다.

3

은자 반 냥은 적은 돈일까, 아니면 큰돈일까?

돈은 무릇 상대적인 것이니 사람마다 다를 것이다.

곳간에 만석 알곡을 두고 사는 부자는 반 냥이 무슨 돈이냐 하고 웃을 것이고, 가난한 사람은 반 냥이면 한 달을 풍족히 먹고 살 큰돈이라고 부러워할 것이다.

실제로 돈의 가치만 따지자면 반 냥은 큰돈도 아니고 작은 돈도 아니었다. 면포배자 몇 벌과 약간의 식량, 나무 그릇 몇 개 정도를 사면 대부분 소용될 그저 그런 돈.

하지만 하통에서 그 돈은 사람을 죽일 만한 큰돈이었다.

반 냥을 하루 만에 써버린다는 말은 다음날 쓸 돈은 따로 있다는 뜻과 일맥상통한다. 하통에서 다음날 쓸 돈이 있다는 것은 부자라는 뜻이었고, 부자는 약탈의 대상이었다.

두 명의 건달은 할머니 따위는 식전 운동거리로 몇 명쯤 죽일 수 있는 배포를 가졌다고 자부하는 자들이었다.

"왕삼(王三) 형님, 저 할망구가 돈을 반 냥 넘게 가지고 있긴 할까요?"

"험, 너는 이 형님을 믿지 못하는 게냐?"

간사하게 생긴, 그래서 주위로부터 쥐와 닮았다는 평가를 받는 곽소흥(郭少興)이 재빨리 고개를 저었다.

"절대 아니죠. 다만 저기 애새끼들이 다섯이나 있으니 돈을 다 써버렸을까 봐……."

"애들을 저만큼이나 키우려면 돈이 많이 든다. 아마 우리 예상보다 돈이 많으면 많았지 없지는 않을 게야. 그보다 내 손에 아이의 피를 묻히는 것이 찝찝하구나."

텁석부리수염에 근육질의 몸을 한 왕삼은 제가 무슨 협사라도 되는 듯 으스대며 모아지지도 않는 수염을 억지로 쓸

괴이한 노파(老婆) 37

었다.

곽소홍은 냉큼 고개를 끄덕였다.

"그렇군요. 애를 다섯이나 키우려면 돈 들어갈 구석이 한두 군데가 아닌 법이니. 이제 보니 여윳돈 몇 푼은 틀림없이 가지고 있겠군요."

곽소홍은 감탄한 눈으로 왕삼을 돌아보았다. 자기는 아이가 다섯이나 있어 돈이 없을 것을 걱정했는데 대형은 다섯이나 되는 입을 채워야 하니 돈이 있을 거라고 생각한다.

이 얼마나 뛰어난 사람이란 말인가!

"역시 형님은 다르십니다. 아이들 피는 제가 볼 테니 걱정 마십쇼. 이 모든 게 대의를 위해서인데 제가 어찌 이 몸을 아끼겠습니까?"

헤죽헤죽 웃으며 말하는 품새가 가증스러웠다. 대의는 무슨 개뿔 대의란 말인가! 술값으로 탕진할 것이 뻔한데.

하지만 왕삼은 몹시 만족한 듯했다.

"네가 내 마음을 아는구나. 대의를 위해서는 어쩔 수 없는 노릇이지. 마지막 식사를 할 여유를 주는 것만으로도 저들은 내게 감사해야 할 것이다."

왕삼은 눈을 가늘게 뜨고 모옥을 바라보았다.

모옥은 평화로워 보였다. 뭘 처먹는지 맛좋은 냄새가 진동을 하는데, 피죽도 못 먹은 것 같은 아이들을 보니 죽기 전에라도 마음껏 먹게 놔두어야 할 것 같다.

왕삼과 곽소홍은 아이들이 식사를 마치면 거사를 거행하기로 마음을 굳히고는 따스한 온기가 흐르는 모옥을 바라보며 미소를 지었다.
 곧 찾아올 한잔 술의 향기가 벌써부터 느껴지는 듯했다.

第二章
우리들의 할머니

1

막내 유선이 칭얼거리며 할머니의 옷자락을 잡아당겼다.
"할무이, 나 더 먹고 싶어."
할머니는 준엄하게 고개를 저었다. 피죽도 못 얻어먹다가 뭘 좀 먹으니 회가 동하나 본데, 이럴 때에 많이 먹으면 반드시 탈이 난다.
"할미가 낸중에 더 맛난 걸 해줄 테니께 지금은 참어. 묵다가 돼지는 수가 있으니께 절대로 묵으면 안 되야. 자, 인즉 자야 되니께 이부자리들 퍼더라고."
할머니는 그렇게 말하고는 자그마한 상을 조방에다 내놓았다. 설거지는 조금 후에 하는 게 낫겠다 싶어 다시 방 안으로 돌아오니, 아이들이 멀뚱멀뚱 자신을 바라보고 있다.

안쓰러운 마음이 든 할머니가 얼른 면포를 포장해 왔던 천을 펼쳤다.

"침상두 없이 맨바닥이니께 추울 것인디. 화로를 빡세게 태워야겠구먼."

할머니는 얼른 몸을 일으켰다. 화로라고 할 만한 것이 없으니 철과에 불씨를 담아와야지 싶다.

"니들, 끼리끼리 붙어서 저 얇은 거라두 잘 덮구 있어. 할미가 얼른 가서 불 지펴가지고 올 테니께 나오지 말고 꼭꼭 붙어 있어야 된다잉."

"제가 도와드릴게요."

소량이 몸을 일으키려 하자 할머니가 얼른 제지했다.

"됐어, 됐어. 불 다루는 건 좀 있다가 배워도 되야. 자칫하다가는 집만 태워먹는 게 아니라 산을 홀라당 태워 버리니께 한두 살 더 묵으면 그때 가르쳐 줄 것이구먼. 좋은 불씨는 집안이 망하기 전에는 끊기지 않는 법이니께 너도 불 다루는 법은 꼭 배우게 될 거여."

예전에 불씨를 다루는 것에 대한 이야기를 들은 적이 있다. 불씨를 잘못 다뤄 꺼뜨리면 안 되고, 그렇다고 승하게 놔두어 세간을 태워먹어서도 안 된다.

소량은 군말없이 고개를 끄덕였다.

"그려, 그래야 우리 장손이지. 낸중엔 니가 이 할미를 모셔야 되니께 잘 배우고 얼른얼른 커야 한다잉?"

할머니는 그렇게 말하고는 홀홀 웃으며 방을 나섰다.

문이 닫히자마자 정적이 흘렀다. 아직 남아 있는 온기가 어제와는 달라진 현실을 보여준 탓이었다.

어제까지만 해도 바람이 숭숭 들어오는 집에서 얇디얇은 옷을 입고 새우잠을 잤는데, 지금은 바람은 조금도 새어 들어오지 않는 따스한 공간에 누워 얇지만 새 이불을 덮고 있다.

어제까지만 해도 나눠 먹기엔 너무나 부족한 음식을 먹고 주린 배를 움켜쥐었는데 오늘은 따스한 죽을 배불리 먹었다.

"형아, 우리 이제 저 할머니랑 사는 거야?"

말수가 적어 소량이 항상 걱정하던 셋째 승조(丞祖)가 물었다. 소량은 어설프게 미소를 지어 보였다.

"형도 잘 모르겠구나. 하지만 그랬으면 좋겠어."

"나도, 나도. 난 그렇게 맛있는 죽은 처음 먹어봐."

철없는 유선이 재잘거렸다. 유선이에게는 새 옷을 입고 배가 부르니 기분이 참 좋다는 것 외에는 아무 생각도 없었다.

소량은 자신이 너무 걱정이 많은 게 아닐까 싶었다.

하지만 이러다가 할머니가 갑자기 떠나 버린다면? 그때는 아이들의 실망을 어떻게 할까.

"형도 저 할머니가 우리랑 살았으면, 그렇게 됐으면 좋겠지만……."

아이들의 얼굴에 불안감이 감돌았다. 아이들은 모조리 입을 다문 채 소량의 얼굴을 바라보았다. 소량은 자신의 생각을 입 밖으로 내서는 안 되겠다고 생각했다.

"아무것도 아니야. 할머니가 자라고 하셨으니까 얼른 자자."

"나 안 잘래. 할머니랑 잘 거야."

유선은 이불을 목까지 꼭 덮은 채 고개를 도리도리 저었다. 옹기종기 모여 앉은 아이들 역시 반대 의사를 꺼냈다.

"나도 할머니랑 잘 거야."

"할머니가 일찍 자라고 하셨잖아. 얼른 자자."

소량보다는 어리지만 나름 어른스러운 영화가 걱정스레 아이들을 다독였다. 그간 아이들의 세계에서 소량은 아버지 역을 맡고 영화는 어머니 역을 맡아왔다.

유선은 영화의 말에 고개를 저으며 새된 목소리로 외쳤다.

"안 돼! 할머니랑 잘 거야! 할머니가 코 자는 새에 가버리면 어떻게 해!"

그 말이 기폭제가 되었다.

유선이 입 밖으로 꺼내기 전부터 모두의 머릿속에 있던 걱정이었다. 공연히 불안감이 더 커져서 모두들 울적하게 고개를 숙여야 했다.

오빠와 언니들을 보니 정말로 할머니가 떠날 것 같아 유선은 앙앙거리며 울음을 터뜨렸다.

소량과 영화는 당황스러운 얼굴로 서로를 바라보았다. 뭐라고 말해주기도, 말해주지 않기도 난감한 상황이었다.

소량과 영화를 구원한 건 모옥 밖에서 열심히 불씨를 살리던 할머니의 새된 목소리였다.

"너거덜은 누구여?"

2

불씨를 살리는 것은 어려운 일이었다. 할머니의 기억 속에서는 분명히 그러했다. 실수로 불씨를 죽일 뻔했다가 시어머니께 호된 꾸지람을 받은 적이 한두 번이 아니었다.

섬뜩한 옛 과거가 떠오르자 할머니는 짧게 몸서리를 쳤다.

"망할 놈의 할망구, 시어머니랍시구 아들 뺏긴 한을 그리 풀었던 겨. 그렇게 못됐으니 일찍 가버렸지."

하지만 씁쓸했던 기억과는 다르게 가슴속이 따스해져 갔다. 퉁명스레 중얼거리던 어투도 정겹게 바뀌었다. 일찍 죽어버린 시어머니가 그립고 불쌍했던 탓이었다.

"워매, 매운 것."

불씨에서 매운 연기가 뿜어져 나오자, 할머니는 주름살 가득한 눈가를 찌푸리며 밭은기침을 내뱉었다. 연기 때문에 앞을 보지 못한 탓에 그녀는 화로에 손까지 담그고 말았다.

우리들의 할머니 47

그러자 놀라운 일이 벌어졌다.

할머니의 주름진 손끝이 주홍빛으로 물들더니 열양지기(熱陽之氣)가 응집되어 불씨를 확 일으킨 것이다.

"으잉?"

자신이 무슨 짓을 했는지 모르는 할머니가 의아한 탄성을 내뱉으며 화로를 돌아보았다. 화로 몇 개쯤은 채우고도 남을 만한 불씨가 들어 있었다.

"다 됐구먼. 바람님이 도왔나 벼. 역시 불씨를 틔우려면 바람이 있어줘야 뭐가 되두 되는 법이지."

좋은 게 좋은 거라고 대수롭지 않게 납득한 할머니가 철과에 불씨를 챙겨 넣을 때였다. 어디선가 낯선 인기척이 느껴졌다.

늙으면 귀만 밝아진다더니 옛말이 틀린 것이 하나도 없다. 어찌 저리 먼 곳에 있는 인기척이 느껴질까.

"뉘시우? 객이 온 모양인디."

혹여 잠 든 아이들이 불안해할까 봐 조그마한 목소리로 속삭이는 할머니였다. 하지만 그 음성은 천리전음이 되어 먼 곳에 숨어 있던 왕삼과 곽소홍의 귓가에 똑똑히 들려왔다.

그녀가 모르는 사이 또다시 무공이 힘을 발휘한 것이다.

무림의 세계를 하나도 모르는 왕삼은 그것이 전음이라는 생각은 꿈에도 하지 못했다.

"망할 놈의 할망구. 목청도 좋군."

"형님, 이만 나가서 쓸어버려야 되지 않겠습니까요? 얼른 나갑시다."

돈을 싹 쓸어버린 뒤 술을 마시든가 하통 바깥으로 나가 계집이라도 품어볼 참이었다. 멀리 청월루(淸月樓)의 춘앵(春鶯)이를 생각하니 벌써부터 아랫도리가 후끈 달아올랐다.

"아, 형님. 얼른 나가자니까요?"

"크흐흐, 걱정 말아라. 안 그래도 나갈 참이니."

강도질을 하려면 먼저 겁을 주어야 한다. 어차피 죽여 버릴 참이지만, 최대한 겁을 주는 편이 재미있고 좋다.

왕삼은 위압감 가득한 얼굴로 박도를 어깨에 걸치고는 툭툭 쳐댔다. 곽소홍도 똑같이 흉내를 내었다.

할머니의 몸에 오소소 소름이 돋았다.

'아무래도 강도 놈들인가 벼. 워매, 이 일을 어쩐다냐.'

할머니는 긴장한 듯 침을 꿀꺽 삼켰다. 하지만 방 안에 있는 생때같은 내 새끼들을 이대로 죽일 수는 없는 노릇이다.

할머니는 본능적으로 눈을 감고 호흡을 정리했다. 그러자 마음이 명경지수(明鏡止水)처럼 맑아졌고, 상대의 전력을 냉정하게 분석할 여유가 생겼다.

할머니는 두 눈을 번쩍 뜨고 상대를 돌아보았다. 그녀의 무공에 비교하면 상대의 재주는 티끌만도 못할 뿐이다. 할머니는 노망난 사람답게 '저놈이 매가리가 없고 비실비실한 걸로

봐서 늙은 이 몸으로 싸워도 승산이 있겠다'라고 생각했다.

그래서 할머니는 호기롭게 외쳤다.

"너거덜은 누구여!"

"크하하! 이 어르신은 일심단의 협객으로, 이름은 왕삼이라 한다! 하통에 살면서 내 이름을 들어보지 못했느냐?"

왕삼이 당당하게 외쳤다. 하통에서 제법 이름을 날리고 있으니, 저 할망구는 이름을 듣자마자 겁에 질려 부들부들 떨 것이다.

하지만 상대는 예상과 달랐다.

"그게 뭐하는 개잡놈이여?"

"뭣이! 우리 형님께 개잡놈이라니!"

곽소홍이 화가 잔뜩 난 얼굴로 도를 가슴께로 들어 올렸다.

할머니는 그래도 놀란 기색이 아니었다.

"오냐, 어디서 배워 처묵지도 못한 눔덜이 강도질로다가 어영부영 사는 모양인디, 니들은 오늘 좀 맞아야 쓰겄다. 딱 보니께 매가리가 없는 것이 이 할망구 손에도 맞아줄 눔덜 같구마잉."

알아듣고 싶어도 도저히 알아들을 수가 없다.

곽소홍은 저 말이 칭찬인가 욕인가 싶어 두 눈을 깜빡이다가, 그가 생각하기에 가장 위대한 인물인 왕삼을 바라보았다.

하지만 왕삼도 알아듣지 못하긴 마찬가지였다.

"뭐라는 거야, 이게? 정말 지독한 사투리로구나! 어디서 왔기에 그런 괴악한 말투를 쓰는 것이냐!"

"태어나길 광동서 태어났구 자라기도 광동서 자랐더라고. 그러다 보니께 말투가 요지경이 됐지만서두, 못 알아들을 정도는 아닐 터인디, 니들은 귀때기가 막혔냐! 아니면 사람 말도 못 알아 처묵는 반병신인 겨?"

"더 이상은 참을 수 없다!"

대다수는 알아듣지 못했지만 반병신이라는 말만은 똑똑히 알아들었다. 상대를 겁주려다 욕만 잔뜩 먹게 된 왕삼이 분기탱천하여 도를 들어 올렸다.

"할멈, 원한은 없지만 돈을 가진 게 죄라고 생각하고 죽어라! 그게 아니라도 감히 이 왕삼을 욕하였으니 죽을 이유는 충분하겠지!"

왕삼은 말을 마치자마자 할머니에게 도를 휘둘렀다. 시정잡배답지 않은 깔끔한 손속이었다.

"조심하세요!"

소량이 다급히 외쳐 보았지만, 공허하게 허공만 울릴 뿐이었다. 칼날은 할머니의 목을 덧없이 긋고 지나갔던 것이다.

"할무이! 으아앙! 할무이!"

"으하하!"

겁에 질린 유선의 울음소리와 왕삼의 너털웃음이 동시에 들려왔다. 한참을 웃어대던 왕삼이 큰 소리로 입을 열었다.

우리들의 할머니

"미안하오, 할멈! 내세에는 힘있는 자로 태어나시구려! 할멈의 돈은 내 귀히 쓰겠소이다!"

"이런 눈깔을 뽑아 볶아 먹을 눔이!"

"헉?"

왕삼도 몰랐고 곽소홍도 몰랐고, 심지어 할머니 본인도 몰랐지만 할머니는 보통의 할머니가 아니었다.

목이 잘린 할머니의 신형이 그림자처럼 흩어지는 것을 본 왕삼이 헛숨을 들이켰다.

"형님! 귀신! 귀신입니다! 등 뒤를 보십쇼!"

조금 떨어져 있던 곽소홍이 미친 듯이 고함을 질렀다.

왕삼이 정신없이 뒤를 돌아보니 할머니가 언제 들었는지 손에 초추(苕箒:갈대로 만든 빗자루)를 들고 있는 것이 보였다.

장내의 누구도 몰랐지만 그것은 무공의 드높은 경지인 이형환위의 경지였다.

"매가리가 없어서 칼도 제대로 못 드는 눔이 그간 강도질은 어찌하고 살았당가!"

"하, 할멈, 도, 도대체 어떻게……."

"이 벼락 맞아 뒈질 눔 같으니!"

그와 동시에 왕삼에게로 초추가 날아들었다.

자세히는 보지 못했지만, 오묘한 청색 빛이 갈대 빗자루에 맺혀 있는 듯했다. 도저히 피할 수 없는 태산 같은 힘을 느낀 왕삼이 멍하니 생각했다.
 '호, 혹시 이것이 이야기 속에서나 듣던 검기?'
 절대 그럴 리 없을 거라고 생각했지만, 푸른색 빛은 너무나도 아름답게 그를 향해 다가오고 있었다.

 반 각 뒤.
 두려움 섞인 시선으로 밖을 바라보던 다섯 아이는 이제 제법 편안해진 얼굴이었다.
 할머니는 전혀 위험해 보이지 않았다.
 상대를 개 패듯이 두들긴 후에 허리춤을 두드리는 모습은 위험에 처해 있다기보다는 피곤한 모습에 더 가까웠다.
 "천하의 개잡놈덜 같으니라구. 어이구, 허리야."
 할머니의 앞에는 왕삼이 널브러져 있었다. 얼굴이 올록볼록 부풀어 있는 것이 성한 구석이라고는 하나도 없었다.
 곽소홍 역시 마찬가지였다. 왕삼을 돕겠다고 나섰다가 그야말로 죽지 않을 만큼 얻어맞은 것이다.
 "늙었나 벼, 나두."
 할머니는 연신 허리를 두들기며 무어라 중얼거리더니 고개를 홱 돌려 방 안을 바라보았다. 할머니의 날카로운 시선에 아이들은 괜히 주눅이 들고 말았다.
 "거기 큰눔!"
 "예?"

소량이 화들짝 놀라 대꾸하자, 할머니는 콧김을 홍홍 내뱉으며 초추로 왕삼과 곽소홍의 머리통을 두들겼다.

"이눔 새끼덜은 관아에서 콩밥을 좀 묵어야 혀. 줄로 잘 묶어야 쓰겠는디, 니들 아까 입고 있던 옷 아직 안 버렸지? 그걸루 묶어야 쓰겠다."

"네, 아직 있지만……."

천하의 왕삼이 이렇게 떡이 되도록 맞다니! 소량은 왕삼의 눈과 마주치자 겁이 나는 것을 느끼곤 얼른 고개를 돌렸다.

할머니는 그것이 마음에 들지 않았다.

"큰눔! 계집애처럼 그게 뭐여! 이 할미랑 어린 핏덩이들이 네 눈앞에서 나자빠져도 그럴 겨? 자고로 장남이란 집안의 기둥이여. 여필종부라 했으니 이 집안의 가장은 나도 아니고 너여. 니가 이 집안의 가장인디 어찌 고로콜롬 빼고 지랄이당가! 할미가 저놈들 칼에 죽어도 거기 가만히 있을 겨?"

"……."

소량은 할머니의 시선을 마주한 채로 입을 다물었다. 내 동생들이 위기에 처했대도 가만히 있을 수 있을까?

아니다. 그럴 순 없다.

하통 고아들의 대장인 무억(無億)이가 영화의 여물지도 않은 젖가슴을 만졌을 때에도 참지 않았다. 죽도록 맞았지만 무억이가 포기할 때까지 대항했었다.

아무리 왕삼이 감당하기 어려운 거물이라지만, 내 동생들이 위험한대도 피할 것인가!

"아닙니다!"

할머니는 홀홀 웃었다. 소량의 눈빛이 흔들렸다가 다시 안정적으로 변하는 것을 확인했기 때문이었다.

"그럼 후딱 와야!"

"예!"

소량은 모옥 뒤편으로 후다닥 달려가더니 이가 들끓는 아이들의 헌옷을 한 보따리 들고 할머니에게로 향했다.

할머니는 아이들 옷을 보고는 '그간 이리 해진 옷을 입고 살았으니. 어이구, 불쌍한 내 새끼덜' 이라고 중얼거리며 옷가지를 새끼 꼬듯 꼬아 단단한 밧줄을 만들었다.

그다음은 황당해하는 왕삼에게 눈을 부라릴 차례였다.

"눈 안 깔어, 이 되바라진 눔아? 어디서 어른한테 눈깔을 홉뜬당가?"

"헉!"

왕삼은 순한 양처럼 고개를 푹 숙였다.

"움직이면 뒈지게 맞을 거여. 그러니께 가만히 있는 게 만수무강에 이로울 겨."

할머니는 옷으로 만든 밧줄로 왕삼과 곽소홍의 몸을 단단히 묶었다. 일을 마치고 아이들의 얼굴을 둘러보니 절로 탄식이 터져 나왔다.

"이래서 외진 곳에 살면 안 되는 겨. 관아에 가려구 해도

우리들의 할머니

아가덜을 맡길 데가 있어야지. 어째 애 맡길 이웃도 없냐, 우리는!"

한탄과 함께 고민이 시작되었다.

"야, 큰눔아. 니가 아가덜 잘 돌보고 있을 수 있겠냐? 아녀. 생각하면 그게 아녀. 강도덜이 우리 새끼덜 잡으려고 왔는디 불안해서 어떻게 혀. 또 다른 강도덜이 있으면……."

"할머니, 저희는 잘 있을 수 있어요."

"아녀. 큰눔 니를 보니께 아직 나이가 어려서 강단이 부족혀. 니들한테 뭔 사고라도 나면 이 할망구 혼자 어찌 살라구. 황천을 가더라도 이 할망구 앞세우고 가야지, 니들이 먼저 가는 경우는 없는 겨."

곰곰이 무언가를 생각하던 할머니가 이내 마음을 정한 얼굴로 고개를 끄덕였다.

"맡길 데도 없구 가만 둘 수도 없으니 같이 가야 쓰겠다. 우리 큰눔 소랑아, 니는 가서 아가들 옷 단단히 입히구. 먼 길이니께 이 할미가 우리 막둥이는 업고 가야 쓰겠네."

할머니는 고개를 돌리고 유선이를 큰 목소리로 불렀다.

"막둥아! 거기 이불로 쓰는 포대기 들구 할미한테 와야!"

"웅!"

"웅이 뭐여, 할미한테! 네라고 해야지, 네!"

"웅! 아니, 네!"

유선이가 널찍한 포대기를 움켜쥐고는 뒤뚱거리며 할머니

에게로 달려왔다.

할머니는 유선이를 단단히 업고는 한 손에는 포승줄을, 한 손에는 넷째 태승(太昇)이의 작은 손을 잡고 걸음을 옮겼다.

소량이 영화와 승조의 손을 잡고 그 뒤를 따랐다.

다행히 관아에 발고하러 가는 길은 그리 길지 않았다. 번화가에 들어서기도 전에 순라포교를 만날 수 있었던 것이다.

포교를 만나자마자 할머니는 굽실거리기 시작했다.

"어이구, 우리 포교님들. 밤늦게 고생이 참 많기두 합니다. 홀홀."

"허어! 밤에 함부로 나다니면 안 된다는 것도 모르시오?"

"이 할망구도 밤에는 안 당겨야. 시상이 어떤 시상인디 야밤에 다닌당가. 다만 어쩌다 보니께 우리가 강도덜을 몇 눔 잡아버려서 그렇지라. 요놈들을 어떻게 크게 벌 좀 주십사 하고 관아에 발고하러 가는 길이여라."

"강도?"

포교는 시답잖은 좀도둑이군, 하고 중얼거렸다. 부녀자들만 있는 집에서 잡힐 정도면 큰 도둑들일 리가 없다.

'늙을 대로 늙은 노파가 도둑들을 잡지는 않았을 터, 아마 이 소년이 강도들을 잡은 모양이다.'

포교는 대견하다는 미소를 지었다.

"하하! 어린 나이에 대단하구나. 그래, 이름이 무엇이냐?"
"예?"

자신에게 질문이 돌아올 줄 몰랐던 소량은 두려움과 거부감 섞인 눈으로 포교를 올려다보고는 어색하게 답변했다.

"저는 소량이라고 합니다."

"장하다, 장해. 사내라면 제 가족은 지킬 수 있어야 하는 법이지. 그래, 아버지나 어머니는 어디 계시느냐?"

"두 분 모두 안 계십니다."

소량의 얼굴이 단숨에 침울하게 변해갔다. 다른 아이들의 얼굴도 굳어지긴 마찬가지였다. 포교의 칭찬에 신이 난 할머니만이 미소를 가득 짓고는 무어라 중얼거릴 뿐이었다.

"우리 장손이 잘생겼지라? 생긴 것두 훤칠하고 이렇게 남자다우니께 커서 큰 인물이 되지 싶어라."

굽실거리며 대답한 할머니는 포승줄을 포교에게 넘기고 다시 머리를 조아렸다.

"나랏일하시는 분들인디 우리 같은 하찮은 백성이 이런 수고까지 안겨서 어째야 할지 모르겠어라. 그래두 나쁜 눔덜이니께 부디 크게 혼 좀 내주시요."

"허흠, 험. 강도를 잡은 것이 내가 아닌데 어찌 이리 공손하단 말이오."

포교가 멋쩍게 헛기침을 내뱉었다.

할머니가 히죽 웃으며 인사를 남겼다.

"아가덜이 추운 모양이니께 우리덜은 이만 가봐야 쓰겠는디. 부디 고생들 해주시요."

"그래, 가보시오."

할머니는 뒤돌아보고 머리를 숙이고, 또 걷다가 머리를 숙이며 몇 번이나 인사를 했다.

포교는 모처럼 백성을 돌보고 있다는 황홀한 감각에 사로잡혔다. 저렇듯 순박한 백성도 있구나 싶다.

기분이 좋아진 포교가 도둑의 뒤통수를 후려쳤다.

"어찌 저런 집을 털었단 말이냐, 이놈! 게다가 저 조그만 놈에게 잡히다니, 네놈도 어디 가서 행세하긴 글렀다!"

"나 왕삼이요, 일심단의."

얼굴이 퉁퉁 부어버린 왕삼이 두 눈을 치켜떴다.

관과 무림은 별개지만, 관과 뒷골목은 한통속이다. 왕삼이 속한 일심단은 하통의 왕으로 등극하면서 이미 무창의 현령에게 양껏 뇌물을 먹여놓은 상태였다.

하통 백성의 발고 따위는 무시되고도 남으리라.

"일심단? 일심단이 왜……."

포교가 얼굴을 찌푸리며 손을 떼었다. 그리고는 몇 번이나 그의 얼굴을 확인하더니 이내 고개를 저었다.

"염병할, 며칠 있다가 나가겠군."

"저 할망구……!"

포교의 불쾌한 목소리는 듣지도 못했는지 왕삼은 두 눈을 활활 불태우며 할머니를 노려볼 뿐이었다. 그의 머릿속은 일심단의 단주에게 가야겠다는 생각으로 꽉 차 있었다.

우리들의 할머니

3

 할머니의 등에 업힌 유선이 주름진 목덜미에 얼굴을 비벼 댔다. 잠이 오는지 알아들을 수 없는 소리를 웅얼대기도 했다.
 네 살이니 업어줄 나이는 아니었지만, 그래도 할머니의 마음이란 게 그렇지가 않다. 할머니는 유선을 추슬러 업으며 흐뭇하게 질문했다.
 "홀홀, 우리 유선이 기분 좋으냐?"
 "응, 할무이 냄새 나."
 "할미가 인즉 종종 업어줄 테니께. 불쌍한 내 새끼."
 할머니는 뭐가 그리 기분이 좋은지 재차 유선이를 추슬러 업고는, 양손에 쥔 아이들의 손을 어루만졌다.
 "어이구, 손이 꽝꽝 얼었네그려. 추워서 어쩐다냐, 우리 새끼덜. 가면 화톳불 있으니께 거기 꼭 붙어 있어야 쓰겠네."
 "괘, 괜찮아요."
 유선이보다 머리가 굵었다고 어색하게 대답하는 넷째 태승이었다. 하지만 부끄럽기는 해도 나름 기쁜지 대답하는 얼굴에 홍조가 어려 있다.
 "괜찮긴 뭐가 괜찮어? 손이 이렇게 차구먼. 할미 손 꼭 잡아야. 따스하게 다독여 줄 테니께."

할머니는 양손으로 아이들의 손을 비비며 열심히 걸음을 옮겼다. 등에 업힌 유선은 아예 꾸벅꾸벅 졸고 있었다.

소량은 한 걸음 뒤에서 영화의 손을 꼭 잡고는 그런 할머니를 살펴보았다.

'왕삼을 이길 정도로 기력이 정정한 할머니야. 우리를 손자로 알고 있고. 도대체 누구지?'

아무래도 이상했다. 저렇게 강한 할머니가 왜 자신들에게 관심을 가진단 말인가! 역시 자신들을 속여 노비나 기녀로 팔아버리려는 것일까?

'아냐. 왕삼을 이길 정도면 굳이 머리를 쓰지 않아도 우리를 데려다가 팔아버릴 수 있어.'

그렇다면 역시 집을 빼앗기 위해? 아니, 그것도 아닌 것 같다. 만약 그렇다면 그냥 두들겨 패서 쫓아내면 되었을 터다.

'도대체 속셈이 뭘까?'

소량이 그렇게 생각할 때였다. 할머니의 주름진 목덜미에 얼굴을 비비던 유선이 졸음 가득한 목소리로 그녀를 불렀다.

"할무이."

"응? 왜 불러, 내 새끼."

"할무이는 정말로 우리 할무이지?"

흠칫.

할머니의 양손을 나눠 잡은 태승이와 승조도, 영화의 손을 잡고 걷던 소량도 모두 걸음을 멈추었다.

유선의 음성엔 희망이 담겨 있었고, 소망이 담겨 있었다. 그리고 어딘지 모르게 처연한 데가 있었다. 아니라고 할까 봐, 할머니가 아니라고 할까 봐 겁먹은 음성이 그랬다.

"그럼 내가 남의 집 할망구일까 봐? 애가 걱정하는 것 봐라."

장난스럽게 대답했지만 할머니 역시 유선의 질문의 의미를, 그것이 얼마나 서글픈 것인지 알고 있는 듯했다.

할머니의 음성엔 진심이 들어 있었다.

"그럼……."

"오야, 말해보아."

"그럼 어디 안 갈 거지?"

할머니는 입을 다물고 걸음도 멈추었다.

유선이는 버림받은 아이 특유의 질문을 던지고 있었다. 세상에 홀로 내팽개쳐져 아무도 돌아보지 않았던 아이의 외로움이 묻어났다.

유선이는 할머니를 놓지 않겠다는 듯 그 목을 부여잡았다.

"어디 안 갈 거지? 우리 엄마랑 아빠처럼 어디 안 갈 거지? 여기서 유선이랑 살 거지?"

"그럼, 그럼. 할미가 유선이랑 살지 누구랑 살까. 불쌍한 내 새끼. 할미는 아무 데도 안 간다. 아무 데도 안 간다……."

할머니의 음성이 자장가처럼 울려 퍼졌다.

유선이에게만 하는 소리는 아닌 것 같았다. 소량도, 영화도, 승조와 태승이도 그 말에 위안을 얻고 안도감을 얻었다.

왜인지는 모르겠다.

처음 만난 할머니인데 왜 이렇게 친숙하고 정이 갈까.

"어디 가지 마, 할무이. 가면 안 돼?"

얼마나 정을 느껴보지 못했기에 처음 보는 할머니에게 이리 물을까. 소량은 자기도 모르게 속이 울컥거리는 것을 느꼈다.

생각해 보면 그건 자신도, 나머지도 마찬가지였다.

모두들 버림받았다.

"그려. 할미가 약속하마. 할미는 어디 안 가야."

할머니가 다시 걸음을 옮기기 시작했다. 하지만 소량의 질문 탓에 그녀는 재차 걸음을 멈추어야 했다.

"정말 어디 안 갈 거예요?"

"……."

할머니는 정신이 화들짝 드는 것을 느꼈다. 머리가 맑아지는 기분이었다. 이 소리를 언제 들었더라? 언젠가 먼 옛날에 이 소리를 들은 것 같다. 저렇게 어렸던 아이들에게서였다.

조금만 더, 조금만 더 기억을 되돌리면 알 수 있을 것 같았다. 하지만 기억은 안개 속에 있는 양 흐릿해서 쉽게 꼬리를 내주지 않았다. 오직 그때처럼 가슴이 덜컥 내려앉는 것만 느낄 수 있을 뿐이었다.

우리들의 할머니

뒤에서 소랑이 울음 섞인 목소리로 고함을 질렀다.
"정말 어디 안 갈 거냐구요! 우리 버리고 간 사람들처럼!"
버림받았던 아이들이다.
또다시 버려지느니 자신들이 버리는 것이 나았다.
할머니는 장난기가 사라진 목소리로 든든하게 말했다.
"안 간다."
"약속할 수 있어요? 약속할 수 있냐구요!"
"할미는 참말로 어디 안 간다. 할미를 믿어라."
할미를 믿어라.

단 한 마디뿐이었다. 작다면 작은 한마디였지만, 할머니의 진심이 전해지는 말이었고, 약속의 의미가 절절한 말이었다.

소랑은 고개를 끄덕였다.

믿자. 이제 나도 모르겠다. 난 믿을 테다.

"가면 안 돼요?"

이번엔 승조가 던진 질문이었다.

할머니는 다시 알았다고 대답해 주었다.

"그려. 할미를 믿어라."

"정말로 가면 안 돼요?"

이번엔 영화였다. 할머니는 피식 웃고는 '이눔 새끼덜, 모조리 혼나야되겠어' 라고 중얼거렸다.

"안 간다, 안 가. 이눔 새끼덜이 할머니를 못 믿구서 지랄들이여!"

할머니가 버럭 고함을 지르고는 종종걸음으로 집을 향해 걸어갔다. 아이들이 재빨리 그 뒤를 쫓았다.

 더 이상의 질문은 없었다. 재잘거리는 소리는 있었지만 질문은 아니었다. 가끔 웃음이 새어 나오는 행복한 대화였다.

 그렇게 할머니는 다섯 고아들의 할머니가 되었다.

第三章
독한, 혹은 독했던 세상

1

햇살이 감미로운 아침이었다.

아이들은 간만에 내일에 대한 걱정 없이 푹 잘 수 있었다. 그것은 그들의 짧은 인생 내에서 처음 있는 일이었다.

어떻게 그렇게 달콤한 잠이 쏟아질 수가 있을까.

아이들의 이불이 되어야 한다는 생각에 매일 선잠을 잤던 소량도 누군가가 지켜준다는 생각에 늦잠을 잘 수 있었다.

가장 먼저 햇살을 느끼고 깨어난 것은 막내 유선이었다. 유선은 졸음이 덕지덕지 묻은 눈으로 주위를 두리번거렸다.

얇지만 따스한 이불을 보고 고개를 갸웃하던 유선은 자신의 새 옷을 어루만지며 작게 감탄을 내뱉었다. 그리고는 서로를 부둥켜안고 잠든 오빠, 언니들을 보며 난데없이 울음을 터뜨리기 시작했다.

"으아앙! 할무이! 할무이! 으아앙!"

오빠들의 새 옷이나 외풍이 들어오지 않게 메워진 벽을 보면 할머니가 있었던 건 분명한 사실인데 깨어보니 그녀가 없다. 자길 버리고 가버린 게 아닐까 싶어 덜컥 울음부터 났다.

"오빠! 흑, 오빠!"

유선이는 끙차 하고 자기 몸에 걸쳐져 있는 언니의 팔을 치우고는 서로 엉켜 있는 오빠들의 몸을 타고 넘었다. 그리고는 소량에게로 가서 훌쩍이며 그를 깨웠다.

"오빠, 할무이 없어. 할무이 가버렸나 봐. 오빠, 일어나."

"으음… 유선아, 조금 더…….'

잠결에 뒤척이다 가슴이 싸해지는 느낌을 받은 소량이 화들짝 놀라 고개를 들었다.

"뭐? 할머니가 없어?"

주위를 두리번거리며 소량이 외쳤다. 아침 햇살은 느껴지는데, 동생들 사이에서 주무시던 할머니가 없다.

"오빠, 할무이 가버렸나 보다. 유선이가 미워서 할무이 가버렸는가 보다. 유선이가 다음에 또 업어달라고 졸라서 할무이 가버렸는가 보다! 으아앙!"

"아냐. 유선아. 그런 거 아닐 거야."

소량이 유선을 달래는 사이, 아이들이 하나둘씩 눈을 뜨기 시작했다. 고개를 두리번거리던 아이들이 대뜸 울상을 지었다.

버림받아 보지 않은 아이들이었다면 '할머니는 곧 돌아오실 거야'라고 생각했겠지만 한 번도 자신을 아껴주는 사람을 가져보지 못했던 아이들은 두려움부터 느낀 것이다.

소량은 자신의 마음도 울적하지만 아이들의 마음은 더더욱 울적할 것이라고 생각했다.

그래서 억지로라도 웃음을 지어야 했다.

그게 자신의 몫이었다.

"걱정 마. 할머니는 어디 간 거 아닐 거야."

"그려. 할미가 가면 어딜 간다고 그려. 우리 새끼덜 두고. 어딜 가더라두 우리 새끼덜 다 데불고 갈 테니께 염려하지 말어."

조방으로 연결된 문에서 잔뜩 굽은 허리를 한 할머니가 먹을거리를 들고 안으로 들어왔다. 침상도 없는 집에 식탁이나 의자가 있을 리 만무한 터라 그녀가 들고 오는 것은 고작해야 소반에 다리만 달린 자그마한 밥상이었다.

하지만 그 위에는 푸짐하게 볶은 청경채가 올려 있었다.

"할무이!"

유선이 쪼르르 달려가 할머니의 치마에 얼굴을 묻었다.

"막둥이 너 혼나야! 밥상 엎으면 어쩌려고 이런다냐!"

말과는 다르게 할머니는 얼른 밥상을 내려놓고 유선의 머

독한, 혹은 독했던 세상 71

리를 쓰다듬어 주었다. 그리고는 어리둥절한, 하지만 자신을 보고 안심한 듯한 아이들의 표정을 보고는 인상을 구겼다.

"당장 씻으러 안 가냐잉! 이눔의 게으르기 짝이 없는 새끼덜! 찬물에 세수하고 얼른 잠 깨고 와야!"

"네!"

사내아이들이 안도감 섞인 웃음으로 대꾸하고는 신이 나서 밖으로 달려나갔다. 오직 영화만이 나가지 않고 쭈뼛대며 할머니의 눈치를 살필 따름이었다.

"도, 도와드릴게요, 할머니."

영화가 머뭇머뭇 입을 열자 할머니의 입가에 미소가 어렸다.

"홀홀, 그래두 계집아이라고 손이 덜 가기는 하네잉? 그려, 인즉 니도 색시가 다 됐으니께 밥상에 저분 놓는 시늉이라도 해야 쓰겠지? 그럼 저기서 밥 해놓은 거라도 가져와야."

할머니는 영화가 귀여운지 끊임없이 웃으며 상을 차렸다.

영화가 그런 할머니를 도와 밥상을 차렸을 즈음, 다 씻은 아이들이 말간 얼굴로 모옥에 들어왔다.

"우와! 밥이다!"

박찬에 조밥이었지만 아이들은 너나 할 것 없이 행복한 미소를 지으며 감탄사를 터뜨렸다. 할머니가 '급하게 묵으면 체한다잉'라고 말했지만, 아이들은 들은 척도 않고 입에 조밥을 쑤셔 넣었다.

"할머니는 안 드세요?"

과연 아이들과 소량은 달랐다. 소량은 자신이 먹기 전에 할머니부터 챙긴 것이다.

"할미야 일찌감치 묵었으니께 너나 처묵어. 어디 보자. 어제 바늘도 좀 사 왔는디."

무어라 중얼거리며 어딘가를 뒤지던 할머니가 아이들이 이불 삼아 쓰던 헌 천을 꺼내 들었다. 언제 빨았는지 새하얗게 변한 이불을 펼친 할머니는 편하게 자리를 잡고 앉았다.

"늙으면 죽어야지. 어제 꿰매고 잔다는 걸 깜빡했잖아."

할머니는 바늘과 실을 꺼내다가 이불을 꿰매기 시작했다. 아이들 밥 먹는 것을 흘끔거리며 푸짐히 웃기도 했다.

소량의 입가에 어색한 미소가 떠올랐다.

그때, 제 몫을 다 먹어치운 승조가 걱정스레 소량을 불렀다.

"형아, 형아."

"왜? 밥이 모자라니? 형 것 좀 나눠 줄까?"

"그게 아니라, 형아. 오늘은 어떻게 해? 구걸 나가야 하잖아."

잊고 있던 사실을 떠올린 소량이 인상을 찌푸렸다. 아무리 할머니라 해도 돈을 만드는 재주는 없을 터. 한순간 형편이 나아졌다고 해도 구걸을 하는 처지는 변하지 않은 것이다.

그때, 속삭이는 소리를 훔쳐 들은 할머니가 고함을 질렀다.

독한, 혹은 독했던 세상 73

"뭣이여? 니들 구걸도 하고 산 겨!"

깜짝 놀란 아이들이 움직임을 멈추었다.

할머니는 기가 막힌다는 표정으로 아이들을 훑어보았다.

"얼굴들 보니께 참말로 구걸하고 살았나 벼?"

"어……."

아이들이 어떻게든 해달라는 듯 소량을 바라보았다. 소량이 어색한 얼굴로 고개를 끄덕이자, 할머니가 가슴을 탕탕 쳤다.

"아이고, 장부(丈夫)요! 가실 거면 이 미천한 계집도 데리고 가시지, 어찌 남겨둬 가지고 이런 꼴을 다 보게 한당가! 우리 새끼덜이 본데없는 거지마냥 구걸을 하고 살았다 하요, 구걸을! 내가 죄 받을 년이여. 얼마나 누워 있었으면……."

할머니는 분한 마음과 슬픈 마음이 동시에 드는지 연신 한탄을 토해냈다.

"구걸은 함부로 하는 게 아니여! 사지가 멀쩡하면 일을 해서 끼니를 때우는 게 사람 도리잖어! 야, 큰눔아! 니는 나물을 뜯든 나무를 하든 해서라도 아가들을 먹였어야지!"

아이들이 민망한 얼굴로 고개를 푹 숙였다.

뒤늦게 아직 식사가 끝나지 않았다는 것을 떠올린 할머니가 얼른 태도를 바꾸어 아이들을 안심시켰다.

"됐다잉! 혼내는 게 아니니께 밥이나 묵어야."

말을 마친 할머니는 입술을 오물거리며 깊은 상념에 잠겨

들었다. 그리 오래 지나지 않아 식사가 끝났지만, 그녀는 여전히 입술만 오물거릴 뿐이었다.

"할머니?"

영화가 조심스레 부르자, 할머니는 그제야 고개를 들었다.

"잉? 다 묵은 겨? 상 이리 내. 할미가 치울 테니께."

할머니는 '지저분하게두 처묵었다, 뭘 이리 많이 흘린 겨'라고 중얼거리며 상을 들고 조방으로 향했다. 영화가 엉거주춤 일어나 뒤를 따라오자, 그녀는 대견하다는 표정을 지었다.

"우리 영화가 설거지까지 도와줄라 그러는가?"

"네에."

수줍게 대답하는 영화의 얼굴이 발그레하다.

귀여운 영화의 모습에 할머니는 함박웃음을 지었다.

"우리 영화가 효녀여, 효녀. 이 할미 생각해 주는 것이 갸륵하기두 하다. 하늘이 우리 영화 예뻐서 복두 듬뿍 퍼주실 겨. 그려, 같이 설거지하자."

클클 웃은 할머니는 떠다 놓은 물에 그릇을 담그고는 지푸라기를 얼기설기 엮어 만든 수세미로 박박 문질렀다. 다 씻은 그릇은 영화가 받아서 행주로 물기를 제거했다.

설거지를 하면서도 할머니는 고민을 이어나가고 있었다.

'나물을 캐다 팔래두 봄이 아니니 가능할 턱이 없구. 워매, 큰일이여. 뭘 해다가 내 새끼덜 배를 채운당가?'

할머니는 입술을 오물거리며 끙끙 앓기 시작했다.

독한, 혹은 독했던 세상

'그려, 불. 겨울에 가장 필요한 것이 불이지. 나무를 좀 해다가 장작을 팔아야 쓰겠다잉.'

마지막 그릇을 영화에게 넘긴 할머니가 치맛자락에 손을 닦으며 입을 열었다.

"보니께 아랫동네에 나무장이 섰더구먼. 거기다가 나무나 좀 팔아보자잉. 굶어 죽을 수는 없으니께 푼돈이라도 벌어야지."

마지막 그릇을 닦던 영화가 쭈뼛대며 할머니를 바라보았다.

"저기, 할머니."

나무장이라는 말 때문인지 영화의 안색은 어두워져 있었다. 제가 불러놓고도 한참을 주저하던 영화가 고개를 푹 숙였다.

"나무장은 나무꾼이 아니면 못 팔아요. 우리도 마른 장작을 주워서 팔아본 적이 있는데……."

"있는디?"

"…매만 맞고 쫓겨났어요."

조방은 자고로 여자들의 공간이라고 하던가?

영화와 할머니 사이에 어색함이라고는 남아 있지 않았다. 아마 짧은 시간이나마 같은 공간을 향유했기 때문일 터였다. 그래서인지 영화는 부담없이 아픈 과거를 꺼낼 수가 있었.

물론 할머니는 몹시 분개했다.

"뭐여? 어떤 썩을 눔이 고작 나무 팔았다고 사람을 때린당가? 본래 명산이 아니면 산지기를 두지 않는 법이고, 겨우내 나무장에는 세도 안 붙인다 했어. 근디 지들이 뭐라고 내 새끼덜을 패야?! 어디 사는 눔덜인지 말혀! 가서 머리털을 홀라당 뽑아놓을 테니께!"

"하, 할머니, 말이 너무 빨라요."

"그려, 그려. 불쌍한 내 새끼. 많이 맞았더랬냐?"

영화는 울적한 얼굴로 고개를 숙였다. 오래전 다른 아이들을 만나기 전의 기억이 그녀의 머릿속을 파고들었다.

소량과 영화, 그리고 갓난쟁이였던 유선이만이 한데 뭉쳐 버림받은 아이들 특유의 외로움을 녹여내던 때였다.

소량은 어떻게든 동생들을 먹이려고 점소이나 심부름꾼 따위의 일을 구해보았지만 잘되지 않았다. 하통의 법칙상 소량은 배수(扒手:소매치기)가 되거나 구걸을 해야 하는 처지였다.

하통에서도, 하통 밖에서도 일자리를 구하지 못한 소량은 유선이를 둘러업은 여덟 살 영화와 함께 잔가지들을 주웠다. 그것을 모아서 나무장이 열리는 곳에 팔 생각이었다.

그때까지만 해도 희망이 있었다.

"표정이 왜 그려? 심하게 맞았던 겨?"

"아니요. 그냥……."

영화가 최대한 아무렇지 않은 척 중얼거렸다.

하지만 정말로 아무렇지 않았던 것은 아니었다. 영화의 머릿속에 다시 그때의 기억이 떠올랐다.

잔가지들을 주워 나름 큰 장작더미를 만든 아이들은 벌써부터 가슴이 부풀어 있었다.

소량은 다 팔면 만두를 사 먹자고 이야기했고, 영화는 비싸게 판다면 노리개를 살 수 있을지도 모른다고 수줍게 생각했다.

실제로 그들을 가엾게 본 어떤 아낙에 의해 장작은 제법 비싸게 팔렸다. 구리돈 이십 문 가까이 받았으니까. 노리개를 살 수는 없었지만, 만두 몇 개는 너끈히 살 수 있는 돈이었다.

바로 그때, 벌목장 나무꾼들이 나타났다. 그들은 이십 문의 돈을 빼앗아갔고, 소량과 영화를 두들겨 팼다.

특히 소량은 며칠간 거동을 하지 못할 정도로 맞았다.

영화는 억센 손에 얻어맞아 탱탱 부은 볼을 한 채 그런 소량을 간호했다. 스스로를 간호할 생각은 꿈도 꾸지 못했다.

그로부터 이틀이나 지났을까?

소량은 다 낫지도 못한 피투성이 상태로 먹을 것을 얻어온다며 절룩거리며 길을 나섰다.

아이들 앞에서는 애써 웃어 보였지만, 가다가 몇 번이나 고꾸라질 때면 눈물을 삼키지 못했다.

그게 소량의 첫 번째 구걸이었다.

"흑, 그냥……. 흑흑."

영화가 조그맣게 울음을 터뜨렸다. 어린 가슴에 올올히 맺혔던 시린 멍은 아직도 남아 있었나 보다.

  할머니는 아무 말 없이 영화를 품에 안았다.

  영화는 할머니의 품에 얼굴을 비볐다. 낡은 옷에서 좋은 냄새가 났다. 그러자 서러움이 파도처럼 밀려와 영화는 더 이상 참을 수가 없었다.

  "할머니, 힘센 아저씨들이 소량 오빠를 때렸어요. 흐흑, 소량 오빠 볼이 찢어져서 피가 났는데도 계속 때렸어요."

  토닥토닥 두드리는 손이 따스해 영화는 펑펑 울었다.

  "얼굴이 부었는데도 계속 때렸어요. 할머니, 무서웠어요. 흐흑, 소량 오빠는, 소량 오빠는……."

  "할미가 있으니께 울지 말어. 인자 할미가 다 알아서 할 테니께 울지 말어, 내 새끼."

  할머니의 표정은 전에 없이 무거웠다. 구걸을 했다고 꾸중을 했는데, 알고 보니 자신이야말로 아무것도 몰랐던 것이다. 구걸을 하겠다고 나섰음에야 어떤 사정인들 없었겠는가.

  "이 할미가 잘못한 겨. 이 독한 놈의 세상이 니들에게 죄를 지어부렀어."

  "으아앙! 으아아앙!"

  "니들이 잘못해서 매 맞은 게 아녀. 나무장은 아무나 팔아도 되는 겨. 영화가 팔아두 되구, 이 할미가 팔아두 돼야. 니들이 잘못한 게 아니라, 어른덜이 못돼서 아가들 입에 풀칠하는 꼴도 두고 보지 못한 겨. 이 독한 놈의 세상이 그런 겨."

할머니의 눈에도 이슬이 맺혀 있었다.

하지만 할머니는 얼른 눈물을 감추고 평소와 똑같은 얼굴을 가장했다. 그래야 아이가 안심할 수 있을 테니까. 품에 안긴 영화를 떼어낸 할머니가 그녀의 얼굴을 훑어보았다.

"우리 영화가 많이 힘들었겠구먼. 그렇지? 어디 이 할망구가 영화 얼굴 한번 보자잉."

영화가 눈물범벅인 눈으로 할머니를 바라보았다.

"아니, 이 개구락지 같이 생긴 처자는 누구여? 우리 손녀딸이 아닌디?"

우스꽝스러운 표정에 말투였다. 장난기가 가득 배인 말투만으로는 부족했는지 할머니의 손가락이 영화의 겨드랑이를 간질이기 시작했다.

"눈은 개구락지 같고 코는 맹꽁이 같다. 워매, 입은 두꺼비를 닮았네잉?"

"흑, 훌쩍… 히힛."

저도 모르게 울음 가운데 웃음이 터져 나왔다. 할머니는 그런 영화를 보고 놀려대었다.

"울다가 웃으면 똥꽁지에 털이 나는디, 우리 영화는 어쩐다냐?"

"히힛, 하핫! 간질이지 말아요, 할머니."

할머니는 그런 영화를 다시 품에 안아 다독거렸다.

"그려, 그려. 인즉 다 운 겨?"

"끅. 네, 다 울었어요. 끄윽."

울음이 사라지고 아이 특유의 꺽꺽거림만이 남았다. 그래도 웃음 때문인지 서글픔은 훨씬 줄어 있었다.

"니가 잘못한 게 아녀, 영화야. 니는 아무것도 잘못한 게 없어. 이 할미가 그것을 보여줄 것이구먼."

"네?"

영화가 당황하여 할머니를 바라보았다. 할머니의 얼굴에는 여장부라고 불러도 될 만한 당당한 자신감이 어려 있었다.

"할미가 싹 바꿔줄 거여. 야야, 큰눔아!"

영화가 입을 열기도 전에 할머니가 목청껏 소량을 불렀다.

"네!"

소량이 눈 깜짝할 새에 조방으로 달려왔다.

소량의 뒤에서는 아이들이 소매로 눈가를 훔치고 있었다. 몰래 대화를 엿듣다가 가슴이 먹먹해지고 말았던 것이다.

할머니가 아이들을 보고 살짝 웃었다.

"끼니 때웠으면 채비들 해야. 나무를 팔아야 쓰겠으니께."

"네!"

소량이 기운차게 그 말을 받았다.

아이들의 몸놀림이 분주해졌다.

2

아이들은 금세 준비를 마쳤다. 사실 준비할 것도 없었다. 할머니가 사 준 따스한 솜옷을 단단히 여미면 그뿐이었으니까.

준비를 마친 아이들이 설레는 표정을 짓자, 할머니는 귀여워 어쩔 줄 모르겠다는 얼굴로 그들을 모산으로 인도했다.

할머니라는 지붕이 생긴 덕분일까? 걱정이 가득해야 할 아이들의 얼굴은 밝게 펴져 있었다. 구걸을 나가는 대신 산을 오르다 보니 산보를 나온 기분마저 들었다.

아이들은 까르르 웃으며 앞으로 달려나갔다.

제일 뒤에서 할머니와 보조를 맞춰 걸어가던 소량만이 걱정스러운 표정을 지을 따름이었다.

"할머니, 도끼 없이 어떻게 나무를 하지요?"

"응? 도끼가 뭐가 필요혀? 우리가 팔아야 할 것은 잔가지여, 잔가지. 이 늙은 몸으로는 도끼질두 제대로 못하고 니도 어리니께 제대로 힘을 못 쓸 거여."

사실 그녀에게는 도끼 없이도 수십 그루의 나무를 꺾을 만한 체력이 있었지만, 노망이 나서 자신이 누군지도 모르는 그녀는 꿈에라도 그런 시도를 할 생각을 하지 못했다.

말을 마친 할머니가 홀홀 웃으며 소량의 머리를 쓰다듬었다.

하지만 소량의 표정 속에는 여전히 근심이 남아 있었다.

"잔가지만으로 잘 팔릴 수 있을까요?"

"암. 본디 큰 장작은 큰 데 쓰는 법이고 작은 장작은 작은 데 쓰는 법이여. 사람이 살면서 큰불만 피우지는 않으니께 작은 장작도 잘들 사 가. 이 할미도 작은 장작이 얼마나 필요한디."

"하지만……."

걱정을 떨치지 못한 소량이 시무룩한 표정을 지었다.

할머니는 은은한 눈빛으로 그런 소량을 돌아보았다. 작은 체구로 열심히 걸음을 옮기는 모습, 걱정이 가득한 눈빛.

이 아이는 어떤 아이일까.

그녀는 흑백이 뚜렷한 소량의 눈을 주시했다.

'우안(牛眼)인가?'

순박하고 선하게만 느껴지는 눈이었다. 거짓말이라고는 모를 것 같고, 꾀부림없이 성실할 것만 같다.

'아녀. 우안뿐만이 아녀. 아직 어려서 잘 모르겠지마는…….'

소량의 눈 안에는 총기가 숨어 있었다. 어릴 적부터 동생들을 거둬 먹이느라 감춰졌을 뿐, 굳이 따지자면 용안(龍眼)에 봉목(鳳目)이라 할 수 있으리라.

'다만 시야가 좁은 것이 문제인디.'

당장 오늘 끼니를 때우지 못하면 굶어 죽는데 내일을 생각할 겨를이 어디 있겠는가?

소량은 앞날보다는 오늘을 걱정하는 데 익숙해져 있었고, 멀리 보기보다는 코앞을 보는 시선을 가질 수밖에 없었다.

"소량아, 소량아. 시상에는 말이다, 큰 사람과 작은 사람이 있다잉. 알고 있다냐?"

"예? 큰 사람과 작은 사람이요?"

할머니가 미소를 지으며 고개를 끄덕였다. 할머니의 말뜻을 이해하지 못한 소량은 의아한 얼굴로 고개를 갸웃했다.

'큰 사람과 작은 사람이라……. 혹시 할머니는 덩치가 큰 사람과 작은 사람을 이야기하는 걸까?'

그럴 것 같지는 않다. 은은하게 미소를 짓고는 있지만, 할머니의 시선은 그 어느 때보다 진지했던 것이다.

"작은 사람은 시야가 좁아서 멀리 볼 수가 없는 사람이여. 눈앞의 문제가 별것 아닌 것인지도 모르구 큰일 났다, 큰일 났다 하면서 끙끙대는 사람 말이여. 생각해 봐라잉. 고개를 숙이고 걷는 사람이 어찌 제대로 걷겠는가?"

할머니의 표정이 조금씩 바뀌었다. 말투도 그처럼 바뀌어 갔다. 광동 사투리에서 정음(正音:표준 음운)에 가깝게.

"하지만 큰 사람은 세상을 본다. 세상을 넘어 천지(天地)를, 천지를 넘어 천명(天命)을 안단다."

할머니의 말을 곰곰이 되뇌고 있던 소량은 그런 변화를 알아채지 못했다. 소량이 고개를 갸웃하며 되물었다.

"할머니, 저는 할머니의 말씀이 무슨 뜻인지 모르겠어요."

"홀홀, 그래?"

할머니는 대수롭지 않게 웃고는 소량의 손을 잡아챘다. 소량이 당혹스러운 얼굴로 그녀를 돌아보았다.

"왜 그러세요, 할머니?"

"어디 눈 한번 감아보겠느냐?"

할머니가 은근한 목소리로 말했다. 소량이 머뭇거리자 할머니는 재차 소량을 재촉했다.

"말하지 않던. 어서 눈을 감아보아라."

할머니가 장난스럽게 웃으며 마주 잡은 소량의 손을 흔들었다.

소량이 어색한 표정으로 눈을 감았다.

차가운 바람이 소량의 피부를 간질였다. 살갗을 에는 바람이라기보다는 차갑지만 청량감이 느껴지는 바람이었다.

"바람이 느껴지느냐?"

"예, 할머니."

너무도 당연한 것을 왜 묻는 걸까?

의아해진 소량이 떨떠름한 얼굴로 입술을 축였다.

"바람이 너를 희롱하고 지나가는구나. 그다음에는 어디로 갔는지 아느냐? 네 앞에 있는 나뭇가지를 간질이러 갔단다."

할머니의 음성이 시(詩)처럼 들려왔다. 어딘지 모르게 신비로운 것도 같았다. 마치 그녀가 바람을 부르는 것처럼.

그 때문일까?

독한, 혹은 독했던 세상 85

불현듯 소량의 귀가 열렸다. 근심, 걱정 때문에 듣지 못했던 소리가 비로소 들려왔다.

마른 나뭇가지들이 흔들리며 청명한 소리를 내고 있었다.

"하늘에는 해님이 계시는구나. 중천에 떠서 말간 얼굴로 굽어보는데, 그 아래로 구름이 융단처럼 깔려 있단다. 구름이 해님을 가렸다 말았다 하는 것이 아름답구나."

소량의 피부에 따스한 온기가 와 닿았다. 햇살이 와 닿았기 때문이리라. 소량은 지금까지 왜 햇살을 의식하지 못했던 걸까 궁금해하기 시작했다.

"그럼 하늘 아래에는 무엇이 있겠느냐?"

소량은 쉬이 대답하지 못했다. 눈이 있으니 분명히 보았을 텐데, 어째서인지 산야의 풍경이 기억나지 않는다. 기억을 떠올리려 애쓰던 소량이 고개를 저었다.

"잘, 잘 모르겠어요, 할머니."

할머니는 소량의 손을 잡고 몇 걸음을 걷게 했다. 발에 닿는 보드라운 흙 덕택에 구름을 걷는 기분이 들었다.

두 세 발자국 정도 갔을 즈음, 할머니가 입을 열었다.

"자, 이제 눈을 떠보련?"

소량은 천천히 눈을 떴다.

"아아!"

저절로 감탄사가 터져 나왔다.

조금 전까지는 땅만 보고 걸었는데, 고개를 돌려보니 그야말로 시원한 풍경이 보였다. 하늘에는 말간 해가 떠 있고, 구름은 한가로이 하늘을 유영하고 있었다. 그 아래로 앙상하게 마른 나무들이 끝없이 이어진 수해(樹海)가 보였다.

왜 이전에는 풍경을 보지 못했을까?

이렇게나 시원하고 아름다운 풍경을.

"할머니, 산이, 산이……."

소량이 신기하다는 표정으로 할머니를 돌아보았다.

할머니의 눈빛이 심유하게 빛났다. 이전에는 따듯한 애정만이 담뿍 담겨 있었다면, 지금은 왠지 모를 현현한 느낌이 드는 눈빛이었다.

"세상이 보이느냐?"

어디선가 청량한 바람이 불어와 할머니의 옷깃을 뒤흔들었다. 소량은 홀린 듯이 그 모습을 바라보며 고개를 끄덕였다.

"그것을 관(觀)이라 하느니라."

멍하니 할머니를 보던 소량이 풍경으로 시선을 돌렸다.

소량은 할머니가 이상한 재주를 부려 세상을 뒤바꾸어 놓은 것이 분명하다고 생각했다. 그렇지 않다면 항상 같은 자리에 있어야 할 천지가 움직이는 것처럼 느껴질 리 없는 것이다.

그때, 할머니가 허공을 바라보며 이상한 말을 중얼거렸다.

"알고 있느냐? 동과 정에는 변하지 않는 것이 있어[動靜有

常] 강한 것과 부드러운 것이 비로소 구별되느니라[剛柔斷矣].
강한 것과 부드러운 것이 서로를 밀어내니[剛柔相推]……."

말은 소량에게 하면서도 눈은 멍하니 허공에 가 있는 할머니였다. 무심결에 떠올린 무학의 공능이 일순간이나마 매병을 이겨내게 해준 것이다.

그녀는 홀린 듯이 그녀가 알고 있는 구결을 중얼거렸다.

"…비로소 변화가 생기느니라[變在其中矣]."

소량은 할머니의 말을 이해하기는커녕 알아듣지도 못하였다. 천하에 비견할 것이 없다는 태허일기공(太虛一氣功)의 구결을 열네 살 소년이 이해할 수 있을 리가 없는 것이다.

그리 길지 않은 시간에 태허일기공의 구결이 끝을 맺었다. 구결의 끝은 선자(先子)가 남긴 당부였는데, 무론이라기보다는 운공할 때의 마음가짐을 가르치는 말이었다.

그 부분만큼은 소량도 조금이나마 알아들을 수 있었다.

"만약 호흡이 마음에서 나온 것을 안다면[若息從心出], 깨달음도 마음에서 나온다는 것을 알게 되리라[亦復知從心出]. 호흡이 마음으로 들어온다는 것을 안다면[若息從心入], 깨달음도 마음으로 들어온다는 것을 알게 되리라[亦復知從心入]. 그러므로 세상과 함께 호흡을 나눌 수 있다면[天地同息] 천하의 이치를 모두 얻으리라[天下之理得]."

말을 마친 할머니가 상념에 빠진 얼굴로 입을 다물었다.

하지만 소량은 그것을 이상하게 생각하지도 못하였다.

호흡이 마음으로 들어가고 나온다는 것만 안다면 천하의 이치를 모두 얻을 수 있게 된다지 않는가! 천하의 이치를 얻어서 뭐에 쓸 것인지는 모르겠지만, 왜인지 그 말이 마음에서 떠나지 않는다.

'천하의 이치를 모두 알게 되면 동생들과 행복하게 살 수 있는 법도 알 수 있을지 몰라.'

부자가 되지 않아도 괜찮았다. 먹을 게 좀 적어도 괜찮았다. 조금만 더 빨리 어른이 되어서 아이들의 텅 빈 마음을 채워줄 수만 있다면 그것으로 족했다.

"할머니, 할머니, 호흡을 알기만 한다면 정말로 천하의 이치를 알 수 있게 되나요?"

처음엔 텅 빈 표정이었지만, 호기심 어린 소량을 보자 할머니의 얼굴에 미소가 어렸다.

태허일기공의 마지막 구결을 얻으면 검선(劍仙)의 경지에 이른다는 말이 있기는 하지만, 그것은 수련하는 이에게 들려주는 우화일 뿐이다. 실제로 그런 경지에 이른 사람은 한 명도 없다. 아니, 애초에 운공이 아니니 얻을 수조차 없다.

'하지만 그것을 말해줄 필요는 없겠지.'

할머니가 미소를 지으며 소량의 머리를 쓰다듬었다.

"그렇고말고. 다만 지극한 마음으로 해야 하느니라."

고개를 숙인 소량이 '지극한 마음'이라는 말을 되뇌었다. 또래의 아이와 같은 천진난만한 모습에 할머니는 웃음을 짓고 말았다.

"그래, 지극한 마음. 집안에 내려오는 바에 따르면 본래……."

무어라 중얼거리던 할머니의 표정이 딱딱하게 굳었다. 갑자기 안개가 낀 듯 기억이 흐릿해진 탓이었다. 자신의 집안이 어떤 집안이었는지조차 제대로 기억나지 않았다.

'잠깐. 우리 큰딸하고 아들은 어디에 있지?'

기억이 뒤죽박죽 혼재되었다. 광동 사투리를 털어내기 위해 애써 익혔던 정음의 기억이 흩어지자 생각조차도 지독한 광동 사투리로 이어졌다.

'셋째는, 우리 막둥이는? 다들 어디 간 겨?'

소량이 이상하다는 표정으로 그녀를 불렀다.

"왜 그러세요, 할머니? 어디 편찮으세요?"

할머니는 대답하지 않았다.

'무학? 맞아. 우리 집안은 본디 무가였지. 장부께서 내게 무학을 가르쳐 주셨고. 그려, 그랬었어.'

이제야 납득이 갔다. 얼마 전 집에 들어온 두 강도들을 두들겨 팰 수 있었던 것은 무학 덕분이었다.

'근디 내가 왜 그것을 까묵고 있었당가?'

노망이 난 노인에게서 흔히 나타나곤 하는 현상이었다. 기억이 과거로 회귀하거나 아예 사라지기도 하는 것처럼 때때로 제정신이 돌아오기도 하는 것이다.

"할머니! 어디 편찮으신 거예요? 할머니!"

소량이 재차 부르자 멍하니 두 눈을 끔뻑이던 할머니가 고개를 홰홰 저어 잡생각을 떨쳐 내었다.

'워매, 내가 뭔 생각을 하고 있는 겨? 나는 우리 새끼덜하고 나무하러 가는 중이었잖어. 우리 새끼덜 먹여야지.'

흔들리던 할머니의 표정이 평소처럼 돌아왔다. 짧게나마 되찾았던 기억을 다시 놓치고야 만 것이다. 다행이라면 무학에 대한 기억이 조금이라도 돌아왔다는 것이리라.

할머니는 푸짐하게 웃으며 소량의 머리를 쓰다듬었다.

"아무것도 아녀. 늙으면 본래 정신이 나갔다가 돌아왔다가 하는 법이거든. 됐다잉, 됐어. 다 왔으니께 잡담은 그만하구 일이나 하는 게 좋겠구먼! 여기가 나무하기 좋겠다!"

할머니가 아이들을 바라보며 해사하게 미소 지었다.

"얼른 해다가 팔아가지구 우리덜 맛난 거나 해묵자!"

"네, 할머니!"

그 미소가 전염된 것일까? 걱정스레 할머니를 보던 아이들이 와 하고 웃으며 앞으로 달려나갔다.

모두가 움직이는 가운데 홀로 조용히 서 있던 소량이 고개를 푹 숙이며 중얼거렸다.

"세상과 호흡을 나눈다면……."

소량의 중얼거림이 사방으로 번져 나갔다.

3

할머니와 아이들이 한창 나무를 할 무렵이었다.

무창에서 수천 리는 족히 떨어진 합비에는 때아닌 소란이 일어나 있었다. 곱게 늙은 노부인만 보였다 하면 얼굴을 확인하러 덤벼드는 일단의 무인들 탓이었다.

그들은 다름 아닌 맹주의 호위대 무영대의 무인들이었다.

"쉽지가 않수, 쉽지가."

텁석부리 수염을 한 거한이 고개를 절레절레 저었다.

그의 이름은 노철(盧鐵)로 강호에서는 열화도객(熱火刀客)이라 불리는 사람이었다. 성정이 진득하지 못한 그에게 사람을 수색하는 일은 고문과도 같았다.

"맹주님의 모친을 찾는 일일세. 벌써부터 포기해서는 아니 될 일. 현제(賢弟)는 마음을 가다듬게."

무영대의 대주 능호양(陵護陽)이 수염을 쓰다듬으며 말했다. 노철이 한숨을 푹 내쉬며 고개를 떨어뜨렸다.

"물론 포기하지는 않을 거요. 진 맹주께서 어떤 분인지 내 뻔히 알고 있으니. 하나 이런 일은 내게는 맞지 않수. 소득도 없이 천하를 뒤지는 게 이리도 지난한 일일 줄은 몰랐수."

능호양이 눈을 지그시 감았다.

"하긴, 현제의 말도 옳네. 지난한 일이지."

마지막으로 발견된 맹주의 모친은 비단으로 만든 정장을

차려입고 화전하(和田河)에서 나온 상품의 옥으로 만든 비녀와 장신구를 하고 계신다 했다.

과거에는 지독한 광동 사투리를 사용했다 하나, 홍무정운(洪武正韻)을 꿰뚫었거니와 정음서관도 수차례 다닌 끝에 표준 음운에 가까운 말투를 쓰고 계신다 했다.

하지만 안휘 일대를 뒤져도 그런 사람은 나오지 않았다. 이제는 안휘에서 시작해 천지사방을 모두 뒤져야 할 판이다.

'참담한 일이지만, 매병을 앓으신다 했었지.'

매병을 앓는 사람의 기억은 오락가락하게 마련이다. 어쩌면 말투도 광동 사투리로 돌아갔을 수도 있고, 자식들의 일도 기억하지 못할지도 모른다.

"지독한 광동 사투리를 쓰고 계신다면… 오히려 찾기 쉬울지도 모르겠구나."

"이미 수하들에게 그리 일러뒀수. 보고도 몇 개 들어왔는데, 니미럴. 나는 이렇게 광동 사투리 쓰는 사람이 많은 줄 몰랐수. 호광성 무한삼진에서만 광동 사투리 쓰는 노부인이 스무 명 넘게 나왔다잖수."

호광성 무한삼진은 물길이 닿아 예로부터 사물과 사람이 많이 모이는 곳이었다. 무영대에게는 제일 먼저 확인해야 할 장소 중 하나라 할 수 있었다.

"그중 연고가 없는 노부인이 있더냐?"

"몇몇 있기는 한데……."

"그럼 수하들을 보내게. 시간이 없으니 발로 뛰어야 해. 개방의 도움을 받을 수 있다면 좋겠지만, 진 대협께서는 사사로운 일에 공의를 쓰기 싫어하시네."

무영대가 직접 천하를 뒤지는 까닭은 그것 때문이었다. 물론 개방이나 하오문에도 정보를 부탁하고는 있지만 결코 과하지는 않은 수준이었다.

"알겠수. 지독한 광동 사투리를 쓰는 노부인, 비단 정장이 아니라 넝마를 입고 있더라도 그냥 넘어가지 말라 이르겠수. 천리비마(千里飛馬)를 보내면 어떨까 싶은데."

"주가(周家) 놈 말이냐?"

능호양의 미간이 살포시 좁혀졌다. 특별히 수상한 행동을 하거나 악인처럼 보이지는 않는데 왠지 꺼려지는 사람이 바로 천리비마 주호원(周護原)이었다.

"가장 늦게 무영대에 들긴 했지만, 우리 중 가장 발이 빠른 놈이기도 하잖수. 그놈이 작정하고 내빼면 형님조차도 잡을 수 없을 거요."

"흐음……."

발이 빠르다는 사실은 부정할 수 없는 사실이다. 근 팔 년째 무영대에 충실한 놈이기도 했고 말이다.

능호양은 대수롭지 않다는 듯 고개를 끄덕였다.

"좋아, 천리비마를 보내세. 시간이 없으니 서두르라 이르게. 무한삼진과 같은 대도시에서도 찾지 못하면 지방 촌락을 모조리 뒤져야 할 테니."

 노철의 얼굴이 구겨졌다. 포기할 생각은 물론 없지만, 앞으로도 소득 없는 지루한 일을 계속해야 한다니 고생문이 열렸다 싶다.

 능호양이 그런 노철을 바라보며 화제를 바꾸었다.

 "곡의 흔적을 찾는 일은 어찌 되어가는가?"

 "혈마곡(血魔谷) 말이우? 참, 맹주님도 걱정이 너무 많으신 분이우. 사라진 지 오십여 년이 넘는 잡놈들인데 뭐가 그리 걱정이신지……."

 "현제!"

 능호양이 버럭 고함을 질렀다. 실수를 했다는 것을 깨달은 노철이 화들짝 놀라며 입을 틀어막았다.

 "감숙에서 발견된 시신이 어떠했는지 잊었나? 맹주님께서는 혈수인(血手印)이 확실하다고 보셨네! 시신에 대한 맹 내의 의견이 분열되어 있다는 것은 알고 있지만 설마 자네, 맹주님의 식견을 무시하는 것인가?"

 "그럴 리가 있겠수! 내 실언했수, 실언! 맹주님의 모친을 찾는 인원만큼이나 많은 수하들이 그에 대해 조사를 하고 있으니 너무 화내지 마시우!"

 "본래대로라면 맹의 무인이 전부 움직여야 할 일인데……."

 맹주의 의견과는 달리 맹 내부에는 혈수인이 아니라는 주장이 팽배해 있었다. 물론 외당이 조사를 한답시고 움직이긴 했으나 눈 가리고 아웅 할 뿐이었다.

능호양이 길게 한숨을 토해내었다.

"조사를 하고 있다니 됐네. 그래, 어떻게 되었는가?"

노철이 능호양의 눈치를 보며 보고를 시작했다. 그의 입에서 감숙 일대를 샅샅이 뒤진 결과가 새어 나왔다.

맹주의 모친에 관한 일만큼이나 소득 없는 보고였다.

第四章
너희의 성은 진가(秦家)다

1

 무창은 결코 작은 도시가 아니었다. 오가는 사람만큼이나 살고 있는 사람도 많고, 그들이 때는 장작의 양도 어마어마하다. 당연히 무창 부근에는 커다란 벌목장이 자리해 있었다.

 하지만 벌목장의 나무는 상통(上通)이나 중로(中路)로만 갈 뿐이다. 나무 부스러기조차 하통으로는 오지 않는다.

 하통에 나무장이 선 것은 바로 그런 까닭이었다. 한꺼번에 많은 양의 장작을 살 수 없는 가난한 자들이 모인 탓에 나무를 깔아놓고 파는 시전이 형성된 것이다.

 "구리돈 십 문! 십 문에 한 묶음!"

 "오십 문입니다! 잘 마른 장작더미가 오십 문이오!"

허가받은 나무꾼들이 정신없이 호객 행위를 하고 있었다. 다른 고을에서는 볼 수 없는 진풍경이었다. 그 가운데로 한 명의 노파와 다섯 명의 아이가 걸어 들어왔다.

"하, 할무이, 나 힘들어."

서너 살이나 먹었을까 싶은 어린 계집아이가 낑낑대며 칭얼거렸다. 한 아름 안은 나뭇짐이 무거운 모양이었다.

노파가 엄숙하게 꾸중했다.

"일두 안 하고 밥 처묵는 늠은 없는 법인 겨. 제 입에 들어갈 음식 쪼가리는 스스로 찾어 묵고 살아야지, 그것도 못하는 늠은 내 손주가 아닌 겨. 니들이 암만 어려두 그것은 변하지 않으니께 큰늠은 큰 대로, 작은늠은 작은 대로 일을 해야 혀."

계집아이는 그래도 칭얼댔지만, 다른 아이들은 나름대로 납득했는지 고개를 끄덕였다. 아이들의 긴장한 모습에 홀홀 웃고 만 노파는 나무장의 이곳저곳을 둘러보았다.

노파가 곧 건장한 청년이 앉아 있는 곳을 바라보며 말했다.

"저늠이 만만해 보이는구먼. 우리덜은 저 옆에 자리를 잡아야 쓰겠다."

아이들을 앞세운 노파가 당당히 청년에게로 걸어갔다.

청년이 무슨 일인가 하는 표정으로 바라보는 사이, 할머니는 아예 자리를 잡고 앉아버렸다.

"너거덜 모두 여기로 와서 앉더라고. 이보우, 젊은 총각. 저쪽으로 조금만 자리를 옮기면 안 된당가? 우리덜이 밥 한

술이라도 빌어묵으려면 여기서 나무를 팔아야 되는디."

"예, 예?"

말귀를 알아듣지 못한 청년이 애처롭게 되물었다.

본래 청년의 이름은 노방운(盧訪運)이라 하는데, 외지에서 떠돌다 뒤늦게 무창에 정착한 사람이었다. 특별히 가진 재주가 없는 고로 나무꾼 노릇을 하기로 했는데, 나무장에 나온 것은 그 역시 처음이었다.

노방운이 지독한 광동 사투리에 쩔쩔매자 소량이 대신 말을 전해주었다.

"자리를 조금만 옆으로 옮겨달라 청하시는 것입니다."

"그래? 그거야 어렵지 않지. 어서 앉아라."

노방운이 친절한 미소를 지으며 자리를 옮겨주었다.

할머니의 입가에 함박웃음이 떠올랐다.

"자리를 비켜준다니 고맙구먼. 복 받을 겨, 착한 총각. 유선아! 이 할미 옆으루 와야."

유선이 아장아장 걸어 할머니의 무릎에 폭 앉았다. 유선에게 팔을 두른 할머니가 은근한 눈빛으로 아이들을 둘러보았다.

"잘들 봐라잉. 나뭇짐 하는 눔은 표가 나게 되어 있는 겨. 그런 눔한테는 팔아본답시고 목청 터져라 외쳐 봐야 소용이 없어야. 딱 보면 그나마 옷이 곱실한 눔이 있지? 그런 눔덜이 나무를 사 가는 겨. 그러니께 그런 사람을 보면 나무 사시요,

하고 소리를 지르더라고."

"할무이, 내가 할게! 나!"

아직 어린 유선이 손을 휘저었다.

"우리 유선이가? 홀홀, 안 되야. 아직 나이가 어리니께. 그건 큰눔이 하는 것이 낫겠구먼."

"예? 저요?"

소량이 당혹스러운 표정으로 자신을 가리켰다.

그에게는 몹시 낯익은 나무장이었다. 그리 오래 지나지 않은 과거, 바로 이곳에서 소량과 영화는 악독한 나무꾼들을 만나 죽도록 매를 맞았던 것이다.

그들이 또 올지도 모른다는 생각이 소량을 위축되게 했다.

"니가 해야지 그럼 누가 할까? 이 늙은 할미가 하랴?"

"그, 그건 아니지만······."

"홀홀, 목청껏 소리를 질러보더라고. 낸중에 이 할미가 저세상 가면 밑에 줄줄이 딸린 아가들은 니가 벌어 묵여야 할 거 아니여? 시집장가도 보낼라치면 몸이 두 개라도 모자랄 겨. 연습이라 생각하고 한번 해보더라고."

소량의 속을 아는지 모르는지 할머니는 어서 앞으로 나서라고 종용했다. 꺼려지는 바가 있어 머뭇거렸지만, 소량은 결국 앞으로 나설 수밖에 없었다.

"할머니, 할머니."

영화가 걱정스러운 얼굴로 할머니를 불렀다. 할머니는 실소를 지으며 그런 영화의 볼을 꼬집었다.

"뭔 말을 할 것인지는 알겠는디, 괜찮어. 이 할미가 있잖어."

할머니는 더 이상의 말은 허용치 않겠다는 듯 영화에게서 고개를 획 돌려 버렸다. 그렇게 시선을 옮겨보니 소량이 호객을 하기는커녕 멍하니 어딘가를 바라보는 것이 보였다.

"큰눔아, 니 시방 뭐한다냐?"

소량은 할머니의 말을 듣지 못한 듯 나무장의 입구만을 바라볼 뿐이었다.

입구에는 승조의 나이쯤 되는 소년이 조그마한 손으로 모았음이 분명한 나무 부스러기를 펼쳐 놓고 있었다.

그 옆에는 네다섯 살쯤 먹은 계집아이가 쪼그려 앉아 손에 입김을 호호 불고 있었는데, 여동생인 모양이었다.

소년은 양손을 모아 계집아이의 시린 손을 덮고 비벼주었다. 추위 때문에 볼과 귀가 새빨개졌지만, 계집아이는 용케도 울지 않고 참고 있었다.

자신의 옷까지 동생에게 입히고 그 손만 열심히 비비는 소년의 모습에 소량이 아랫입술을 질끈 깨물었다.

기억 속 어딘가에 있을 익숙한 풍경이 그를 괴롭혔다.

"큰눔, 니 시방 뭐한다냐! 저쪽에 나무꾼들 또 들어오는구먼! 여기는 뭔 놈의 나무꾼들이 이리 많은 겨!"

할머니가 볼멘소리로 고함을 질렀다.

너희의 성은 진가(秦家)다

소량은 할머니의 외침에 따라 고개를 돌렸다.

"저, 저 사람들은……."

소량의 입에서 절로 신음이 터져 나왔다. 입구에 나타난 사내들은 과거에 영화와 자신을 두들겨 팼던 자들이었던 것이다.

어제 일처럼 생생히 떠오르는 기억에 소량뿐만이 아니라 영화까지도 움츠러들었다.

영화는 저도 모르게 할머니의 한쪽 팔을 꼭 움켜쥐었다.

"하, 할머니."

"음? 왜 그러는 겨?"

할머니는 영화의 얼굴을 흘끗 바라보았다. 영화는 겁먹은 얼굴로 새로 나타난 나무꾼들의 시선을 피하고 있었다.

"왜 이리 겁을 먹은 겨? 저눔덜이 그때 그눔덜이당가?"

영화가 작게 고개를 끄덕이자, 할머니의 표정이 표독스럽게 변해갔다. 입가에 어린 웃음조차도 날카롭게 느껴졌다.

"흘흘, 저눔덜이었어?"

겁에 질린 영화가 할머니의 팔에 얼굴을 묻었다.

할머니는 눈을 가늘게 뜨고는 그런 영화를 흘겨보았다.

"아따, 이눔 계집애, 간담이 콩알마냥 작기두 하다. 이 할미가 있는디 뭣이 걱정이여. 딱 보니께 매가리두 없어 보이는 눔덜인디."

할머니의 말에 영화가 안심한 듯 고개를 끄덕였다. 왕삼을 마구 두들겨 팰 정도의 할머니이니 걱정할 것이 없을 것이다.

"근디 요거 참 요상하게 되어버렸구먼. 니 오라비가 겁을 묵었나 보다."

할머니의 눈에 이채가 떠올랐다.

거친 세파를 이겨내느라 좁아진 시야로 세상을 보던 소년, 나무꾼을 보고 바싹 얼어버린 그녀의 장손.

이 아이는 어떤 아이일까.

"이참에 너거 오라비의 그릇이 얼만 한지 알아봐야 쓰겄다."

엉거주춤 일어났던 할머니가 다시 자리에 앉았다. 그녀가 나설 것이라고 생각했던 영화가 화들짝 놀라 그녀를 불렀다.

"하, 할머니?"

"본디 두려움은 마음의 문제라. 두려움을 이기지 못하면 아무것도 이기지 못하지. 인즉 잘 봐야. 너거 오라비가 대해(大海)만 한 그릇을 가지고 있는지, 아니면 간장 종지만 한 그릇을 가지고 있는지 결판이 날 것이여."

"할머니, 그게 무슨 말씀……."

"뭔 소리긴, 이 할미는 상관 안 하겠단 소리지. 너거 오라비 겁묵은 꼬라지를 보니께 그래야 쓰겄어. 야, 큰눔아!"

할머니의 목소리에 화들짝 놀란 소량이 얼른 뒤를 돌아보았다. 긴장되고 떨려 시선까지도 흔들리던 소량이었지만, 할머니를 보자 두려움이 조금씩 사라져 가는 것을 느낄 수 있었다.

하지만 할머니는 소량의 기대를 배신했다.

"암만 해두 니가 처리해야 쓰겠다. 저눔덜이 우리덜한테 시비를 걸려구 오는가 본디, 니가 잘해서 돌려보내더라고. 이 할미는 여기서 꼼짝도 안 할 테니께."

"할머니!"

안심하던 소량의 얼굴에 당황한 기색이 어렸다. 설마 하니 할머니가 외면할 줄은 몰랐던 것이다.

"제, 제가 어떻게요."

본능적인 두려움이 치밀어 올랐다. 실컷 매를 맞았던 기억이 또다시 떠올랐다. 어쩌면 이번에는 그때보다 더 많이 맞게 될지도 모른다.

겁이 났다. 두려웠다. 가슴이 두근두근 뛰었다.

"할머니, 저 사람들은 예전에, 아니, 그러니까 지금은……"

"지금은?"

할머니가 심각한 얼굴로 반문했다. 그녀는 소량이 어두운 얼굴로 고개를 숙이는 것을, 무어라 입을 열지 못하고 머뭇거리는 것을 묵묵히 바라보았다.

긴장 속에서 마침내 소량이 입을 열었다.

"…도와주세요."

할머니의 눈에서 형형한 안광이 빛났다.

"니는 낸중에 이 할미가 없으면 어쩌려고 그러냐? 그때는 누구한테 도와달라고 할 겨?"

할머니가 타박했지만 소량은 대답이 없었다. 서릿발 같은 눈으로 소량을 바라보던 할머니가 느릿하게 질문했다.

"두려우냐?"

할머니의 목소리가 천둥처럼 소량의 귓가에 울려 퍼졌다.

"두려우냐고 물었잖어."

소량의 마음속에서 깊은 갈등이 일어났다. 커다란 파도에 일렁이는 조각배처럼 소량의 마음은 거칠게 흔들렸다.

한동안 머뭇거리던 소량이 어깨를 추욱 늘어뜨렸다.

"⋯예."

"이런."

할머니가 주름진 눈가를 찌푸렸다. 아직 나이가 어리더라도 조금이라도 두려움을 극복하길 바랐던 그녀였다.

그사이 소량의 앞에 건장한 사내들이 도착했다. 얼굴이 네모나게 각진 사내가 무심한 눈으로 소량을 노려보았다.

"너희는 누구냐?"

소량의 몸이 흠칫 떨려왔다. 소량은 감히 사내의 눈을 마주하지 못하고 얼른 시선을 아래로 내렸다.

"귀가 먹은 게냐? 너희는 누구기에 여기서 장사를 하느냐고 묻지 않느냐!"

"저, 저희는……."

너희의 성은 진가(秦家)다

소량이 다급히 고개를 돌려 할머니를 바라보았다. 할머니와 시선이 마주치자 소량의 가슴이 싸늘하게 식었다. 할머니가 돕지 않을 것이라는 것을 깨달은 것이다.

"저 노파는 또 뭐란 말이냐?"

"저, 저희 할머니 되십니다."

사내가 기가 막힌다는 듯 한탄을 토해냈다.

"하통의 상도의가 바닥에 떨어졌구나! 엄연히 벌목꾼이 있는데 나이도 어린 녀석이 노파를 앞세워 나무를 팔러 오다니."

얼굴이 네모나게 각진 사내의 이름은 한보구(漢保邱)라 하는데, 본래 무창의 벌목장에서 일하는 자였다.

무창의 장작을 자신들이 마련하니, 하통의 나무장도 자신들의 관할이라고 주장하는 나무꾼이기도 했다.

한보구가 버럭 고함을 지르며 손을 들어 올렸다.

"이 자라 같은 자식아! 너희가 나무를 팔면 우리는 무얼 팔아서 먹고살란 말이냐!"

철썩!

평생 나무를 해온 사람의 손힘이 얼마나 좋겠는가!

소량의 고개가 홱 돌아갔다. 입술은 단박에 터져 선혈을 흘려내고 있었다.

"우리 오빠 때리지 말아요!"

영화가 움찔하며 앞으로 나섰다. 할머니가 붙들지만 않았다면 영화는 이미 소량에게로 달려갔을 터였다.

"어허, 영화야. 니는 가만히 앉아 있지 못하냐!"

할머니가 영화를 말릴 때였다.

아무런 말도 없이 턱만 긁적거리고 있던 한보구의 동료 우일삼(羽溢森)이 영화의 얼굴을 보고는 탄성을 내질렀다.

"아아! 기억이 나는군! 나이도 어린 계집이 반반하여 쉬이 잊히지 않는 참이었다! 너희, 예전에 이 어르신들을 본 적이 있으렷다!"

"우리 오빠 때리지 마! 우리 오빠 때리지 말란 말이야!"

할머니의 품 안에 갇힌 영화가 눈을 질끈 감고 새된 소리로 고함을 질러댔다.

소량이 다급히 뒤를 돌아보고는 할머니의 말을 들으라고 영화에게 눈치를 주었다. 할머니가 도와주지 않아 매를 맞을 수밖에 없다면 혼자만 맞으면 될 일이다. 굳이 영화까지 포함시킬 필요는 없는 것이다.

하는 양을 바라보던 한보구가 크게 콧방귀를 뀌었다.

"이거 아주 후레자식이로군. 예전에 크게 훈계를 받아놓고도 제 할멈까지 데려와? 얼마나 맞아야 정신을 차리겠느냐!"

철썩!

한보구가 손바닥을 휘두르자 소량의 고개가 또 돌아갔다. 소량의 볼은 어느새 발갛게 달아올라 있었다.

가만히 구경만 하던 동료 우일삼이 헛기침을 내뱉었다.

"어허, 조모께서 계신데 너무 심하게 하지 말게."

말리는 우일삼의 눈에는 색욕이 가득 들어 있었다. 아직 채 여물지도 않은 영화를 보고 음심이 동한 것이다.

색욕이 동한 것은 한보구 역시 마찬가지였다. 소량을 때리던 한보구의 입가에 사이한 미소가 떠올랐다.

"크하하! 좋다, 좋아. 조모께서 계시니 내 이번만은 봐주지. 너와 네 가족이 잘만 해준다면 아예 세금 없이도 장사를 하게 해주마. 그러니 너는 내게 잘 보여야 할 것이야. 그리고……."

주저앉아 있는 소량에게 크게 외친 한보구가 나무장의 입구로 고개를 돌렸다.

"허어, 액이라도 낀 건가? 오늘은 겁없는 어린놈들을 많이도 보는구나."

그의 시선이 향한 곳에는 겁에 질린 두 남매가 있었다. 손으로 주운 것이 분명한 조그마한 나뭇가지라도 팔아보려고 나온 어린 두 남매.

여동생은 당황하고 겁에 질려 오들오들 떨어대었다. 소년은 그래도 여동생을 숨긴답시고 한 발자국 앞으로 나서 있었다.

"이렇게 새파랗게 어린 새끼들마저 세상 무서운 줄 모르는군. 허참."

두 남매 앞에 선 한보구가 눈을 부라렸다.

"너희는 또 누구냐? 나무장엔 어쩐 일로 온 게냐?"

"저, 저희는 그저 나무를 팔려고……."

소년이 더듬거리며 입을 열었다. 겁에 질려 있었지만 어떻게든 상황을 모면해 보려 노력하는 모습이었다.

소년의 뒤에 숨은 계집아이가 울음을 터뜨렸다.

"으아앙!"

한보구는 계집아이의 울음에도 아랑곳 않고 소년의 머리를 후려쳤다.

"네가 이 한 어르신을 무시하는 것이 아니라면, 어찌하여 허락도 받지 않고 나무를 팔려 한단 말이냐!"

소량의 몸이 움찔했다. 귓가에 둔탁한 소리가 울려 퍼진 탓이었다. 저도 모르게 눈을 질끈 감았다가 뜬 소량은 소년이 볼을 감싸 쥔 채 넘어져 있는 것을 볼 수 있었다.

"저희는… 엄마가 아프셔서 대신 돈을 벌러……."

"네놈 어미가 아픈 게 나와 무슨 상관이라고!"

퍽!

둔탁한 소음이 장내로 퍼져 나갔다.

또다시 눈을 질끈 감은 소량의 손이 부들부들 떨려왔다. 두려웠다. 지금도 두렵긴 마찬가지였다.

'하지만, 하지만……!'

소량이 갈등하는 사이, 한보구의 손이 한 번 더 올라갔다.

"어서 이 조잡한 잔가지들을 치우지 못할까!"

단 세 대 얻어맞은 것만으로 얼굴이 발갛게 부어오른 소년이 울음을 애써 참으며 두 눈을 질끈 감았다.

곧 찾아올 매서운 손길을 생각하면서.

가만히 앉아 미동도 않던 할머니가 그제야 몸을 일으켰다.

"어쩔 수가 없다잉. 내 보다 보다 저런 호래자식들은 첨 보겠는디… 워머나?"

할머니의 말은 떨떠름하게 끝났다.

두 남매 앞에 한 사람이 서 있었던 것이다.

"그만해."

흔들림없는 곧은 눈으로 한보구를 노려보는 소년.

그는 소량이었다.

2

한보구는 그만 헛웃음을 터뜨리고 말았다. 조금 전까지 겁에 질려 벌벌 떨던 소년의 손에 자신의 손이 잡혀 있는 것이다.

"이제 보니 제정신이 아닌 녀석이었군."

한보구의 표정이 싸늘하게 변해갔다.

"그만… 그만해."

소량이 떨리는 목소리를 애써 가다듬으며 말했다.

"조모를 모시고 나온 게 기특해서 용서해 주려 했더

니……. 어서 손을 놓지 못하겠느냐?"

소량이 고개를 저었다. 자신도 이해할 수 없었지만, 마음보다 먼저 몸이 움직이고 말았다. 여동생 대신 매를 맞는 소년이, 옛날의 자신과 똑같은 소년이 있었기 때문이리라.

소량은 두려움을 극복하려 애썼다.

"내 체면이 이렇게까지 떨어졌을 줄은 몰랐구나."

한보구의 눈에 노기가 어리자 우일삼이 미간을 찌푸렸다. 그의 시선이 영화에게로 향했다.

"아까도 말했지만 너무 심하게 하지는 말게. 어서 정리하고 벌목장으로 돌아가야 할 것 아닌가."

한보구가 호호 웃으며 영화를 돌아보았다. 어여쁜 동생을 둔 아이이니 그는 큰맘 먹고 봐주기로 결정했다.

"이 어르신께 감사해라. 지금 놓으면 용서해 줄 테니."

소량은 사내의 말에 대꾸도 없이 호흡을 고를 뿐이었다. 두려움 때문에 흔들리던 마음이 마침내 정리되었다.

한보구는 그 모습이 몹시 건방지다고 생각했다.

"그렇다면 크게 혼이 날 수밖에 없겠구나!"

퍽!

소량이 피한답시고 몸을 움직여 보았지만, 나무꾼의 빠른 주먹을 피하지는 못했다. 둔탁한 소리와 함께 소량은 비명도 지르지 못한 채 나동그라졌다.

"흥! 낄 자리 안 낄 자리를 모르는 네 탓이다. 한 대만 얻어맞은 것을 다행이라 여겨야 할 것이야. 그리고 너희는…….."

한보구는 다시금 두 남매에게로 시선을 돌렸다. 웬 놈이 함부로 덤빈 까닭에 위엄을 잃어버린 지금이다. 비록 나이가 어린 남매였지만, 크게 훈계를 내려 잃어버린 위엄을 되찾아야 할 필요가 있었다.

야비한 웃음을 지은 한보구가 목을 우두둑 꺾었다.

"너희도 크게 혼이 나야겠다. 모두 허가도 없이 나무를 팔러 온 너희 잘못이니 이 어르신을 원망하지 말… 으음?"

"그만, 그만하라고 했잖아!"

도대체 언제 일어난 걸까.

소량이 다시금 한보구의 손목을 잡아챘다. 터진 입술로 힘겹게 말하고 있었지만, 눈빛만큼은 살아 있는 소량이었다.

"이 개자식! 이 어르신께서 자비를 베풀었는데도!"

한보구가 소량에게로 몸을 돌렸다. 입술이 터져 피가 흘렀지만 소량은 매서운 눈으로 한보구를 주시했다. 한보구가 다가오자 소량은 마구잡이로 주먹을 날렸다.

툭!

한보구의 고개가 살짝 돌아갔다. 소량은 주먹에서 전해져 오는 감각에 눈을 끔뻑였다.

'토, 통한 건가?'

아이의 주먹이 아프기나 하랴! 한보구는 간지럽다는 얼굴로 고개를 돌려 비웃듯 소량을 바라보았다.

'안 통했구나.'

소량은 옹골차게 주먹을 움켜쥐었다. 이미 호랑이 등에 탄 형국. 물러설 수는 없었다. 영화의 젖가슴을 만졌던 무억이와 싸울 때처럼 끝까지 싸울 도리밖에 없는 것이다.

"이런 개자식!"

한보구가 손바닥이 아닌 주먹으로 소량을 후려쳤다.

이번에도 소량은 피하지 못했다. 머릿속이 새카맣게 변하는 기분과 함께 소량은 차가운 땅바닥으로 널브러졌다. 한보구는 같잖다는 듯 그런 소량을 발로 찼다.

퍽!

"이 자라 같은 자식! 아무리 나이가 어리기로서니 벌목장의 한보구가 누군지도 모른단 말이냐?"

퍽, 퍽 하는 소리가 장내에 퍼져 갔다. 몸을 웅크리고 어떻게든 참아보려던 소량의 가슴께로 억센 발길질이 쏟아졌다.

"커, 커윽!"

소량의 입에서 거센 비명이 터져 나왔다. 당문혈(當門穴)을 크게 얻어맞은 탓이다. 당문혈이라면 건강한 사람이 맞아도 죽음에 이르게 마련인 사혈인데, 깡마른 소량이 맞았으니 어떻겠는가! 소량은 시야가 흐릿해지는 것을 느꼈다.

그렇게 널브러진 소량의 눈에 여동생을 부둥켜안고 엉엉 우는 소년의 모습이 보였다.

'천지의 이치를 모두 알게 된다면 저 아이들을 도와줄 방

법도 알게 될까?

할머니가 도와주지 않는다면 소량이 할 수 있는 일은 없었다. 그저 이렇게 짓밟힌 채 두 남매가 얻어맞는 것을 구경만 하게 될 터였다.

'호흡을 알면 정말로 천지의 이치를 모두 알게 될까?
다만 지극한 마음으로 하라 했던가!

문득 소량의 귓가가 열렸다. 아니, 어쩌면 열린 것이 아니라 닫힌 것일지도 몰랐다. 소량은 주변의 웅성거림도, 한보구의 노성도 듣지 못하였다.

'바람 소리.'

어디선가 은은한 바람 소리가 들려왔다. 한없이 느린 바람 소리였다. 그렇지 않아도 제대로 숨을 쉴 수 없던 소량의 호흡이 무심결에 바람 소리를 쫓아갔다.

'바람 소리와 함께…….'

소량의 호흡이 느리게, 조금 더 느리게 변해갔다.

흐릿해진 소량의 눈에 빛이 돌아온 것은 바로 그때였다. 축 늘어져 있던 소량이 힘차게 손을 내뻗었다.

"으, 으헉?!"

한보구는 그만 깜짝 놀라고 말았다. 죽은 듯이 쓰러져 있던 소량이 한을 품은 귀신처럼 벌떡 고개를 들더니 자신의 발을 부둥켜안은 것이다.

아이의 눈을 보자 공연히 섬뜩해지기도 했다.

"이, 이 자식!"

왜 이 아이는 두려워하지 않는단 말인가! 있는 힘껏 걷어찼는데 왜 이처럼 멀쩡하단 말인가!

"어, 어서 놓지 못할까? 노, 놓지 않으면 네 여동생이 어떻든지 간에 죽여 버리고 말 테다!"

한보구가 화들짝 놀라 발을 뒤로 뺐지만, 소량의 손에서 벗어날 수는 없었다. 한보구는 잡힌 발로 땅을 단단히 디디고는 다른 발로 소량을 짓밟으려 했다.

"죽여 버릴 테다, 이 개자……!"

한보구가 힘껏 발을 들어 올릴 때였다.

어디선가 나지막한 목소리가 들려왔다.

"내 손주를 한 번만 더 걷어차면 넌 그 자리서 죽는 겨."

"헉!"

한보구는 등골에 소름이 오싹 돋는 것을 느꼈다. 갑자기 식은땀이 흘렀고, 다리가 후들후들 떨려왔다. 호랑이를 마주한 듯한, 아니, 그보다 더한 두려움이 밀려들었다.

겨우 고개를 돌려보니 웬 할머니가 걸어오는 것이 보였다.

"으, 으헉!"

한보구는 하마터면 오줌을 지릴 뻔했다.

사실 그것은 장내의 모두가 마찬가지였다. 한보구만큼이나 건장한 사내들이 수 명은 넘게 있는데도, 늙을 대로 늙은 노파의 기세를 이겨낼 수 있는 사람은 없었던 것이다.

너희의 성은 진가(秦家)다

할머니는 차가운 얼굴로 소량에게로 걸어가 무릎을 꿇고 맥문을 잡았다. 보지 않아도 소량이 크게 상처를 입었음을 짐작할 수 있었다.

'고생 많았다잉, 우리 큰아가. 많이 다쳤겠지만… 참말로 다가 잘해 부렀어.'

그러나 할머니의 표정은 이내 급변하고 말았다. 다친 것은 분명한데, 예상보다는 훨씬 적게 다친 것이다. 아니, 맞은 양에 비하면 거의 다치지 않은 것이나 마찬가지였다.

'워매, 이게 뭔 일이다냐?'

연신 소량의 몸을 주물럭거리던 할머니가 멍하니 눈을 끔뻑였다. 무학도 배우지 못한 아이가 운기요상을 했을 리는 없다. 실제로 소량의 몸에는 한 점의 내공도 없었다.

그런데 왜 소량은 이처럼 멀쩡하단 말인가!

'내 예상보다 강골(强骨)이었던 겐가?'

이유야 어찌 됐든 잘된 일이다.

할머니는 이전보다는 훨씬 밝아진 얼굴로 소리를 질렀다.

"아따, 사내놈이 뭔 엄살이 이리 심한 겨!"

"하, 할머니."

소량이 피곤한 얼굴로 할머니를 바라보았다.

"있다가 시전 구경 갈 건디 요로콤 골골대서 어디 갈 수나 있겠냐? 딱 보니께 멀쩡한디 뭔 엄살을 부리는 겨! 후딱 못 일어나냐!"

할머니가 공연히 타박하고는 천천히 몸을 일으켰다. 그리고는 칼날처럼 날카로운 시선으로 한보구를 노려보았다.

한보구는 또다시 헛숨을 들이켤 수밖에 없었다.

"너! 창자를 뽑아다가 목을 졸라 버릴 눔! 지금까지 내 손주를 두들겨 팬 것만으로두 니는 뒤지게 맞아야 혀. 그 발로 내 손주 귀한 몸을 한 번만 더 찼더라면 참말로 조사 버렸을 것이여."

"조, 조사 버려?"

"정음으로 말하자면 뒈진다는 뜻이여. 자, 말이 너무 길었구먼. 인즉 니는 맞아야 혀. 예전에 내 손녀 뺨도 후려치고 내 손주를 걷지도 못하게 만들었댔지?"

할머니는 굽어버린 허리를 억지로 펴고는 다짜고짜 한보구의 뺨을 후려쳤다. 픽 하는 소리와 함께 한보구의 이가 우수수 튕겨 나갔다.

"어이쿠!"

한보구가 반항해 보려 애썼지만 할머니의 손은 기묘한 궤적을 그리며 그를 두들겨 팰 뿐이었다.

"콧구멍에 차돌을 박아 넣을 눔, 니눔 싸가지를 여기서 안 고치면 우리 새끼덜도 그렇구 저기 있는 아가덜까지 냄중에 고초를 겪겠지? 그러니께 좀 더 맞자. 참! 거기서 뺀질대는 눔, 니는 도망가지 말고 그 자리에 있더라고. 도망가면 불알을 터뜨려 버릴 테니께."

너희의 성은 진가(秦家)다

도망가려던 우일삼이 새파랗게 변한 얼굴로 멈춰 섰다.
할머니의 눈이 한층 더 표독스러워졌다.

소량은 힘겹게 자리에서 일어났다. 할머니가 나섰으니 이제 걱정할 거리가 없다. 달려와서 엉엉 우는 영화와 승조, 태승과 유선을 안아준 소량은 희미하게나마 미소를 지었다.

문득 시선을 돌려 보니 훌쩍이는 두 남매가 보였다. 소량은 비틀거리며 그들에게로 향했다.

두 남매의 앞에 선 소량이 걱정스러운 표정을 지었다.

"아, 아프지 않아?"

죽도록 맞아 걷지도 못했던 옛 기억이 머릿속을 괴롭혔다.

이 아이는 괜찮을까? 그때의 자신처럼 걷지도 못하는 건 아닐까? 동생에게 걱정 말라 웃어 보이며 구걸을 하러 가다가 몇 번이고 고꾸라지고 나서야 울음을 터뜨리는 게 아닐까?

"괜찮아? 아프지 않아?"

"저희는 괜찮아요."

두 남매가 훌쩍거리며 대답했다.

"다행… 다행이다."

두 남매가 고개를 끄덕이자 소량이 안도한 표정을 지었다. 얼굴에는 미소마저 어리기 시작했다. 소량은 울고 있는 막내 유선이를 안아주며 이제는 다 괜찮다고 속삭였다.

유선이 울음을 멈출 즈음, 소량의 뒤로 누군가가 다가왔다.

"그 아이보다 소형제가 더 걱정일세. 소형제는 괜찮은가?"

할머니에게 자리를 비켜주었던 청년 노방운이 머쓱한 표정으로 질문했다. 저렇게 작은 소년은 자신의 일도 아닌데 나섰는데, 그보다 훨씬 나이가 많은 자신은 구경만 했다.

부끄러움과 왠지 모를 죄책감이 일어났다.

"저는 괜찮습니다."

소량이 멀쩡한 듯 머리를 숙여 보였다.

그사이 나무꾼들을 모두 묶은 할머니가 소량에게로 다가왔다. 그녀는 안쓰러움이 가득한 시선을 애써 감추며 일부러 퉁명스럽게 질문했다.

"걷는 거 보니게 멀쩡하구먼. 움직일 만하냐잉?"

"예, 할머니. 움직일 만해요."

노방운이 조심스레 할머니를 바라보며 말했다.

"훌륭한 손자를 두셨습니다, 어르신."

"으응? 그렇지라? 이눔이 우리 장손이어라."

해맑게 웃는 할머니를 보니 왠지 기분이 떨떠름해졌다. 조금 전, 나무꾼 둘을 두들겨 패던 모습이 떠오른 것이다. 노방운은 머쓱한 표정으로 할머니의 시선을 피했다.

"손자분이 많이 다치신 것 같은데, 얼른 치료해 드려야지요."

"다치긴 무얼? 이만하면 멀쩡한디."

이미 소량의 내부를 훑어보았던 할머니가 뚱한 얼굴로 대답했다. 노방운은 '엄해도 너무 엄하구나'라고 중얼거리고는 소량을 돌아보았다.

"그러고 보니 여태 소형제의 이름도 묻지 않았군. 연배가 높은 사람들도 나서지 않는 와중에 홀로 나선 용기있는 소년의 이름을 모른대서야 말이 안 되지."

그 말에 장내에 있는 사람들의 얼굴도 발갛게 달아올랐다. 두려움에 나서지 못했던 자신들이 부끄럽게 느껴진 탓이었다.

소량이 머뭇거리며 대답했다.

"저는 소량이라 합니다."

"응? 성이 소(少) 씨더냐?"

그런 희귀한 성씨도 있던가?

청년이 의아한 얼굴로 반문하자 소량의 얼굴이 벌겋게 달아올랐다. 그렇지 않아도 고아인 소량이다.

이름은 있어도 성은 없다.

"홀홀, 이름만 듣구 착각을 하셨는가 본디, 우리 손주덜은 소 씨가 아니어라."

"아, 그래요? 손자분이 말씀이 없으셔서……."

할머니의 말에 노방운이 머쓱하게 웃음을 지었다.

소량의 얼굴이 더더욱 벌게졌다.

"저는, 그게……."

"워매, 이 미친놈 보소?"

할머니가 당혹스러운 표정을 지었다. 소량이 머뭇거리는 것을 보니 입이 저절로 벌어진다.

"니는 니 성두 까묵었냐? 여기 총각이 갑자기 물어보으께 당황을 했는가 본디, 아무리 당황해도 그렇지 제 성을 까먹는 눔이 어디 있당가?"

소량은 여전히 우물쭈물할 뿐 대답을 하지 못했다.

할머니가 버럭 고함을 내질렀다.

"아, 글씨! 너거덜 성은 진가(秦家) 아녀! 너거 증조부도 진가! 너거덜 할아부지도 진가!"

"아아!"

머뭇거리던 소량이 탄성을 내뱉었다.

울먹이던 영화도, 나머지 아이들도 놀란 얼굴이 되었다. 처음 듣는 사실이다. 성이 진가인지 곽가(廓家)인지 용가(龍家)인지 들은 바가 없으니 알 리가 없잖은가!

하지만 오래 지나지 않아 표정들이 변해갔다. 소량의 얼굴에도, 나머지 아이들의 얼굴에도 미소가 어리기 시작한 것이다.

아직 어려 뭐가 뭔지 모르는 유선이만이 어리둥절한 얼굴로 자신의 손을 잡고 있는 영화를 쳐다볼 뿐이었다.

하지만 영화는 유선의 시선도 알아채지 못했다.

"아하하."

"왜 그래, 언니야?"

유선이 마주 잡은 손을 앞뒤로 흔들며 질문하자, 영화는 유선의 손을 꼬옥 쥐어주었다.

"언니야, 언니야?"

유선이 다시 물었을 때에야 영화는 정신을 차렸다.

"이제… 나한테도 이름이 생겼네."

"응? 언니, 왜 그래?"

"이제 난 진영화야."

착각이었을까? 유선은 영화 언니의 눈에서 흘러나온 무언가가 노을에 비춰져 반짝 빛났다고 생각했다.

유선이의 귓가에 큰오빠의 늠름한 목소리가 들려왔다.

"제 이름은 진소량입니다!"

소량이 우렁찬 목소리로 대답했다.

할머니에게서 많은 것을 받아왔다. 밥도 해주셨고, 집도 보수해 주셨고, 막내 유선이도 업어주셨다. 하지만 이번에 받은 것이 제일 큰 것 같다.

이번엔 이름을 받았다.

"저는, 제 이름은 진소량입니다!"

노방운은 씩씩한 소량의 목소리가 마음에 들었다는 듯이 크게 고개를 끄덕였다.

"그렇구나. 진소량! 내 기억해 두마."

"이보우, 총각. 아직 나무는 못 팔았지마는 우리 먼저 가봐야 쓰겠구먼요. 요 강도 눔덜도 관아에 발고해야 되구, 큰일 있었으니께 시전 가서 뭐라도 먹여야겠소."

"우와! 우리도 시전 가는 거야?"

소량이 얻어맞을 때는 바닥에 엎어져 울던 유선이었지만, 모든 게 괜찮은 듯 보이자 안심한 모양이었다.

유선은 신이 난 듯 달려가 할머니의 손을 맞잡았다.

"그려, 시전 구경 가는 겨. 이 할미가 유선이한테 맛난 당과도 사 주고 빙당호로도 사 줄 것이구먼. 어때, 좋지야?"

"응! 할무이가 최고야!"

할머니의 손을 잡은 유선이 신이 나서 발을 동동 굴렀다.

할머니는 유선에게서 시선을 떼어 소량을 바라보았다. 고맙다며 연신 고개를 숙이는 두 남매에게 환하게 웃어주는 소량을 보자 할머니의 눈빛이 한층 더 심유해졌다.

第五章
무학(武學)

1

 화려한 주루(酒樓)였다. 금박을 입힌 기둥과 비단으로 감싼 푹신한 의자, 너울너울 춤을 추는 아름다운 기녀까지, 중원 어디에 내놓아도 모자람이 없는 주루였다.

 그러나 주루를 감싸 안은 것은 다름 아닌 공포였다. 상석에 나른하게 앉아 도(刀)를 어루만지는 사내 탓일 터였다. 눈가에 새겨진 칼자국이 그를 더욱 섬뜩하게 보이게 했다.

 "그 노파를 죽여야 합니다, 대형! 당장 오늘 생긴 일만 봐도 그렇습니다! 벌목장에서 오는 수입이 없어지게 생겼잖습니까!"

 왕삼이 울분에 가득 찬 목소리로 외쳤다.

상석에 앉은 사내 살호장군(殺虎將軍) 마유필(馬遺筆)이 권태로운 표정으로 되물었다.

"은자를 물 쓰듯 쓰는 노파가 있어 직접 나섰다 했더냐?"

"그렇습니다!"

"그 은자로 술이나 한잔하려던 게 아니고? 아니, 어쩌면 간만에 피 맛이 보고 싶었다거나 두려움에 떠는 사람들을 보며 잘난 체하고 싶었던 것일지도 모르겠군."

마유필이 도면을 왕삼 쪽으로 틀었다. 매끈한 도면에 비친 왕삼의 어깨가 파르르 떨려왔다.

"그, 그럴 리가 있겠습니까! 저, 절대로 아닙니다!"

입으로는 열심히 부정을 하고 있었지만, 심장은 벌써부터 두근두근 뛰고 있었다. 겁이 나서 마유필의 눈을 마주할 수가 없을 지경이었다.

'염병할, 저놈은 무슨 재주가 있기에 내 속을 저렇게 잘 안단 말이냐!'

왕삼은 혀로 입술을 축였다. 눈을 피했는데도 계속 자신을 노려보는 마유필의 시선이 느껴졌다.

'그 무섭다는 호랑이와 싸웠는데도 죽기는커녕 도리어 베어버린 놈이다. 잘못 걸렸다가는 내가 그 꼴이 되고 만다.'

마유필이 무창에 온 것은 칠 년 전이었다. 그는 오자마자 무창의 뒷골목을 일통했는데, 전임 일심단주의 목을 일도에 잘라 버린 것이 그 시작이었다. 흑사회(黑蛇會)의 회주도, 거

웅파(巨熊派)의 대형도 일도에 목이 잘렸다.

관아를 이용해 보려 한 파락호도 있었지만, 가진 재산이 얼마나 많은지 마유필은 일찌감치 현령을 구워삶은 후였다.

마유필이 무창에 내려온 호랑이를 벤 후로는 아무도 그를 건드리지 못했다. 비록 피투성이가 되긴 했지만, 산군(山君)을 베어버릴 정도이니 어느 간담 큰 사람이 그를 건드리겠는가!

마유필은 이제 명실상부한 무창의 지배자였다.

'술과 여자에 미친놈의 무공이 왜 이리 뛰어나단 말인가!'

왕삼이 '내게도 그런 복이 있었으면'이라고 중얼거릴 때였다. 마유필이 한보구와 우일삼을 바라보았다.

"그 노파에게 맞아서 그리되었다고?"

"예에……."

이가 부러진 탓에 한보구의 발음이 새어 나왔다.

마유필의 눈빛이 반짝 빛났다.

'상처에서 무학의 흔적은 보이지 않는다. 하지만 심상치가 않아, 심상치가.'

마유필은 문득 아미정종의 두터운 내공을 떠올렸다.

'설마 아미파의 비구니가 쫓아온 것은 아닐 테지?'

본래 마유필의 본명은 금원모(金遠謀)라 하는데, 호금서(好金鼠)라는 별명으로 더 유명한 사람이었다.

팔 년 전 그는 아미파의 속가제자를 간살했고, 그 일로 아미파의 끈질긴 추적을 받게 되었다.

천외천이라는 구파일방의 고수는 과연 무서웠다. 십오 년에 가까운 내공을 쌓았으니 두려울 것이 없다 여겼는데, 그는 아미파의 삼대제자도 감당할 수 없었다.

근 일 년간 쫓기던 그는 나뭇잎을 숨기려면 숲에다 숨겨야 한다는 생각에 무창에 숨어들었다. 이름을 바꾸고 철저히 흑도로만 생활하니 과연 종적을 완전히 감출 수 있었다.

'부근의 무관은 유운무관(流雲武館)뿐인데… 유운무관의 권공은 별 볼일 없는 것이다. 저놈들이 아무리 한심하다 해도 이렇게 속수무책으로 당할 수는 없어.'

생각을 거듭해 봐도 아미파만이 떠오를 뿐이었다. 아미산 광명사의 여승들을 떠올리자 절로 두려움이 밀려들었다.

"일단은 두고 보기로 하지. 나무장의 일도, 왕삼의 일도."

"대형!"

"시끄럽다!"

왕삼의 외침에 마유필이 눈을 부라렸다. 왕삼은 다리가 파르르 떨려오는 것을 느끼고는 얼른 입을 다물었다.

"내 상황을 보아 그 할망구를 처리하든 할 것이야! 더 이상은 말하기 싫으니 모두 꺼져라! 춘앵이하고 월향은 남도록 하고."

마유필의 눈에 음심이 일어났다.

왕삼과 한보구, 우일삼을 비롯한 일심단의 단원들이 크게 머리를 숙이고는 자리를 벗어났다.

마유필이 춘앵의 젖가슴을 세게 움켜쥐었다.

"아이, 마 대인."

춘앵이 교태 섞인 신음을 내뱉었다. 마유필은 거칠게 가슴을 주물럭거리며 눈빛을 빛냈다.

'내가 직접 그 할망구가 어떤 사람인지 알아봐야겠다. 만에 하나 아미파의 사람이라면……'

그때는 앞뒤 안 보고 도망을 칠 것이다.

하지만 만약 아미파의 사람이 아니라면?

그 할망구는 호금서의 심기를 건드린 것이 얼마나 잘못된 일이었는지 똑똑히 알게 될 것이다.

2

시전을 구경하는 일은 제법 재미있었다.

유선은 천지가 좁다고 뛰어다녔고, 신이 난 아이들도 함박 웃음을 머금었다. 종종 소량을 걱정하는 시선을 보내기도 했지만, 소량이 괜찮은 듯 보이자 모두들 안심한 눈치였다.

할머니는 솜이불을 한 채 틀어다가 머리에 이었고, 아이들 입에는 빙당호로를 하나씩 물려놓았다. 그리고 그릇과 면포를 조금 산 다음 보리와 말린 생선 따위를 구입했다.

그렇게 시전 구경이 끝난 후였다.

늦은 저녁을 먹고 아이들이 모두 잠들었을 무렵, 소량은 조용히 모옥 밖을 나섰다.

"후아—"

도대체 왜일까? 밤이 깊었으니 멀리 가지는 못하겠지만, 갑자기 산을 오르고 싶었다. 할머니가 보여주었던 세상, 끊임없이 움직이는 천지를 다시 한 번 보고 싶었다.

"올라가 볼까?"

모산의 위쪽을 바라보며 소량이 고개를 갸웃했다. 산에 올라가서 그때 그 경치를 볼 수 있으면 좋겠지만, 지금은 어두워서 아무것도 보이지 않을 터였다.

"아니, 달빛도 별빛도 이리 밝으니 보일지도 모르겠다."

소량은 그렇게 중얼거리고는 하늘을 올려다보았다. 쏟아질 듯 많은 별이 찬란하게 빛나고 있었다.

이전이었다면 보려고 하지 않았을 하늘이다. 당장 내일의 끼니를 걱정해야 하니 고개를 푹 숙인 채 한숨을 내쉬며 발치 앞 흙덩이만 구경했으리라.

'저렇게나 많은 별이 반짝이는데 왜 보려 하지 않았을까?'

갑자기 하늘 끝이 어디까지 이어져 있는지 궁금했다. 별이 얼마나 많은지 궁금했다. 익숙한 풍경이 생경하게 느껴졌고, 특별할 것 없는 것들이 신비롭게 느껴졌다.

"니는 잠은 안 자고 뭐하고 자빠졌다냐?"

"할머니?"

갑자기 들려온 소리에 소량이 당황하여 뒤를 돌아보았다. 모옥 앞에 할머니가 굽은 허리를 두드리며 서 있었다.

"몸도 안 좋으니께 누워 있어야 쓸 것인디."

투박한 할머니의 말투가 유난히 정겹게 느껴졌다.

소량이 환하게 미소를 지었다.

"저는 괜찮아요, 할머니. 할머니는 어인 일이세요?"

"아가덜 추울까 봐 화톳불 살리러 나왔다잉."

할머니는 어둠 따위는 아무런 장애도 되지 않는다는 듯 능숙하게 철과를 찾아내고는 불씨와 장작을 담아 후후 입김을 불어대었다.

소량은 그녀에게서 시선을 떼어 밤의 풍경을 둘러보았다.

'밤은 이런 느낌이로구나.'

이렇게 늦게까지 깨어 있는 적이 없었던 소량은 왠지 가슴이 설레는 것을 느꼈다. 갑자기 어른이 되어버린 기분이었다.

잠시 뒤, 얼굴에 검댕이 묻을 때까지 화톳불만 불어대던 할머니가 고개를 들었다.

"졸리지도 않은가 벼, 우리 큰늠은?"

"잠이 안 와요, 할머니."

소량이 쑥스럽게 미소를 지어 보였다.

사실 소량이라고 왜 할머니 품에 안겨보고 싶지 않았겠는가! 유선이처럼 할머니의 치맛자락에 얼굴을 비벼보고 싶었고 영화처럼 할머니의 손을 잡고 걸어보고도 싶었다.

소량 역시 버려진 아이였다.

그러나 소량은 한 번도 그런 호사를 누려보지 못했다. 동생들에게 할머니를 양보해야 했기 때문이다.

'지금은 동생들이 자고 있으니까……'

소량은 머뭇거리며 할머니의 손을 잡았다.

할머니가 의아한 얼굴로 그런 소량을 돌아보았다.

"왜, 춥냐?"

"아니요, 할머니. 그냥… 그냥요."

할머니의 표정이 짓궂게 변해갔다.

"다 큰 놈이 지랄한다."

말과는 달리 도리어 세게 소량의 손을 잡아주는 할머니였다. 내친김에 소량의 머리를 쓰다듬어 주기도 했다. 쑥스러운 듯 할머니의 손길에 머리를 맡기던 소량이 질문을 던졌다.

"그런데 할머니, 궁금한 게 있어요. 얼마 전에 산에 오를 때에는 어떻게 하셨던 건가요?"

"산에 오를 때? 언제를 말하는가?"

"바람이 어찌 흐르는지, 태양이 어찌 떠 있는지, 구름이 어찌 흘러가는지 말씀하실 때 말이에요."

소량이 궁금한 표정을 애써 감추며 질문했다.

할머니의 눈에 문득 이채가 떠올랐다. 그때 아이가 무언가를 보았다는 것은 이미 알고 있었지만, 예상보다 더 많은 것을 보았을지도 모른다는 생각이 든 것이다.

"그것은 왜 묻는다냐?"

"저기, 그게……."

소량이 민망한 표정을 지으며 할머니의 눈치를 살폈다. 갑자기 세상이 이상하게 보인다고 말하면 정신이 나간 사람 취급을 받기 십상인 것이다.

하지만 할머니의 표정은 평소와 다름이 없었다. 연신 눈치를 살피던 소량이 조그마한 목소리로 속삭였다.

"그게… 그 이후로 세상이 다르게 보여서요."

"시상이 다르게 보여야?"

할머니는 그게 무슨 헛소리냐고 말하지 않았다. 그저 신비로운 눈으로 소량을 바라볼 뿐이었다.

소량은 점잖은 얼굴로 구름이 움직였다느니 나뭇가지가 인사를 하듯 흔들렸다느니 멈추어 있는 것은 하나도 없었다느니 하는 설명을 시작했다.

어른스럽게 말하는 소량이었지만, 발개진 뺨을 한 채 양손을 휘젓는 모습만은 제 또래의 천진난만한 아이와 같았다.

'홀홀, 도기(道器)였던가?'

할머니의 눈빛이 반짝 빛났다. 주름살 하나하나에 세월의 무게가 걸렸고, 넉넉한 입가에서 지혜가 묻어났다.

"그래, 본래 천지는 그처럼 순행하고 있느니라. 한순간도 멈춰 서지 않고 한순간도 돌아보지 않지. 하지만 말이다, 하지만……."

할머니의 말투에서 광동 사투리가 사라졌다. 마음이 일어나면 기운도 동하는 법. 매병으로 인해 혼탁해졌던 머리가 무학의 공능 탓에 잠시나마 깨어난 것이다.

"떠났던 것들은 반드시 돌아오게 되어 있는 법이니라. 마치 원을 그려 빙그르르 돌 듯이 말이다. 그것이 바로 이치(理致)고, 그것이 바로 순리(順理)란다."

소량이 작게 감탄을 터뜨렸다.

"호흡을 알면 천지간의 이치를 얻을 수 있다고 했는데, 혹시 방금 말씀하신 것이 바로 그 이치인가요?"

"네가 그것을 어찌 알았누?"

할머니의 눈에 이채가 떠올랐다. 아이의 입에서 나온 것은 태허일기공의 마지막 구결이었던 것이다. 기억을 더듬어보니 나무를 하러 산에 오를 때 자신이 구결을 읊조렸던 것도 같다.

"홀홀, 옳아. 내가 말한 적이 있지. 그것을 기억하고 있었다니, 우리 장손은 똑똑하기도 하구나."

할머니가 소량의 머리를 쓰다듬어 주었다. 소량은 쑥스러운 듯 어깨를 움츠렸다. 할머니의 눈빛이 안쓰럽게 변해갔다.

'일찍 익은 열매는 벌레 먹기 쉬운 법이라 했는데.'

동생들을 돌보느라 너무 일찍 어른이 되어버린 아이다.

무학 대신 소량에 대한 생각이 가득 차자 맑았던 머리가 다시 혼탁해졌다. 물끄러미 소량을 바라보던 할머니가 이전처럼 지독한 광동 사투리로 질문을 던졌다.

"근디 큰눔아, 니는 오늘 그 썩을 눔덜하고 왜 싸웠다냐?"

"예?"

소량이 어색하게 할머니를 돌아보았다.

"그야 할머니께서 하라고 하셨으니까요."

"거짓부렁 말어. 이 할미가 말해두 머리를 맞아가면서 가만히 있었잖어. 근디 뭘 잘못 처묵었는지 갑자기 확 덤벼들더란 말이여? 할미는 그 이유가 궁금하다 그 말이지."

소량이 상념에 잠긴 듯 고개를 숙였다.

두 노소 사이에 잠시 침묵이 흘렀다.

그렇게 얼마가 지났을까?

"누구라도……."

소량이 화톳불에서 시선을 떼어 할머니를 돌아보며 말했다.

"누구라도 도와줘야 하는 거잖아요."

동의를 구하는 듯한 소량의 눈을 보면서도 할머니는 아무런 대답을 하지 못했다.

사실 그것은 낭연한 이야기였다. 논어에도 '덕은 외롭지 않다[德不孤], 반드시 이웃이 있다[必有隣]'는 말이 있지 않은가!

그러나 그것을 실천하는 사람은 없었다.

"하지만 아무도 도와주지 않았잖아요."

소량의 눈에 슬며시 눈물이 차올랐다.

영화와 함께 죽도록 매를 맞았던 과거에도 아무도 도와주지 않았었다. 누군가 도와줄 것이라고 믿었는데, 조금만 참으면 어른들이 도와줄 것이라고 믿었는데.

"그려, 그랬구나."

할머니가 서글프게 웃으며 고개를 끄덕였다.

잠시 뒤, 할머니가 또 다른 질문을 던졌다.

"그렇다면 니가 당할 때는 어째서 나서지 않았당가?"

소량이 할머니의 눈치를 살폈다. 혹여 할머니가 화를 내는 것이 아닌가 걱정이 되었던 것이다.

"괜찮으니 말해보더라고."

"그건……."

창피했는지 소량의 얼굴이 발갛게 달아올랐다.

"두려웠어요."

소량이 기어들어 가는 목소리로 말했지만, 할머니에게서는 대답이 없었다. 고개를 숙이고 있으니 할머니의 표정도 알 길이 없다.

두려워서 가족도 지키지 못했다니.

할머니가 한심스럽게 자신을 볼까 걱정이 된 소량은 얼른 고개를 들고는 변명을 주워섬겼다.

"하지만 할머니를 믿기 때문이었어요. 할머니가 없었다면 나섰을 거예요. 정말이에요."

"그려, 그려. 내가 없었으면 아무리 두렵더래두 나섰겠지. 홀홀."

할머니는 한심스럽다는 시선으로 자신을 보기는커녕 함박웃음을 짓고 있었다. 당황한 소량이 멍하니 눈을 끔뻑이자, 할머니는 주름진 손을 들어 그 머리를 쓰다듬었다.

"기특하다, 기특혀, 우리 손주."

누구나 두려움을 느낀다. 특히 소량처럼 남 대신 얻어맞는 것은 누구에게나 두렵고 싫은 일이다. 자신의 안위가 깨어지는 것이 어찌 좋으랴.

하지만 그것을 이겨내지 못하면 남이야 어떻게 되든 제 안위만 찾아 헤매는 옹졸한 사람이 되기 쉽다.

'이제야 이 아이가 어떤 아이인지 알겠구먼.'

소량은 그 반대였다.

스스로에게 닥친 위협에는 겁이 나 움직이지 못했지만, 남을 위해서는 두려움을 이겨내고 한 발 앞으로 나섰다.

"내 손주에게는 협기(俠氣)가 있구나."

"예?"

소량이 어리둥절한 얼굴로 반문했다.

하지만 할머니는 대답없이 하늘만 바라볼 뿐이었다.

'사람이 아니면 전하지 말라고 했던가? 이보소, 장부요. 이만하면 차고 넘치요. 저보다 제 동생들을 먼저 챙기니 마음이 넉넉한 아이고, 세상을 보며 즐거워하니 인위보다는 무위에

가까운 아이요. 더해서 제 몸보다 다른 이의 아픔을 먼저 돌보니 어찌 차고 넘치지 않겠소.'

가문의 일원이더라도 사람이 덜 되었으면 무학을 전할 수 없다. 노망이 나서 기억조차 혼곤한 할머니였지만 그 사실을 잊지는 않았다. 할머니의 표정에 흡족한 미소가 어렸다.

"늦었으니께 후딱 자야. 내일부터는 배워야 할 것이 있으니께 그리 알구. 본래 사람이 났으면 배워야 하는 법이고, 배운 이후에는 세상을 이롭게 해야 하는 법이여."

"배, 배울 거요?"

소량이 의아한 얼굴로 질문했다.

"일단은… 그릇을 닦아야 할 것이여."

할머니의 눈빛이 별처럼 빛났다.

3

다음날.

가장 먼저 잠에서 깨어난 것은 역시 유선이었다. 유선은 깨어나자마자 할머니를 찾았고, 할머니는 '씻지도 않은 얼굴을 보니께 까마귀가 형님, 하겠구먼'이라며 유선이를 간질였다.

유선이를 놓아준 할머니는 평소처럼 끼니를 준비해 아이들을 먹인 다음, 나무장에 다시 가보자며 길을 나섰다. 시전 구경을 하느라 마지막 남은 돈마저 몽땅 써버리고 말았으니 반드시 나무를 팔아야 했던 것이다.

어제의 일 때문인지 나무는 순식간에 팔렸다.

벌목장에서도 별다른 말이 없는 것을 보면 하통의 일에 끼어든 나무꾼은 단 두 명뿐인 듯싶었다.

일찌감치 나무를 판 후 모옥에 돌아오자 할머니는 소량을 따로 불렀다.

"니를 보니께 몸이 허약혀, 몸이."

모옥에 옹기종기 모여 앉은 아이들이 호기심 어린 눈으로 밖을 내다보았다. 청석 한 장 깔려 있지 않은 마당에 소량이 서서 의아한 얼굴로 할머니를 바라보고 있었다.

"우리 큰눔은 튼튼해지려면 어디부터 튼튼해져야 하는지 아는가?"

"파, 팔이요?"

"아녀. 다리여. 자고로 다리의 힘이 붙으면 어지간해서는 넘어지지두 않구 전신의 기력도 붙는 법이거든. 다리를 요로콤, 요로콤 해봐라잉."

할머니가 그렇게 말하며 소량의 다리를 툭툭 쳤다. 소량이 시키는 대로 다리를 어깨 넓이로 펼치고 반쯤 구부리자 할머니의 입가에 미소가 어렸다.

"그것이 마보세(馬步勢)여."

할머니는 반 시진은 족히 해야 한다고 말하고는, 모옥 안으로 성큼성큼 들어가 버렸다.

처음에는 그럭저럭 할 만했는데, 숨 몇 번 쉬지 못해 다리가 저려오기 시작했다. 일다경이 지나자 땀이 비 오듯 쏟아졌고, 서 있지도 못할 만큼 다리가 떨려왔다.

하지만 할머니는 태평하기만 했다.

"영화 니는 잘 봐야 혀. 여자라면 집안일에서 벗어날 수가 없는 법이거든. 빨래는 말이여, 이렇게 약간 덜 마른 상태에서 주름진 모양이 없어지게끔 쫙쫙 펴다가 한번 살짝 개켜두는 겨. 그다음에는 다시 햇볕을 쬐어야지."

"할머니, 저기, 소량 오빠는……."

할머니가 가르쳐 주는 대로 빨래를 개면서도 영화의 시선은 밖을 향하고 있었다. 소량이 땀을 뻘뻘 흘리며 기이한 자세로 서 있는 모습이 몹시 힘들어 보였다.

"계집애가 신경이 오만 데 다 가서 어디다 쓸려! 잘 들어둬야. 이렇게 개켜둔 빨래는 낸중에 다시 햇볕을 봐야 하는 법이여. 그래야 냄새도 햇살을 받아 좋게 나구 부숭부숭해지거든. 알아듣겠냐?"

"네, 알겠어요."

영화가 고개를 주억거리며 대답했다.

할머니는 태평한 얼굴로 빨래를 들고 일어났다. 문갑이 없어 구석에다 빨래를 쌓아야 했던 할머니는 '암것도 없는 요망할 놈의 집!' 이라고 외치고는 모옥 밖을 나섰다.

"후우—"

힘들다는 소리를 할 법한데, 다리를 후들후들 떨면서도 소량은 잘 견뎌내고 있었다.

 할머니의 입가에 흡족한 미소가 어렸다.

 "홀홀홀."

 본래 신체와 기운은 조화를 이루어야 하는 것으로, 신체가 튼튼하다 해도 기운이 없으면 무용지물이고, 기운이 넘쳐 난다 해도 신체가 허약하면 역시 무용지물이다.

 그녀는 먼저 소량의 신체를 다스리고 있었다.

 "많이 힘들지?"

 "차, 참을 만해요."

 "본디 공을 이루는 것은 그렇게 어려운 일이니라. 공을 일컬어 쌓는다[積]고 말하는 것도 바로 그런 까닭이여. 참지 못하는 자는 아무것도 이루지 못하지."

 신체를 단련하는 것도, 기운을 다스리는 것도 몹시 지난한 일이다. 힘겨운 단련이 어찌 즐거울 수 있겠으며, 가만히 앉아 호흡만 고르는 것이 어찌 즐거울 수 있겠는가.

 그러므로 수행하는 이에게 중요한 것은 근기(根氣)다.

 "재능이 있다구 잡지랄을 떠는 놈보다, 소처럼 우직하게 한 길을 가는 놈이 대성하게 마련이여. 그처럼 괴로운 길을 이겨내다 보면 신체와 기운뿐만이 아니라 마음마저 성장하는구면. 이처럼 어려운 일을 참아내는디 어찌 마음이 크지 않겠는가 말이여."

소량이 고개를 끄덕였다. 이렇게 힘든 일만 계속하다 보면 어지간한 일은 아무렇지도 않게 견뎌낼 수 있을 것 같았다.

"근디 숨이 많이 거칠구먼?"

"예?"

할머니의 말이 끝났을 때에야 비로소 다리를 풀었던 소량이 헉헉거리며 되물었다. 할머니가 은근한 어조로 말했다.

"숨은 자고로 느리게 쉬어야 하는 겨. 본디 호흡이란 것이 천지의 기운을 받아 삼키고 내뱉는 것인디, 니처럼 밭게 내쉬었다가는 들어왔던 기운에 더해서 니 기운까지 뱉어내고 말 거 아녀? 그러면 안 되지. 암, 안 되구말구. 인제 숨을 내쉬는 법을 가르쳐 줄 테니께 잘 들으라고."

할머니는 클클 웃고는 기괴한 호흡법을 가르쳐 주었다.

먼저 정좌를 하게 한 후 길게 호흡을 내쉬는데, '폐(肺)에서 나쁜 것들이 나온다고 생각하라'고 말해주었다. 때때로 길고 밭게, 혹은 느리고 빠르게 숨을 내쉬는데 그때마다 신(腎)이나 간(肝) 등등에서 나쁜 기운이 나온다고 생각하라 했다.

"나쁜 기운을 내보낸다고 생각하면 정말로 나쁜 기운이 나가나요?"

소량이 고개를 갸웃하며 질문했다.

"물론이여. 기운(氣運)은 마음을 좇게 마련이라! 니가 그렇다고 생각하면 응당 그렇구말구. 본래 몸을 쓰기 전에는 마음부터 써야 하는 법이니라."

"마음부터요?"

"기운의 맑고 흐림은 신체가 주관하는 법이고, 신체의 맑고 흐림은 마음이 주관하는 법인데, 이는 억지로 힘써서 되는 일이 아니라 했지[氣之淸濁有體, 體之淸濁有心, 不可力强而致]."

할머니의 말은 너무 어려웠다. 열심히 머리를 굴려보았지만 소량은 그 뜻을 알지 못했다. 그저 '내 마음이 원하기만 하면 기운도 말을 듣는 모양이다'라고 생각했을 뿐이었다.

"나의 마음이 바르면 천지도 바르게 되고[吾之心正卽天地之心亦正], 나의 기운이 순하면 천지의 기운도 순하게 된다[吾之氣順卽天地之氣亦順]고도 했다. 니 마음이 바르기만 하면 세상 천지도 바뀐다니 이처럼 좋은 일이 어디 있겠냐?"

소량이 고개를 갸웃했다. 마음 쓰기에 따라 세상이 바뀐다니, 동생들이 모두 행복해지라고 마음을 쓰면 정말로 그렇게 되는 걸까? 아니, 더도 말고 덜도 말고 동생들이 부모님을 다시 찾을 수 있게 해달라고 하면 세상도 그렇게 바뀔까?

'내가 무슨 생각을 하는 거람.'

소량이 실없는 생각을 했다며 혼자 멋쩍게 웃었다.

'그보다 호흡이라, 호흡……. 호흡을 알면 천지의 이치를 모두 얻을 수 있다고 했는데.'

소량의 표정이 밝아질 무렵이었다.

"마음을 바르게 쓰라고 했더니 잡생각부터 해 처묵고 자빠졌네, 오실힐 깃이!"

할머니가 소량의 머리를 쥐어박았다. 소량의 눈에 눈물이 핑 돌았다. 소량은 머리를 감싸 쥐며 할머니를 올려다보았다.

"마, 마음은 어찌해야 바르게 쓰는데요?"

할머니는 요상한 미소를 지을 뿐 입을 열지 않았다.

할머니가 대답하지 않자 소량이 볼멘소리로 말했다.

"할머니, 저는 할머니의 말씀이 무슨 뜻인지 모르겠어요."

"언젠가는 알게 될 것을 뭘 그리 서두르고 난리인 겨. 다 쉬었으면 어여 다시 마보세를 취해야지."

할머니가 훌훌 웃고는 다시금 소량의 머리를 쥐어박았다. 소량은 괴로운 표정을 지으며 자리에서 일어나 마보세를 취했다.

본래 인체는 작은 우주라고 했다. 드넓은 천지만큼이나 신비하고도 놀라운 것이 바로 인체인데, 할머니가 가르쳐 준 숨쉬는 법은 각각의 우주를 다독이는 것이라 했다.

소량이 호흡법을 배운 지도 벌써 한 달의 시간이 흘렀다.

할머니는 그제야 소량에게 호흡법을 어찌 불러야 하는지 가르쳐 주었다.

"태허일기공이요?"

"그려, 태허일기공. 일단공에 불과하긴 하지만 이것은 비인부전이니께 니는 아무한테나 전해서는 안 되야. 까묵으면 안 된다잉. 명심해야 혀."

소랑은 그런 할머니를 이상하다는 듯 바라보았다.

'가끔 할머니는 이상한 말씀을 하실 때가 많아.'

할머니는 때때로 '정은 곧 신체의 근본이자 지극히 보배로운 것[精爲身本, 精爲至寶]'이라느니 '신(神)은 신체를 주관한다[神爲一身之主]'느니 하는 이상한 말을 하곤 했는데, 너무 어려워서 소랑은 한마디도 알아듣지 못했다.

이번에도 마찬가지였다. 고작 숨 쉬는 법일 뿐인데, 어찌하여 전하지 말라고 하시는지 알 수가 없었다.

'내가 공연한 생각을 했구나. 전하지 말라시면 따르면 그뿐인 것을.'

소랑이 몇 번이나 약속을 하자 할머니는 그제야 안도한 듯 숨을 쉬게 했다. 몇 번이나 가르쳐도 제대로 숨을 쉬지 못해 꾸중을 하기는 했지만 말이다.

"근디 이눔 자식의 호흡은 왜 이리 느리담?"

할머니가 기가 막힌다는 듯 한탄을 토해내었다. 본래 반 푼을 느리게 내쉬면 반 푼을 다시 빠르게 들이마시는 게 태허일기공의 일단공이었다.

그런데 소랑은 한 푼을 느리게 쉬고 한 푼을 빠르게 내쉰다. 내쉬는 비율은 같되 그 양은 엄청나게 차이가 나는 셈이었다.

할머니의 표정이 기이하게 변해갔다.

'완공(緩功)인가?'

무학(武學) 149

그럴 리가 없다.

그녀도 무학을 배운 지 이십여 년이 지나서야 완공에 다다랐는데, 아직 어린 소량이 완공에 들었을 리가 없는 것이다.

'설령 진짜 완공이라 해도 문제여. 지금 완공에 들어서면 평생 적공해 봐야 주먹만큼의 내기도 이루지 못하게 마련인디.'

이상한 시선으로 소량을 바라보던 할머니가 고함을 질렀다.

"이눔 자식, 호흡을 빨리 하라는 말 못 들었냐잉!"

쿵!

운기 중인 사람은 절대로 건드려서는 안 된다. 내공은 의념을 좇게 마련인데, 외부의 충격으로 의념이 깨어지면 내공이 제멋대로 뻗어나가게 되는 것이다.

하지만 소량에게는 아무 이상도 없었다. 할머니가 호흡의 틈을 뚫고 꿀밤을 때린 덕택이었다. 내공은 제멋대로 뻗어나가기 전에 끊겨 버리고 말았다.

타인의 운기에 간섭할 수 있는 무인이 있다는 것을 알게 되면 강호의 무인들은 대경실색하고 말 터였지만, 아무것도 몰랐던 소량은 그저 눈물만 찔끔 흘릴 뿐이었다.

"죄송해요, 할머니. 아야야, 아파라."

소량은 맹렬히 머리를 비볐다. 배운 대로 호흡을 해보려 했지만, 숨을 내쉬다 보면 바람 소리도 들리고 나뭇가지 부딪치는 소리도 들려온다. 그런 일만 벌어지면 저절로 호흡이 소리들을 따라가고 만다. 뒤늦게 실수했다는 것을 알고 호흡을 바로 해봐도 결과는 마찬가지였다. 조금만 시간이 지나면 다시 천지간의 소리가 들려오는 것이다.

할머니는 그런 소량을 기이한 듯 바라보았다.

"완공이 나쁜 것만은 아니지만… 이 미친눔아! 기기도 전에 날려구 하면 어디다 쓸려!"

"하, 하지만 일부러 그런 게 아니라 저절로……."

소량이 소심하게 반항했다.

할머니는 또다시 소량의 머리에 꿀밤을 때렸다.

"시끄러, 이눔아! 이 망할 눔이 말두 안 되는 소리를 하구자빠졌네잉!"

소량은 또다시 맹렬히 머리를 비볐다.

"호흡은 그만하면 됐다잉. 아직 아무것도 제대로 하는 게 없긴 한디, 오늘은 육합권(六合拳)을 배워야 쓰겠다. 본디 세상에 따로 떨어진 것은 없는 법이라. 체를 만들려면 기도 만들어야 하고, 기를 만들었으면 움직이기도 해야 하지."

무학의 상리에는 전혀 맞지 않는 일이었다. 보통 먼저 신체를 다스리고 그다음 동공(動功)을 가르친다. 동공으로 인해 기혈이 열리면 비로소 호흡을 통해 내공에 입문하는 것이다.

하지만 할머니는 신체를 제대로 다스리기도 전에 내공에 입문시키고는, 입문하자마자 동공을 가르치고 있었다. 이쯤 되면 거의 동시에 가르친다고 말해도 과언이 아니었다.

'심기체(心氣體)는 일체를 이루어야 하는 법이지.'

태허일기공은 기공(氣功)이 아니라 심공(心功)이다. 마음이 일어나면 기운도 따라 일어나는 법이라. 억지로 기운을 쌓게 하지 않고 먼저 마음을 가르쳐 저절로 기운이 일어나게 하니, 상승의 심공이라 할 만한 것이다.

할머니는 먼저 소량의 신체를 다스려 기반을 닦고 심공을 전하여 저절로 기운을 일으키게 할 요량이었다. 그다음 권형을 통해 조화를 이루고 나면 비로소 그릇이 완성되리라.

'그 이후엔……'

소량도 태허일기공의 진체를 엿보게 될 것이다.

상념에서 깨어난 할머니가 퉁명스럽게 입을 열었다.

"잘 듣고 따라 외워야! 만조가 되고 간조가 되듯이[潮起潮落], 느리게 일어나 먼저 닿게 하라[後發先至], 적보다 나를 주로 하여[以我爲主], 빠른 공으로 바로 취하라[快攻直取]. 몸을 붙이고 접근하여 때려[貼身靠打] 짧은 것으로 긴 것을 제압한다[以短制長]."

소량은 할머니가 말해주는 대로 조기조락(潮起潮落)으로 시작해 혼원일체(混元一體)로 끝나는 서른다섯 자 요결을 외웠다. 할머니는 소량이 다 외울 때까지 몇 번이나 알려주고는 이번에는 손발을 움직이는 법을 가르쳐 주기 시작했다.

"허어, 몸이 이리 뻣뻣해서 어떻게 혀? 이쪽으루 움직여야지, 이쪽으루!"

할머니가 알려주는 대로 손발을 움직이던 소량이 식은땀을 뻘뻘 흘렸다.

사실 육합권은 그리 대단한 권로가 아니었다. 물론 권법의 근본 요체를 모두 품고 있는 공부이긴 했지만, 명문대파(名門大派)의 절학에 비하면 한참 밑지는 데가 있었다.

하지만 할머니에게 중요한 것은 '권법의 기본 요체를 모두 품고 있다'는 사실 자체였다. 실제로 그녀가 가르치는 것은 진짜 육합권의 초식이라기보다는 춤사위에 더 가까웠다.

"보법(步法)! 어째서 마보세부터 가르쳤는지 잊은 겨? 발이 요로콤 가야지, 요로콤!"

"와아, 형아! 멋지다!"

할머니 덕택에 겨우 하는 건데 멋모르는 넷째 태승이는 박수를 치며 즐거워하고 있었다. 광대 춤사위를 추는 것 같아서 소량의 얼굴이 벌겋게 달아올랐다.

"허어! 어딜 보는 겨? 무얼 하든 마음을 다해야지, 이 망할 눔의 자식!"

할머니의 꿀밤이 이어졌다. 소량은 눈물을 글썽이며 다시금 할머니가 가르쳐 주는 대로 초식을 이어나갔다. 결국 소량은 해질녘이 되어서야 권형을 다 외울 수 있었다.

할머니는 그제야 만족한 듯했다.

"인즉 할 수 있겠냐?"

"아, 아니요. 너무 어렵습니다."

소량이 난색을 표했다. 어찌 움직여야 하는지는 기억할 수 있었지만, 아는 것과 행하는 것은 아무래도 다른 법이다. 소량은 자신이 배운 것을 온전히 실행할 자신이 없었다.

"아직 외지도 못한 겨?"

"외우기는 했지만……."

"외웠으면 됐다잉."

할머니는 그렇게 말하고는 유유자적 모옥 안으로 걸음을 옮겼다. 아직 자신이 없었던 소량이 몇 번이나 불렀지만, 그녀는 귓등으로도 들은 척을 하지 않았다.

"하아―"

마당에 홀로 남고 보니 절로 한숨이 나왔다. 소량은 고개를 푹 숙이고는 무심결에 주먹을 쥐고 폈다, 접었다를 해보았다. 자신감은 점점 더 사라지고 있었다.

'이상하다. 왜 제대로 안 되지?'

수십 번을 지도해 주신 할머니 덕택에 동작은 다 외울 수가 있었다. 아니, 어쩌면 그게 아니어도 외울 수 있었을지도 모른다. 본격적으로 가르쳐 주기 전에 할머니께서 가볍게 보여 주신 몸놀림이 왜인지 머리에서 떠나지 않았던 것이다.

'이렇게 하셨던가?'

소량은 주먹을 쥐어 정권을 뻗어보았다.

기억 속 할머니의 손은 곧게 앞으로 뻗어나갔는데, 자신의 주먹은 왠지 아래로 향하는 것 같았다.

'조금 더 위였던가?'

살짝 위로 들어보니 이번엔 또 너무 높은 것 같다. 한동안 연신 허공에 주먹질을 하던 소량이 고개를 갸웃했다.

'이상하다, 이상해. 분명히 쉬워 보였는데.'

금방이라도 할 수 있을 것 같았는데, 막상 해보니 제대로 되지 않는다. 외운 대로 처음부터 끝까지 펼쳐 봐도 마찬가지였다. 마치 맞지 않는 옷을 입은 것처럼 거북살스럽고 불편하기 짝이 없었다.

소량은 '아무래도 피곤해서 그런가 보다'라고 생각했다.

'쉬었다 내일 해보자. 할머니도 쉽게 배울 수 있을 거라고 하셨으니까 잘할 수 있을 거야.'

그렇게 생각하니 마음이 한결 가벼워졌다. 소량은 어깨를 으쓱하고는 모옥 뒤편으로 걸어갔다. 할머니가 물을 끓여두고는 씻으라고 채근했던 것이다.

조방에 들어선 할머니가 소량을 흘끔 돌아보았다.

'뭐 저런 놈이 다 있다냐?'

본래 초식을 익히는 것은 지난한 일이다. 초식의 형을 제대로 익히려면 수백, 수천 번을 고련해야만 하는 것이다.

그렇게 형을 완벽히 익히고 나면 그때에야 비로소 조금이나마 본의(本意)를 알 수 있게 된다.

하지만 소량은 달랐다. 형식을 익히기도 전에 본의를 먼저 봐버리고 만 것이다. 몇몇 초식은 모양새를 흉내 내는 것을 넘어 흐름을 좇고 있기도 했다.

'그러다 보니께 권로마저 완공이 되어부렀어.'

할머니는 눈을 지그시 감았다. 태허일기공의 마지막 구결에 집착하던 아이를 떠올리니 공연히 마음이 선뜩해졌다. 마지막 구결을 얻으면 검선의 경지에 이른다지 않는가!

'내가 뭔 생각을 하는 겨? 설마 그런 사람이 있으려구.'

할머니는 고개를 절레절레 저어 상념을 떨쳐 버렸다.

하지만 상념은 오래도록 남아 지워지지 않았다.

第六章
그렇게 흘러가며……

천애협로

1

 혹한의 추위가 계속되었던 겨울이 지나고 어느새 여름이 다가와 있었다. 소량과 아이들이 할머니를 만난 지 벌써 반년이 지난 것이다.
 지난 반년 동안 많은 변화가 있었다. 깡말라 있던 아이들은 통통하게 살이 올랐고, 주눅이 들어 있던 시선은 밝게 펴져 이제는 제법 미소도 지을 줄 알았다.
 가장 큰 변화 중 하나는, 아이들도 소량처럼 마보세와 호흡법을 익히게 된 점일 터였다. 가장 먼저 배우게 된 영화가 죽는 시늉을 했지만, 할머니는 엄하기만 했다.

"영화 니뿐만이 아니라 다른 눔덜도 배울 겨! 진체는 사람 봐가며 가르치겠지만, 양생(養生)하구 호신(護身)은 해야 되지 않겠냐! 그러니께 잡소리 말고 참어야!"

크게 꾸중을 들은 다음에는 영화도 별다른 말 없이 조용히 마보세와 호흡법을 익혔다. 승조와 태승이, 유선이는 자신들도 그것을 익혀야 한다는 말에 겁을 집어먹었다.

또 다른 변화는 학문을 연마해야 한다는 점이었다.

가장 먼저 천자문을 뗀 소량과 영화는 소학(小學)을 배웠고, 그다음으로 승조와 태승이 천자문을 배웠다.

오늘도 아이들은 각자의 배움에 맞춰서 글을 읽는 중이었다.

"자! 인즉 외워보더라고. 영화야, 니가 소학 경장(敬長)을 배우고 있지? 어디 한번 해보더라고."

"나이가 많아 곱절이 되거든[年長以倍] 아버지로 섬기고[父以事之], 열 살이 더 많으면[十年以長] 형으로 섬겨라[兄以事之]."

영화가 조심스레 일어나 배운 말을 외워 나갔다.

할머니가 손으로 무릎을 치며 장단을 맞추었다.

"그려, 잘 외웠구먼. 쓸 줄은 알 테니께 생각을 물어봐야 쓰겠구먼. 왜 나이가 곱절이 되면 아버지로 섬겨야 되겠냐?"

"나이가 많다는 것은 곧 경험이 많다는 뜻이니, 경험에 대한 존중이 첫째일 것입니다. 둘째로, 선인에게는 후인을 가르치고 보살필 의무가 있다 했습니다. 그에 대한 존경을 바치는 것 역시 당연한 일일 거예요."

영화의 목소리가 낭랑하게 울려 퍼졌다. 할머니는 무릎을 크게 치고는 감탄을 터뜨렸다.

"잘한다잉!"

할머니의 입꼬리가 슬그머니 올라갔다.

자수를 놓기를 즐겨하는 영화를 보고 천생 계집애라고 한탄하던 할머니다. 아무리 여자라도 배울 것은 배우고 할 것은 해야 한다 생각하는 할머니의 눈에는 모자랄 수밖에 없었다.

하지만 막상 학문을 가르쳐 보니 생각의 깊이가 유난히 깊다. 머리가 좋다기보다는 오래 생각하고 궁리할 줄 아는 까닭이었다.

"그려, 그렇게 잘해야 동생들의 본이 되는 겨. 다음은 누구더라?"

마음 같아서는 몇 번이든 칭찬해 주고 싶었지만 그녀는 일부러 칭찬을 아꼈다. 할머니는 셋째 승조에게로 시선을 돌렸다.

"승조 차례지? 어디 한번 외워봐."

승조의 표정은 울적했다. 어제 하루 종일 노느라 글자를 몇 개 외지 못한 탓이었다. 승조는 더듬더듬 글자를 외웠다.

"위, 위에서는 사랑하고 아래에서는 공경하라[上和下睦]. 장부가 주장하면 아내가[夫唱婦], 그러니까 아내가……."

"따르라[隨] 아니여, 따르라! 외지도 못한 것을 보니께 쓸 줄도 모르겠구먼! 니는 머리도 좋은 것이 왜 노력을 안 하는 겨!"

할머니가 득달같이 달려와 승조의 머리를 쿵 때렸다. 승조는 눈물이 찔끔 나는 것을 느끼곤 맹렬히 머리를 비볐다.

"이 망할 눔, 셈은 제일 빠른 눔이 하려고 들지를 않어! 벌로 마당에 가서 글자 서른 번씩 쓰고 와야!"

"예……."

승조가 시무룩한 얼굴로 마당으로 나갔다. 먹과 종이, 붓을 살 돈이 없어 마당에서 글씨를 배우는 아이들이었다.

"다음은 우리 넷째 태승이! 너거 셋째 형하고 같은 부분 배우고 있지? 어디 한번 외워보더라고!"

"예!"

태승의 음성은 활기찼다. 태승이 보기에는 승조 형이 너무나 이상할 따름이었다. 이토록 외우기 쉬운 것을 왜 못 욀까? 각각의 글자에 여러 뜻이 있는 것도 재미있는데.

자리에서 일어난 태승이 자랑스럽게 천자문을 외워 나갔다.

"위에서 사랑하고 아래는 공경하라. 장부가 주장하면 아내가 따르고, 때가 되면 나가서 가르침을 받아라[外受傅訓]."

무릎을 두드려 가며 태승의 음성에 장단을 맞추던 할머니가 감탄사를 터뜨렸다.

"워매, 우리 손주, 장하다잉. 계속해 보더라고."

"집에서는 어머니를 받들고[入奉母儀], 고모와 백부, 숙부는[諸姑伯叔] 조카를 제 자식처럼 여겨라[猶子比兒]."

태승의 음성은 낭랑했다. 네 글자씩 구(句)를 이루어 외우고는 있지만, 각각의 글자의 의미들을 모두 알고 있거니와 획도 틀리지 않고 쓸 줄 아는 태승이었다.

할머니의 얼굴에 흡족한 미소가 감돌았다. 다섯 아이 중에 가장 머리가 좋은 놈을 꼽으라면 바로 셋째 승조와 넷째 태승일 터였다. 셈이 빠른 대신 게으른 승조와 달리, 태승은 부지런하고 배우길 좋아하니 지자(智者)로 길을 잡아도 모자람이 없으리라.

할머니는 혹시나 하는 얼굴로 질문을 던졌다.

"지금까지는 잘 외웠어야. 혹시 다음도 외울 수 있당가? 무슨 글자인지 못 배웠을 것인디."

"외울 수는 있는데… 아직 쓸 줄은 몰라요."

지금까지 외운 부분은 멋지게 쓸 줄 아는데 뒷부분은 외우기만 했을 뿐 아직은 쓸 줄 모른다. 획을 어느 순서로 뻗어야 하는지도 모르고 말이다.

"외는 것만두 대단한디, 뭐. 어디 한번 해보더라고."

"형제는 서로 우의가 좋아야 하는데[孔懷兄弟], 한 기운에서 나온 가지와 같다[同氣連枝]… 입니다."

그렇게 흘러가며…… 163

"워매! 장한 것."

태승이 쑥스럽게 말하자 할머니의 입에서 연신 감탄사가 튀어나왔다. 천자문을 시작한 지 오 일이 채 안 되는 태승인데, 그사이 근 삼백여 글자를 다 외운 것이다.

"우리 태승이, 장하다잉!"

"헤헤."

태승이 어색하게 뒷머리를 긁으면서 웃었다. 할머니의 칭찬이 기분 좋은 까닭이었다. 할머니는 태승의 머리를 쓰다듬어 주고는 마당에 나간 승조를 바라보며 미간을 좁혔다.

"승조, 니도 열심히 해야 할 것이여. 알아듣겠냐잉?"

"예."

승조의 울적한 음성을 듣자 할머니는 가슴이 막히는 기분이 들었다. 더 이상 혼내봐야 기죽이는 일만 될 것 같아서 그녀는 화제를 바꾸었다.

"그려, 오늘치 몫은 다 했으니께 서예(書藝)를 할 차례여. 근디 너거덜 큰오라비는 어디를 갔다냐? 아무리 따로 글을 배운다지만 아침부터 어디를 쏘다니는 겨?"

마당에 나서려던 영화도, 내심 뿌듯해하면서도 셋째 형 눈치를 보느라 기뻐하지도 못하던 태승이도 고개를 갸웃했다.

대답은 막내 유선에게서 나왔다.

"할무이! 큰오빠는 모산 앞 냇가 갔어!"

"저눔 자식이 제일 문제여! 할무이한테 '갔어' 가 뭐여, '갔어요'라고 해야지!"

막내 유선은 너무 나이가 어려 학문을 시작하지 못한 상태였다. 오빠, 언니들이 글을 외는 동안 지루해하던 유선은 아예 모옥을 나가 햇볕 아래서 흙장난을 하는 중이었다.

"냇가면 멀리 안 나갔구먼. 밭도 일궈야 하는디… 쯧쯧."

혀를 끌끌 찬 할머니가 전신에 흙덩이를 묻힌 유선을 바라보았다. 곧 그녀의 입에서 고함이 터졌다.

"근디 유선이 니는 허구한 날 흙만 파 묵고 앉았냐?! 인즉 할미는 물 끓여서 안 씻겨줄 겨! 우리 유선이 미워서!"

자신이 밉다는 말에 유선이 울상을 지었다. 할머니가 모른 척 모옥을 나서자 유선은 그 뒤를 졸졸 쫓아다니며 진짜로 자기가 미우냐고 물었다.

"하, 할무이, 나 미워?"

"그려! 밉다, 미워! 아주 깨물어주고 싶도록 미워야!"

할머니가 급작스레 간질이자, 유선이 울먹이던 것도 잊고 웃음을 터뜨렸다. 할머니는 유선이 진정되기를 기다려 조방으로 그녀를 데려갔다.

조방으로 가기 전 할머니는 냇가가 있는 쪽을 보며 끌끌 혀를 찼다. 소량이 무슨 생각을 하고 있는지 알 것도 같아서 그녀는 고개를 절레절레 저었다.

2

소량은 울적한 얼굴로 하늘을 올려다보았다. 구름 한 점 없는 청명한 하늘이 드넓게 펼쳐져 있었지만, 마음은 조금도 편해지지 않았다. 차라리 먹구름이나 콱 끼어버리지 하는 심정이 들 정도이니 더 말할 것이 있을까.

"하아—"

공연히 세상을 원망하던 소량이 기나긴 한숨을 터뜨렸다.

'아무래도 나는 재주가 없나 보다.'

할머니에게 육합권을 배운 이후로 다섯 달이나 지났건만, 소량은 한 번도 권로를 제대로 펼치지 못했다. 오히려 옆에서 구경을 하던 태승이가 더 잘할 정도였다. 소량이 하는 양을 멋지다고 구경하던 태승이는 남몰래 소량을 따라 하곤 했는데, 놀랍게도 한 번도 틀린 적이 없었던 것이다.

소량은 남들이 한두 번 만에 된다면 자신은 수십, 수백 번을 해야 겨우 될까 말까 하는 게 아닐까 걱정하기 시작했다.

'나는 첩신고타의 초식까지밖에 할 수 없는걸.'

할머니는 '어쩌다가 완공부터 익혀가지고선……' 이라고 타박하기는 했지만, 느리다 해서 재촉하거나 하는 법은 없었다. 몇 번이나 다시 가르쳐 주며 제대로 펼치기를 기다릴 뿐이었다. 그렇게 해서 이룬 것이 다섯 번째 초식 첩신고타의 초식까지였다.

거기까지는 한 점의 답답함도 없이 자연스럽게 풀어나갈

수 있는데, 그다음부터는 도대체 왜 주먹을 하늘로 뻗어야 하는지 알 수 없고, 발은 왜 반보 뒤로 가야 하는지 알 수가 없다. 그러다 보니 자연히 흐름도 좇을 수가 없었다.

'그래도 언젠가는 제대로 펼칠 수 있겠지?'

할머니의 실망스러운 표정만은 보기 싫었다.

"후아—"

벌써 몇 번이나 권로를 펼쳤는지 전신이 땀으로 젖어 있었다. 소량은 땀을 식히려는 듯 면포배자를 펄럭거리다가 냇가로 걸어가서 아예 얼굴을 담가 버렸다.

차가운 물이 얼굴에 닿자 시원함이 몰려들었다.

'아예 몸을 담가 버릴까?'

냇가에서 얼굴을 꺼낸 소량이 이내 웃음을 머금었다. 한낮이니 옷도 빨리 마를 터, 한바탕 멱을 감는 것도 괜찮은 일이지 싶다. 소량은 냇가에 몸을 던졌다.

풍덩!

"아하하! 시원해!"

소량의 입가에 이전보다도 더욱 짙은 미소가 번졌.

소량은 아예 냇가에 몸을 띄워 버렸다. 냇물이 흘러가며 소량의 몸도 함께 옮겨주었다.

눈이 부시도록 청명한 하늘이 소량의 눈에 파고들었다. 손을 뻗으면 잡힐 것만 같아서 소량은 손바닥을 활짝 펼쳐 하늘로 가져갔다. 손가락을 타고 물방울이 떨어졌다.

그렇게 흘러가며……

둥실둥실 떠내려가던 소량이 푸하 하고 웃음을 터뜨렸다.

'할머니는 매번 꾸중하시지만, 나는 이렇게 호흡하는 것이 더 좋은걸.'

마음이 편해진 소량이 길게 호흡을 골랐다. 이전 할머니가 보여주셨던 것처럼 세상이 살아났다.

귀는 물이 흐르는 찰박찰박 소리를 쫓았고, 눈은 한없이 느리게 흐르는 구름으로 향했다. 피부는 차가운 물 기운을 머금었고, 코끝으로는 어디선가 배어 나오는 풀내음을 맡았다.

세상 모든 것이 느릿하지만 꾸준히 흐르고 있었다. 어느 나른한 오후의 오수처럼 소량은 몽롱한 기분을 느꼈다.

그러자 소량의 호흡이 달라졌다. 아주 천천히 들이켜고 아주 천천히 내쉰다. 흐르는 냇물처럼, 나뭇가지를 희롱하는 바람처럼.

'멈춤이 없이, 그렇게 흘러……'

소량은 문득 아무것도 느껴지지 않는다고 생각했다. 갑자기 세상에 자신 외에는 아무도 없는 듯한 기분이 들었다.

무섭다기보다는 할머니 품에 안긴 양 포근했기에 소량은 만족스럽게 눈을 감았다.

이상한 일이 일어난 것은 바로 그때였다.

꿈틀.

'어, 어라?'

갑자기 아랫배가 간지러워진다 싶더니 꼬물꼬물 무언가가

일어났다. 따스하기도 하고 서늘하기도 한 이상한 기운이었다.

'이게 뭐람?'

기운은 소랑이 자신을 알아챈 것이 반갑다는 듯 신이 나서 꼬물거렸다. 아랫배를 시작으로 꼬물거리던 것이 소랑의 머리를 향해 달려왔다.

"으, 으앗!"

자신이 물에 떠 있다는 것을 잊은 소랑이 비명을 지르며 몸을 일으켰다. 자연히 몸은 아래로 가라앉았고, 코로 물이 쏟아져 들어왔다.

"어푸! 어푸!"

일순간 물질을 해야 한다는 것도 잊은 소랑이 허우적허우적 팔다리를 휘저었다. 아랫배에서 일어났던 기운이 사라져 버리고 말았다는 것조차 잊은 채 소랑은 열심히 전신을 뒤틀 뿐이었다.

잠시 뒤, 겨우 물 위로 떠오른 소랑이 놀란 듯 눈을 끔뻑였다. 소랑은 얼른 헤엄을 쳐 물 밖으로 나온 다음 무릎에 손을 짚고 거세게 호흡을 들이켰다. 두근거리는 마음이 사라지질 않았다.

'바, 방금은 도대체 뭐였담?'

무언가 아랫배에서 일어난 것은 틀림없는 사실인데, 도대체 그게 뭐였는지 모르겠다. 소랑은 아랫배를 어루만지며 고개를 갸웃했다.

하지만 생각에 생각을 거듭해 봐도 알 수 있는 것은 없었다. 소량은 한참을 궁리하다가 자신이 무언가 착각한 것이 분명하다고 생각했다.

'아랫배에 벌레가 사는 것도 아닌데 무언가 움직일 리가 없지. 내가 착각을 한 모양이다.'

소량은 허리를 폈다. 생각이 너무 깊어서 환각이라도 느낀 모양이니 아무래도 좀 쉬어야겠다 싶었다. 그때, 누군가가 소량을 불러 세웠다.

"지랄하고 자빠졌다, 물에 빠진 생쥐 꼴로다가."

"아아, 할머니."

"아가덜은 다 학문을 하고 있는디 지 혼자 신선놀음을 하고 자빠졌네. 동생들 보기 부끄럽지도 않냐, 이눔 자식아!"

소량은 대답 대신 슬며시 미소를 지어 보였다. 할머니도 꾸중을 하려고 했던 것은 아닌 듯 고개를 저으며 '썩을 눔' 하고 중얼거릴 뿐이었다.

"그래, 물에 빠져 보니 어떻든?"

소량은 민망한 듯 뒷머리를 긁적거렸다. 하마터면 물에 빠져 죽을 뻔했다며 멋쩍게 웃는 소량의 모습에 할머니가 웃음을 터뜨렸다.

"다른 건 몰라도 물가로 나온 것은 잘했다잉. 기왕 나온 거, 물하구 좀 친해져 봐야. 힘으로 누르는 것은 힘이 다하면 떨어지게 마련이지만, 도도히 흐르는 것은 그 어떤 것으로도 막지 못하지. 물이 어째서 흐르는지 알게 되면 작은 것으로 도리어 큰 것을 이길 수도 있을 것이여."

천하의 무림맹주와 아미파 장문인, 군문제일검과 남궁세가의 안주인을 길러낸 사람의 것이라고 보기엔 할머니의 가르침은 단순한 데가 있었다.

그러나 본래 그와 같은 고수의 가르침에는 기이한 데가 있다. 사실 그녀에게 사사하는 것 자체가 소량에게 있어서는 크나큰 기연이나 다름없는 것이었다.

"예, 할머니."

할머니는 소량의 대답을 듣는 둥 마는 둥 고개를 돌렸다. 잠시 주변의 풍광을 바라보던 할머니가 가볍게 탄식했다.

"이런, 새가 떨어졌구먼."

할머니가 가리키는 곳에는 과연 어린 새 한 마리가 힘겹게 목을 가누고 있었다. 둥지에서 떨어진 듯 어설프게 날갯짓을 하는 것이 안쓰러웠다. 할머니는 그쪽으로 다가가 양손으로 어린 새를 보듬어 안았다.

"웬 도적놈이 알곡을 다 털어가 버리지만 않았어두 뭐라도 좀 먹여보겠는디, 간밤에만 한 두(斗)나 잃어버렸으니께 어쩔 수가 없구마잉."

"하, 할머니."

소량의 얼굴이 발갛게 달아올랐다.

그렇게 흘러가며……

할머니가 눈을 가늘게 뜨고는 그런 소량을 돌아보았다.

"우리 도적눔이 찔리는 데가 있는가 보지? 하긴 찔리지 않으면 사람도 아니지, 사람도 아니여. 어찌 한 두나 퍼간당가?"

아이들과 할머니는 겨우내 장작을 팔고, 봄이 되었을 때에는 나물을 뜯었다. 그렇게 모은 돈으로 식량을 마련한 다음엔 씨앗을 사서 텃밭을 일굴 생각이었다.

하지만 식량은 너무도 빨리 떨어져 가고 있었다. 소량이 그것을 훔쳐다가 어딘가에 나눠 준 탓이었다.

"그, 그게……."

"됐다잉, 됐어!"

소량이 벌겋게 달아오른 얼굴을 숙이자, 할머니가 헛웃음을 터뜨렸다.

"실은 혼내려고 온 게 아녀. 잘했다는 말을 하러 온 거여."

할머니가 손안에 앉은 어린 새의 머리를 쓰다듬었다.

"알고 있느냐? 본래 태어난 것에는 모두 목적이 있는 법이니라. 이 어린 새에게도, 할미에게도, 너에게도 그렇지. 때때로 그것은 좋은 것일 수도 있고, 때때로 그것은 잔혹한 것일 수도 있느니라. 그래서 사람들은 천지가 불인하다 말하기도 하지."

할머니는 굽은 허리를 억지로 펴고는 보듬어 안은 어린 새를 높이 들어 올렸다. 다행히 둥지가 낮은 곳에 있으니 힘써

본다면 올려줄 수도 있으리라.

"하지만 천지는 만물을 사랑하여 순환하게 마련이란다. 자신이 태어난 목적을, 천명(天命)을 알게 되면 그것을 알 수 있게 되지."

할머니는 마침내 어린 새를 둥지에 올려놓는 데 성공했다. 어미 새는 할머니가 어린 새에게 나쁜 짓을 한다고 여겼는지 필사적으로 관심을 자신 쪽으로 돌리고 있었다.

"그러므로 태어난 모든 것은 축복받을 가치가 있느니라. 진흙 속에서 태어났다 해도, 가난하고 병든 어미에게서 태어났다고 해도 모두 축복받아야 마땅하니라. 네가 한 두의 알곡을 가져다준 그 아이들도 응당 그러하단다. 그러니 칭찬하는 게다. 잘했다, 참으로 잘했어."

말을 마친 할머니가 잘했다고 칭찬했지만, 소량의 눈시울은 공연히 붉어질 뿐이었다.

누구에게도 축복받지 못하고, 누구에게도 사랑받지 못하고 태어났던 자신에게도 태어난 목적이 있을까. 축복받을 가치가 있을까.

"저도 그럴까요?"

소량이 쉬어버린 목소리로 말했다.

할머니의 표정에 의아한 기색이 감돌았다. 하지만 그녀는 별다른 말 대신 고개를 끄덕였다.

"그럼, 그렇고말고."

그렇게 흘러가며……

콧등이 시큰해진 소량이 고개를 숙였다.

어젯밤, 소량은 장작을 팔아 마련한 알곡에서 일부분을 떼어 두 남매의 집으로 향했다. 이것으로 충분할까, 아니면 부족할까 고민하던 소량의 눈에 보인 것은 조그마한 불빛이었다.

당장에라도 꺼질 것 같은 작은 불빛은 소량에게는 세상에서 제일 부러운 것이었다.

폐병에 걸린 어머니의 품에 안겨 행복하게 웃고 있는 아이들의 그림자가 함께 일렁이고 있었으니까 말이다.

내게도 엄마가 있었을까.

소량은 알곡을 건네주지도, 그렇다고 되돌아가지도 못한 채 시리도록 부러운 풍경을 바라보고만 있었다. 알곡을 문간에 놓고 돌아오는 발걸음이 그렇게 무거울 수가 없었다.

그런 소량을 위로해 준 것은 '어디 갔다 야밤에 오는 겨!'라는 할머니의 타박이었다.

"큰눔아, 니 우냐잉? 워매, 사내눔이 이리 눈물이 헤퍼서 어쩐다냐? 눈물이 헤프면 정도 헤프다던디."

소량은 대답하지 못했다.

할머니는 알까? 그 말 한마디에 얼마나 큰 위로를 받았는지를. 어쩌면 그것이 삶의 목표가 될 수도 있다는 것을.

할머니는 알지 못했다. 그저 소량이 왜 저런 표정을 짓고 있는지 궁금해하고 있을 뿐이었다.

"어찌 됐든 너도 언젠가는 천명을 깨달아야 할 것이여. 학문이 그 길에 도움이 될 수도 있고, 무학이 그 길에 도움이 될 수도 있지. 너는 무학을 어째서 배운다냐?"

소량이 고개를 떨군 채 절레절레 저었다. 할머니는 그런 소량을 바라보며 희미하게 웃음 지었다.

"한번 생각해 보는 것도 좋을 것이여."

말을 마친 할머니가 끙차 하고 허리를 두드리더니 느릿하게 집으로 걸음을 옮겼다. 소량을 등지고 걸어가던 할머니가 노래처럼 무어라고 중얼거렸다.

"우리 착한 도적놈이 또 왔으면 좋겠네. 어제도 알곡을 너무 많이 사가지구 쥐새끼들 배만 불리게 생겼는데, 차라리 사람 배라도 불리게 우리 도적놈이 더 훔쳐가 부렸으면 좋겠네!"

더 가져다줘도 괜찮다는 말에 소량의 입가에 미소가 떠올랐다. 소량은 옷을 꼭 쥐어 짠 다음 할머니를 쫓아 달음박질했다.

흥겹게 나아가던 할머니는 걸음을 멈추고는 어쩐 일인지 날카로운 시선으로 어딘가를 바라보고 있었다.

'근디… 어디선가 잡것의 시선이 느껴지는디.'

누가 이쪽을 보는 듯한 느낌을 감출 수가 없다.

할머니는 눈을 가늘게 뜬 채 서쪽을 주시했다.

그렇게 흘러가며······ 175

호금서 금원모, 아니, 살호장군 마유필의 표정이 딱딱하게 굳었다.

'설마 저 할망구, 이쪽을 본 것인가?'

만약 그렇다면 지금 당장 도망쳐야 옳다. 오십여 장이나 떨어진 자의 기척까지 읽어내는 사람이라면 무학이 얼마나 뛰어나겠는가!

'아니야. 그럴 리가 없다.'

마유필은 몇 개월째 할머니가 소량에게 무학을 가르치는 모습을 염탐했다. 마보세를 가르칠 때에는 잠시 긴장했으나, 육합권까지만 가르치고 아예 잊은 듯 삶에만 전념하는 것을 보고는 그야말로 안심했다.

절정으로 가는 길은 결코 그런 식으로는 열리지 않는다.

마유필은 할머니가 어느 문파나 무가의 시비였을 것이라고 추측했다. 그러다 보니 한 수 배웠을 것이고, 그것을 연마해 무학에 발도 들이지 못한 파락호들을 두들겨 팬 것이리라.

파락호들이 반항 한번 못한 것을 보면 제법 재주가 좋을 테지만, 호금서라 불렸던 그에게는 별반 다를 것이 없는 무위에 불과했다.

'지루하군. 더 구경해 봐도 얻을 것은 없으리라. 저 노파는 그냥 시골 노파에 불과해.'

이제 남은 것은 어찌 처리해야 할까 하는 문제뿐이다.

'흔적 없이 처리해야겠지?'

비록 이전처럼 강호에서 행세하지는 못하지만, 뒷골목 흑도 방파와 노니는 것도 제법 재미있는 일이었다. 여자도 많고 술도 많으니 하등 아쉬울 것이 없는 것이다. 마유필은 정체가 드러날 일은 조금도 하지 않아야 한다고 생각했다.

또한 수하들에게 위엄을 보여줘야 할 필요도 있었다.

'며칠 뒤에 보자, 할망구. 일 초식도 되지 않아 목을 잘라줄 터이니. 홀로 가는 길은 외로울 터이니 내 손자들까지 딸려 보내주지.'

마유필이 흡족하게 웃으며 자리를 벗어났다.

第七章
무(武)로써 뜻을 세우다

1

 소랑은 알곡 몇 되가 든 자루를 움켜쥔 채 어떤 모옥 앞을 서성이고 있었다. 그곳에 사는 아이들을 불러야겠는데 입을 열기가 어렵다.
 '무어라 말을 해야 하지?'
 여태껏 알곡을 나누어 준 사람이 자기라고 말하려니 쑥스럽기 짝이 없다. 소랑은 혀로 입술을 축이고는 고개를 빼어 모옥 안을 훑어보았다.
 "엄마? 엄마 온 거야?"
 모옥 안에서 조그마한 계집아이의 목소리가 들려왔다. 뒤이어 사내아이의 목소리도 들려왔다.

"쉿! 염왕채(閻王債)를 놓는 아저씨들일지도 몰라."

속삭인답시고 속삭이는 모양인데, 하나도 남김없이 똑똑히 들려왔다. 소량은 멋쩍게 미소를 지으며 뒷머리를 긁적였다.

"저기, 나는 염왕채를 놓는 사람이 아니야."

모옥이 삽시간에 조용해졌다. 사내아이도 계집아이도 겁을 집어먹고는 숨소리조차 내지 않는 것이다. 소량은 목청을 가다듬고는 다시금 말했다.

"몇 달 전에 나무장에서 만났었는데, 기억을 하련지 모르겠다."

소량의 말이 끝나기가 무섭게 끼이이, 경첩이 우는 소리가 들려왔다. 아주 약간 열린 문틈 사이로 작은 사내아이 하나가 눈동자를 굴리는 것이 보였다.

사내아이는 소량을 보고 크게 놀라 입을 벌렸다.

"어, 잘 지냈니?"

"안녕하세요!"

당황하여 어쩔 줄 몰라 하던 사내아이가 밖으로 뛰어나왔다.

"경황이 없어 그때는 인사도 드리지 못했습니다. 너무 큰 은혜를 입었습니다. 저는 장운(張雲)이라고 합니다. 장소혜(張小慧), 너도 나와서 인사드려."

정중하게 읍하는 사내아이의 뒤에는 어린 계집아이 하나

가 숨어 있었다. 그 계집아이가 바로 장소혜였다.

"아버지께서는 아무리 가난해도 예(禮)를 잊어선 안 된다고 하셨어."

장운이 못마땅한 얼굴로 말하자, 장소혜가 시무룩한 얼굴로 나와 머리를 숙여 보였다. 고개를 들자마자 다시금 장운의 뒤에 숨어버렸지만 말이다.

"죄송합니다. 아직 어려서."

어리기는 장운 역시 마찬가지였다. 말투는 소량보다도 수배는 더 늙어 보였지만 말이다.

소량은 피식 웃음을 지었다.

"나는 진소량이야. 여기 온 건 이걸 좀 전해주려고."

"아아……."

장운의 얼굴이 발갛게 달아올랐다. 소량이 들고 있는 자루가 왠지 모르게 익숙한 탓이었다. 바로 엊그제, 아니, 그 이전부터 때가 되면 한 번씩 문가에 놓여 있던 자루가 아닌가!

"진 형장께서 하셨던 일이로군요."

승조의 나이쯤 되는 소년이 정중하게 말하니 도리어 우스울 뿐이다. 소량은 웃음이 비죽비죽 나오려는 것을 애써 참고 말했다.

"그게, 어쩌다 보니 그렇게 되었어. 이거 받아."

"받을 수 없습니다."

장운이 고개를 절레절레 저었다.

본래 장운의 집안은 한때 상서 벼슬까지 배출한 명가였다. 장운의 아버지가 송염에서 방효유로 이어져 내려오는 학통을 이은 까닭에 퇴진하지만 않았더라면 지금도 응천부에서 살고 있을 터였다.

낙향한 장운의 아버지는 병을 달고 살았고, 결국엔 급사하고 말았다. 집안을 일으켜야 한다며 학문을 가르치기 시작한 지 두 해 만의 일이었다.

"비록 몰락하였으나 예를 아는 집안입니다. 어머님께서도 은혜는 감사한 일이나, 장부는 함부로 동정을 받지 않는 법이라고 말씀하셨습니다. 또한 이전에도 도와주셨는데 이런 폐까지 끼칠 수는 없습니다. 여태 주신 알곡도 모아두었으니……."

장운의 얼굴이 더더욱 붉어졌다. 사실 몇 되는 이미 먹고 말았던 것이다.

"조, 조금 먹기는 했지만 갚겠습니다."

"그러지 않아도 되는데."

소량이 미간을 찌푸리며 이마를 긁적였다. 잠시 무언가를 생각하던 소량이 이내 입을 열었다.

"소학 경장을 읽었니?"

"예? 예, 읽었습니다."

"내 비록 나이가 십 년이 많지는 않지만, 너만 한 동생들이 많은걸. 아직 만난 지 얼마 되지 않았지만 형이라고 생각해도 괜찮아."

 형이라는 말에 장운이 당황한 표정을 지었다. 장운은 어쩔 줄 몰라 하다가 고개를 푹 숙였다. 어린 시절부터 아버지께 학문을 배웠지만 역시 아이는 아이인 것이다.

 "하, 하지만……."

 "음, 내가 좀 그렇다면 우리 할머니로 하자. 나이가 곱절이 되거든 부모로 섬기라 했는데, 우리 할머니께서는 연세가 몇 곱절은 더 많으실걸."

 소량이 그렇게 말하자 장운이 어떻게 해야 할지 모르겠다는 표정을 지었다. 장운의 뒤에 숨었던 장소혜가 칭얼거렸다.

 "오빠, 저거 먹어. 응? 먹자아."

 집에 알곡이 있는데도 먹지 못해 애가 닳았던 장소혜다. 그냥 먹으면 되는데 오빠랑 엄마는 왜 먹으면 안 된다고 화를 내는지 알 수가 없었다.

 "어서 받아."

 소량이 재차 자루를 내미는데다가 여동생까지 칭얼거리니 장운은 그만 난감해지고 말았다. 잠시 고민을 하는가 싶던 장운이 이내 고개를 끄덕였다.

 "저, 아직 연배가 어려 어머니의 가르침이 필요합니다. 먼저 어머니께 여쭈어봤으면 합니다."

 "어머니께?"

 소량은 장운의 어머니를 알고 있었다. 할머니와 시전에 가면 늘 보이는 사람이었는데, 나물 따위를 뜯어다가 말려서 파는 아낙이었다. 창백한 안색에 깡마른 몰골로 연신 기침을 토해내던 중년 부인을 떠올리자 소량의 마음이 무거워졌다.

'나무장에서의 일이 있긴 하지만, 그래도 나는 낯선 사람이니 경계할 법도 하지.'

소량이 고개를 끄덕였다.

"그래, 어머님께서는 시전에서 일을 하고 계시지?"

"예, 그렇습니다."

"그러면 이건 일단 놔둘게. 같이 시전에 가보자."

소량은 은근슬쩍 자루를 안에다 밀어 넣었다. 설혹 장운의 어머니께서 거절을 하기라도 하면 나 몰라라 도망을 쳐버릴 생각이었다.

"자, 그럼 가자."

소량은 제 동생들에게 하듯 손을 내밀었다. 형을 한 번도 가져본 적이 없는 장운이 수줍어하며 고개를 저었다.

하지만 장소혜는 달랐다. 아이는 자신을 아껴주는 사람을 누구보다 빨리 알아본다 했던가? 장소혜는 본능적으로 소량이 나쁜 사람이 아니라는 것을 알아챘던 것이다.

"가자."

소량이 손을 마주 잡은 장소혜를 보고 미소를 지어주었다.

시전은 난장판이 되어 있었다. 근 반년간 조용하던 일심단이 또다시 행패를 부리기 시작한 것이다. 관아나 근처의 무관이 나서지 않을 것이라는 것을 익히 알고 있는 시전의 상인들은 무릎을 꿇은 채 몸만 떨어댈 뿐이었다.

살호장군 마유필은 느긋한 얼굴로 어깨를 으쓱했다.

마유필 대신 왕삼이 나서서 호탕하게 웃음을 지었다.

"좋아! 중로도 하통도 평화롭군!"

왕삼의 말과 달리 시전은 조금도 평화롭지 않았다. 우락부락한 일심단원들이 세를 바치지 않았다고 좌판을 때려 부수고 있는데 어찌 평화로울 수 있겠는가!

왕삼의 뒤에는 어린아이들을 모아 구걸이나 배수 짓을 시키는 독두사내가 굽실거리며 서 있었다. 고아들을 두들겨 패서 모은 돈을 든 채로 말이다.

"모든 게 잘 돌아가고 있어."

왕삼이 흡족한 얼굴로 중얼거렸다. 권태로운 표정으로 도만 어루만지고 있던 마유필이 그런 왕삼을 흘끗 돌아보았다.

"네가 말한 그 할망구는 어디에 있느냐?"

이미 몇 차례나 염탐을 위해 다녀왔으면서도 아무것도 모르는 체하는 마유필이었다.

왕삼은 짐짓 무게를 잡으며 읍하였다. 예를 취하는 것만 보자면 흑도방파가 아니라 명문대파의 호법 같은 태도였다.

"아직 저잣거리에 나오지 않은 듯싶습니다, 대형!"

"그럼 데려와야겠지. 할망구가 어디 사는지 알고 있느냐?

무(武)로써 뜻을 세우다

아니지, 아니지. 당연히 알고 있겠군. 은자를 가지러 갔다가 죽도록 얻어맞았으니 말이야."

"그, 그렇습니다."

왕삼의 표정이 딱딱하게 굳었다.

'죽도록 얻어맞은 것은 분명한 사실이지만 그것을 왜 지금 말한단 말이냐, 이 자라 같은 자식아!'

속으로는 마유필을 욕하면서도 왕삼의 눈가는 부드럽게 곡선을 그리고 있었다. 딱딱한 표정을 거두고 헤실헤실 웃음을 짓는 왕삼의 모습에 마유필이 고개를 설레설레 저었다.

'귀찮기 짝이 없군.'

마음 같아서는 수하들 몇 목을 베어 그들을 다스리고 싶었다. 하지만 그들을 과하게 죽였다가는 관아에 먹인 뇌물에도 불구하고 포교가 나오는 수가 있었다.

포교는 무섭지 않지만, 그로 인해 자신의 진짜 정체가 들키는 것은 두려웠다.

'빌어먹을, 덕택에 이런 헛짓거리까지 해야 하는 건가.'

지금으로서는 한바탕 크게 일을 벌이는 것이 가장 나은 수였다. 무림의 눈에 띄게 될까 두려워 수하들을 심하게 옥죄어 놓았으니 이렇게라도 풀어줄 필요가 있는 것이다.

무림에 이름을 드높였던 자신이 고작 파락호들과 놀아야 한다고 생각하니 공연히 씁쓸해졌다. 마유필은 '내게는 무창만 한 곳도 없다'고 중얼거리며 눈을 지그시 감았다.

'채찍질을 과하게 했으니… 당근을 줄 수밖에 없다.'

마유필은 귀찮다는 표정을 애써 거두고는 발을 한차례 크게 굴렸다.

"좋아!"

마유필이 준엄한 눈길로 좌우 사방을 돌아보았다.

"하통에 우리 일심단을 거역한 자가 있다고 한다. 본 단주는 그자를 잡아 일벌백계로 삼고자 한다."

마유필의 선언이 떨어지자 사방이 고요해졌다. 마유필은 그것이 마음에 든다는 듯 흡족하게 미소를 지어 보였다.

"일심단은 지금 즉시 가서 그 노파를 잡아 이곳에……."

"어, 엄마!"

어린 소년의 목소리가 마유필의 말을 끊었다.

감히 살호장군의 말을 끊은 소년에게로 모두의 시선이 집중되었다. 좌판을 보며 눈물을 흘리던 여인은 대경하고 말았다.

"장운아! 쿠, 쿨럭! 조용히 해야 해!"

"엄마, 괜찮으세요? 엄마!"

장운은 어머니에게로 달려가 그녀를 부축했다. 장운의 어머니 유소영(柳素英)은 서둘러 아들을 등 뒤로 숨기며 마유필의 눈치를 보았다.

마유필은 말도 없이 왕삼에게 눈짓을 했다.

'흥! 이제는 명령도 하지 않는구나. 염병할!'

속으로는 욕설을 내뱉으면서도 왕삼은 인상을 험악하게 구기며 도를 뽑아 들 따름이었다. 왕삼은 도를 움켜쥔 채로 성큼성큼 걸음을 옮겼다.

"미친 할망구를 잡으러 가야 하는데 애먼 데서 발목이 잡히는구나! 내 저 애새끼를 단칼에 베어버리고 말겠다!"

어느새 유소영에게로 다가간 왕삼이 높이 도를 들어 올리고는 크게 휘둘렀다. 아니, 휘두르려 했다는 말이 옳을 터였다.

"이년! 아이를 숨기지 말고 이리 내놓… 크헉!"

쨍그렁!

누군가의 주먹이 왕삼의 손목을 후려쳤다. 왕삼은 비명을 토해내며 도를 떨구고 말았다.

"어떤 개자식이 감히 이 왕 어르신의 손목을……!"

"그만둬."

왕삼의 손목을 후려친 소량이 차분한 목소리로 말했다. 아직 실전이라고는, 아니, 육합권의 초식조차 제대로 수습하지 못한 소량이 말하기에는 너무나 건방진 말이었다.

"헉! 너는!"

왕삼이 화들짝 놀라며 말했다. 처음엔 깜짝 놀란 듯했던 왕삼의 표정이 '잘 걸렸다' 는 듯한 표정으로 바뀌었다.

"마 대형! 이 자식! 이 자식이 바로 그 할망구의 장손입니다!"

소량의 시선이 살호장군 마유필에게로 향했다. 마유필의 시선과 마주하자 등골에 소름이 오싹 돋아 올랐다. 마유필은 한때 강호에서도 행세하던 무인, 아직 무학을 배운 지 반년도 되지 않는 소량이 상대하기엔 너무나 큰 상대였던 것이다.

'할머니……'

할머니가 있었다면 상황은 달라졌을 것이다. 힘들이지도 않고 왕삼과 두 나무꾼을 두들겨 패던 그녀라면 이미 상황은 끝난 것이나 마찬가지였을 터였다.

하지만 지금은 그녀가 없다.

'내가 제대로 할 수 있을까?'

육합권의 권로조차 다섯 초식밖에 수습하지 못했다. 아니, 대성했다고 해도 마유필을 이길 수 있을 것 같지가 않다. 소량은 부지불식간에 장운과 유소영을 바라보았다.

'지금은 할 수밖에 없어.'

소량이 침을 꿀꺽 삼키고는 차분한 목소리를 가장하며 말했다.

"장운이라고 했지? 부탁이 있어."

"부탁은 무슨 부탁이란 말이냐! 염병할!"

왕삼이 자리에서 벌떡 일어나 소량에게로 달려들었다. 이번에도 생각보다 몸이 먼저 움직였다. 자연스럽게 왕삼의 품 안으로 파고든 소량이 팔꿈치로 그의 명치를 찍어버렸다.

육합권의 초식 중 첩신고타(貼身靠打)의 수법이었다.

"크헉!"

순식간에 숨을 쉴 수 없게 된 왕삼이 침을 질질 흘리며 꺽꺽거렸다.

소량은 자신이 행한 일을 믿을 수 없다는 듯 바라보았다. 초식이 먹히지 않을 줄 알았는데 예상보다 훨씬 수월하게 먹힌 것이다.

소량은 멍하니 왕삼을 바라보며 중얼거렸다.

"모산 중턱에 작은 모옥이 있을 거야. 그 앞에 있는 텃밭에 할머니 한 분이 계실 것인데, 지금의 상황을 알려 드려줘. 관아에도 알려주면 좋겠다."

"하하하! 간이 배 밖으로 나온 놈이로군. 어차피 그 노파를 찾아가 목을 벨 참이었는데 불러와 준다면 고마운 일이지."

멀찍이 떨어져 있던 마유필이 재미있다는 듯 웃으며 말했다.

소량이 부지불식간에 마유필을 돌아보았다. 마음속 깊숙한 곳에서 절로 반발심이 일어났다.

소량의 표정이 고집스럽게 변해갔다.

"너는 갈 수 없어."

"내게 발이 달려 있는데 왜 갈 수 없다는 말이냐?"

말을 마친 마유필이 소량의 답변을 들을 생각이 없다는 듯 수하들을 바라보며 손짓했다.

"내가 막을 테니까."

달려드는 상대에게서 한 걸음을 뒤로 물러선 소량이 중얼거렸다. 상대가 목전에 이르자 소량은 정권을 내질러 상대의 얼굴을 후려쳤다.

쾌공직취(快功直取)!

"크헉!"

일심단원 한 명이 쓰러지자 옆에서 기회를 보던 또 다른 일심단원이 당황한 표정을 지었다.

소량은 일심단원과 그 너머에서 겁에 질린 표정을 한 유소영을 바라보았다. 그녀의 창백한 안색을 보자 마음속이 답답해졌다.

어머니를 위해 나무를 팔러 온 어린아이들, 아이들을 위해 폐병에 걸린 몸으로 시전에 나온 어머니.

어떻게든 살아보려 한 사람들인데, 누구보다 도움이 필요한 사람들인데 그들을 돕는 사람은 아무도 없었다.

"저 아주머니께……."

무어라 형언할 수 없는 감정이 소량을 휘감았다. 소량이 얼음처럼 차가운 눈빛으로 마유필을 바라보며 말했다.

"무릎 꿇고 용서를 빌어."

"시끄럽다, 애송이!"

일심단원들이 소량에게로 덤벼들었다.

2

텃밭을 일구던 할머니가 미간을 찌푸렸다. 어디선가 그녀의 손자들만큼이나 어린 소년의 인기척이 느껴진 것이다.

'뭣이 그리 급해서 허겁지겁 달려온당가? 처음 보는 아해인디.'

소년은 조금도 쉬지 않고 달려오고 있었다. 그렇게 쉼없이 무리하면 심장에 문제가 생길 텐데도 소년은 멈춰 설 생각을 하지 않았다.

할머니가 끙차 하고 허리를 폈다.

"할머니, 왜 그러세요?"

일손을 돕는답시고 나와서 흙을 깨작거리던 영화가 질문했다. 할머니가 모산 아래를 바라보며 대답했다.

"누가 오는 것 같아서 그려. 늙으면 귀만 밝아지는 법이거든. 저렇게 허겁지겁 달려오면 해를 입을 터인디… 마중이라도 나가봐야 쓰겠다. 영화 니는 여기 있더라고."

말이 끝남과 동시에 할머니의 신형이 사라졌다. 영화는 귀신이라도 본 듯한 기분에 엉덩방아를 찧고 말았다. 정신없이 주위를 둘러보니 모산 아래쪽에서 할머니가 소년을 부축하는 것이 보였다.

산 아래로 달려간 할머니는 소년을 부축하자마자 가볍게 명문혈에 손을 대었다. 소년이 벗어나려는 듯 몸부림을 쳤지만 할머니의 팔 힘을 이겨낼 수는 없었다.

등허리로 따스한 기운이 파고들자, 소년의 숨소리가 한결 편안해졌다. 할머니는 그제야 소년의 등에서 손을 떼었다.

"어쩐 일로 이리 급하게 오셨는가, 어린 손님은?"

"으아앙! 우리 엄마 살려주세요! 으아앙!"

"허어, 갑자기 찾아와서 뭔 소리를 하는가, 시방?"

"진소량, 진소량이라는 분이 보내셨어요! 일심단이, 염왕 채 놓는 아저씨들이… 으아앙! 엄마!"

할머니의 가슴이 철렁 내려앉았다. 그녀는 얼마 전에 찾아왔던 도적들이 자신을 '일심단의 협객'이라고 소개했던 것을 떠올리곤 눈을 부릅떴다.

'어이구, 무학을 배운 지 반년도 되지 않는 눔이 장정들을 어찌 감당하려고!'

"다시 말해보아. 천천히 말해보란 말이여."

소년, 아니, 장운이 연신 울음을 터뜨리며 할머니의 옷자락을 잡아당겼다. 장운은 몹시 횡설수설했지만, 할머니는 장운의 어머니가 위험에 처했다는 것, 소량이 그녀를 구해주었다는 것, 그리고 일심단과 싸우고 있다는 것을 알아들을 수 있었다.

"이거 큰일 났다잉! 야야, 잘 들어야 혀! 저기 위에 모옥이 보이지? 후딱 거기 올라가가지고 거기 있는 아가덜이랑 모산으로 도망쳐야! 아가덜한테 나무하는 곳으로 가 있으라고 하면 어디로 가야 하는지 알려줄 것이여! 알아들었는가?"

"엄마! 으아앙! 엄마!"

"너거 엄마는 내가 꼭 구해줄 테니께 염려하지 말구! 알아 듣겠냐? 후딱 올라가야! 후딱 올라가서 도망쳐야 한다잉?"

할머니는 경고를 마치자마자 가볍게 발을 굴렀다. 그와 동시에 그녀의 신형이 귀신처럼 사라졌다. 장운은 훌쩍거리며 모옥을 올랐다. 왜인지 몰랐지만 그녀가 시킨 대로 해야 할 것 같다는 생각이 들었기 때문이었다.

시전은 그야말로 고요했다. 수십 명이 넘는 사람들이 있었지만, 그들은 모두 무릎을 꿇은 채 겁에 질린 얼굴로 눈알만 굴리고 있었던 것이다.

서 있는 사람은 스무 명이 넘는 일심단원들과 열서너 살이나 먹었음 직한 작은 소년뿐이었다.

작은 체구의 소년은 날래게 움직이며 벌써 네 명의 장한을 쓰러뜨려 버린 상태였다. 물론 그 과정에서 몇 대 맞긴 했지만, 아직 소년은 넘어지지 않고 잘 버텨내고 있었다.

"허억, 헉!"

소량이 거칠게 숨을 고르며 뒤로 물러났다. 앞에 쓰러진 사내가 전신을 꿈틀댔지만, 소량은 그를 내려다보지 않았다.

"네, 네 명째."

숨을 고르던 소량이 중얼거렸다. 그 모습을 바라보던 일심단원들의 얼굴이 조금씩 굳어가기 시작했다. 눈 깜빡할 새에

네 명이나 되는 동료가 쓰러지고 만 것이다.

"이 애송이가!"

가장 앞에 선 일심단원 하나가 잔인한 미소를 지으며 단도를 꺼내 들었다.

"더 이상은 안 되겠다. 네가 자초한 바니 죽음을 맞아도 원망 마라."

소량은 차가운 눈으로 칼을 주시했다. 덜컥 겁이 났지만, 상대에게 그런 기색을 보일 수는 없었다.

일심단원은 칼을 묘한 방향으로 휘저으며 큭큭 웃어댔다.

"갑자기 죽을지도 모른다니까 무서울 만하겠지. 엎드려 빌도록 해라. 그러면 이 어르신께서 봐줄지도… 크흑?"

번개처럼 앞으로 달려오는가 싶던 소량이 일심단원의 인중을 후려쳤다. 사내는 인중이 내려앉는 듯한 기분을 느끼며 자리에 주저앉았다.

"다섯!"

소량은 더 이상 상대가 오길 기다리지 않았다. 일심단원들이 서 있는 공간으로 먼저 뛰어들어 버린 것이다.

"이 개자식이!"

가장 앞선 일심단원 하나가 두껍고 긴 곤봉을 휘둘렀다. 소량은 자신을 후려치는 사내를 흘끗 보고는 옆으로 슬쩍 몸을 날렸다.

소량이 피한 탓에 곤봉은 헛되이 허공을 가르고 바닥을 내

리쩍었다. 소량은 곤봉을 밟고 뛰어올라 일심단원의 턱을 가격했다.

이단제장(以短制長)!

소량에게 얻어맞은 사내가 무릎을 풀썩 꿇었다.

소량이 한바탕 몸을 뒤집어 바닥에 착지할 때였다.

"크윽!"

갑자기 등에서 불로 지지는 듯한 고통이 느껴졌다. 소량은 통증을 이기지 못해 저도 모르게 앞으로 휘청거렸다. 누군가가 도로 소량의 등을 베어버린 것이다.

"아, 안 돼!"

장내의 사람들 중 누군가가 당황하여 외쳤다.

소량은 그 말조차 듣지 못했다. 그저 비틀거리며 자신의 덩치보다 두 배는 큰 일심단원들을 노려볼 뿐이었다.

'아직은······.'

소량은 이를 질끈 깨물었다. 등허리에서 감각이 사라져 갔지만, 아직은 움직일 수 있었다.

'아직은 괜찮을 거야.'

피를 흘렸기 때문일까? 시야가 조금씩 흐릿하게 변해갔다. 소량은 고개를 홰홰 저어 정신을 차리려 애썼다.

"고작 육합권이다! 그것도 초식도 제대로 수습하지 못한 놈이야! 여기서 물러나면 일심단원이 아니다!"

일심단원 하나가 버럭버럭 고함을 질러댔다.

소량은 그에게는 신경도 쓰지 않은 채 포권을 취하듯 손을 모아 팔꿈치를 뒤로 내뻗었다.

"크헉!"

소량의 등을 노리고 달려들던 일심단원이 단전을 얻어맞고는 풀썩 무릎을 꿇었다. 권태로운 표정으로 장내를 주시하던 마유필의 눈에 이채가 떠올랐다.

'초식이 점점 정교해지는군. 오초식까지밖에 펼칠 수 없던 놈이 육초식까지 펼칠 수 있게 됐어.'

그것도 제대로 배웠다. 체구가 두 배는 차이 나는 어른들을 일곱 명 가까이 쓰러뜨렸으니 명가의 가르침을 제대로 받았다고 평가해야 옳으리라.

'반년 만에 저렇게까지 키우다니, 그 할망구도 보통은 아니었군.'

마유필이 피식 웃으며 고개를 저었다.

'하지만 이제는 별수없을 것이다. 체력도 바닥이거니와 피를 너무 흘렸어.'

마유필이 그렇게 생각할 즈음이었다.

아니나 다를까, 소량의 입에서 비명이 터져 나왔다.

"크윽!"

소량은 옆구리에 무언가 이물질이 파고드는 것을 느꼈다. 본능적으로 보법을 펼쳐 옆으로 움직이기는 했지만, 누군가의 단도가 벌써 이 촌(二寸) 가까이 파고들고 말았다.

뒤로 몇 걸음을 걸어가던 소량이 비틀거리며 무릎을 꿇었다. 다시금 자리에서 일어나려 했지만 다리가 풀려 그럴 수가 없었다. 상처보다도 근육이 놀란 탓이었다.

'이, 일어나야 해.'

소량은 옆구리를 움켜쥔 채 자리에서 일어나려 애썼다. 일심단원 몇 명이 헛웃음을 흘리며 소량에게로 다가왔다.

"이 개자식, 드디어 잡았다! 크하하! 형제들을 이 모양으로 만들었으니 편하게 죽을 생각일랑 꿈도 꾸지 마라!"

작은 체구로도 열심히 싸우던 소년이 무릎을 꿇은 채 일어서지 못하자 시전 사람들의 얼굴이 어두워졌다.

어떤 이에게는 아들뻘에, 어떤 이에게는 동생뻘에, 어떤 이에게는 손자뻘에 불과한 어린 소년이 채 피워보지도 못하고 죽음을 맞게 생긴 것이다.

마침내 일심단원 하나가 소량의 앞에 당도했다.

"넌 이제 죽었……."

"이 개자식들! 어린아이에게 어른 몇 명이 덤벼드는 거냐!"

일심단원의 말을 끊고 누군가가 벌떡 일어나 고함을 질렀다. 고함으로도 모자랐는지 돌멩이를 던지기도 했다. 그는 나무장에서 소량과 인사를 나누었던 청년 노방운이었다.

"나, 나무장에서는 내 두려워 나서지 못했었지! 그, 그건 여기서도 마찬가지지만, 하지만 그래도 이건 아니야!"

두렵기는 했는지 노방운의 목소리가 떨려 나오고 있었다.

노방운은 눈물이 날 것 같은 기분을 애써 참으며 외쳤다.

"저런 꼬마도 다른 사람을 돕겠다고 나서는데, 내가 못할 게 뭐야! 아이를 상대하지 말고 내게 덤벼라, 이 개자식들아!"

그렇지 않아도 고요했던 시전인지라 노방운의 외침은 멀리멀리 울려 퍼졌다. 저보다 훨씬 어린 소년이 싸우는데도 나서지 못했던 어른들 몇 명이 고개를 떨구었다.

"이 미친놈이 죽으려고 환장을 한 게로구나!"

일심단원이 버럭 고함을 지르며 노방운에게로 걸음을 옮겼다. 그때, 노방운의 옆에 있던 노인이 벌떡 일어나더니 카랑카랑한 목소리로 외쳤다.

"틀린 말 한 건 아니지. 암! 어린아이를 두고 몇 놈이 덤벼드는 게야! 나는 살날이 얼마 남지 않았으니 나부터 죽여라, 이놈들아!"

"아니, 이 영감이!"

일심단원이 당황한 표정을 지었다. 노방운과 영감을 필두로 시전 내의 많은 상인들이 무어라고 웅성대기 시작한 것이다.

옆구리를 움켜쥔 채 무릎을 꿇고 있던 소량이 멍하니 주위를 둘러보았다. 무릎을 꿇고 있던 사람들이 하나둘씩 일어나더니 무어라고 고함을 지르고 있었다. 공연히 눈물이 날 것 같아서 소량은 몇 번이나 눈을 감았다 떠야 했다.

"그래, 이 개자식들아! 나한테 덤벼라, 나한테!"

무(武)로써 뜻을 세우다 201

"내가 겁이 나서 참은 게 아니야!"

상인들 중 몇 명이 일심단원들에게 돌멩이를 집어 던졌다. 사람들은 어서 꺼지라며, 더러워서 피한 거지 무서워서 피한 게 아니라며 소리를 질러대었다.

"모두들 그 입 닥치지 못할까!"

상황을 구경하던 마유필이 우렁차게 외쳤다. 그의 얼굴은 분노로 붉게 달아올라 있었다. 마을 사람들 전부를 베어버리고 싶지만, 그러면 어떤 뇌물을 먹였든 관아가 나서고 만다.

사람들이 더 동요하기 전에 소량을 죽여야 했다.

"놈! 네가 원흉이로구나! 더 살려두면 아니 될 놈이로다!"

쐐애액―!

"큭!"

소량은 정신없이 머리를 숙였다. 머리 바로 위로 무언가가 지나가는 것이 느껴졌다. 소량은 옆구리를 움켜쥔 채 식은땀을 흘리며 뒤로 물러났다.

'빠, 빨라!'

소량은 미간을 찌푸리고는 마유필을 돌아보았다. 마유필은 침착하게 보법을 밟으며 소량에게로 덤벼들고 있었다.

소량은 이를 악물며 앞으로 신형을 날렸다. 퇴(退)보다는 진(進)이 우선인 것이 육합권. 물러났다가는 단숨에 목이 베이고 말리라.

"허! 이놈 봐라?"

마유필이 싸늘하게 웃으며 도를 날렸다.

"큭!"

피하려고 해봤지만 소용없는 일이었다. 제대로 수습하지도 못한 육합권으로는 방도가 없었다.

어깻죽지를 베인 소량이 상처를 내려다보았다.

상처가 깊어 뼈가 보일 지경이었다. 상처의 색도 붉은색이 아니었다. 마치 썩은 살처럼 검붉다. 내공이 실린 도에 베였으니 별다른 도리가 없는 것이다.

'이, 이길 수 없어.'

소량은 어깨에서 시선을 떼고는 황급히 몸을 뒤로 날렸다. 제대로 보법을 펼치지도 못해서 데굴데굴 바닥을 굴러야 할 정도였다.

이전과는 다른 섬뜩한 기세에 시전 사람들도 저만치 뒤로 물러난 후였다. 소량과 마유필 사이에 원이 생겼다.

마유필의 도가 천지사방에 번뜩였다. 삼재도법을 기반으로 흑호방(黑虎房)에서 만들었다는 흑호십팔도(黑虎十八刀)의 초식이 소량을 쫓아갔다.

하지만 마유필의 표정은 그렇게 밝지 않았다.

'이, 이 자식!'

벌써 사 초나 펼쳤는데도 소량의 손해는 어깨를 베인 것뿐이었다. 속전속결을 위해 십오 년 내공을 모두 끌어올렸는데도 소년은 겁먹지 않았다. 검풍이 일렁여도 현혹되지 않고 침

무(武)로써 뜻을 세우다 203

착하게 도초를 피할 뿐이다.

'보법 하나만큼은 기가 막히는구나!'

강호에서 구른 지 이십 년이 넘어가는 자신의 공격을 고작 열서너 살이나 먹었음 직한 소년이 피한다는 것은 있어서는 아니 될 일이었다.

마유필은 도를 고쳐 잡으며 이를 뿌드득 갈았다.

소량이 그의 팔을 턱 잡은 것은 그때였다.

마치 흑호십팔도를 알고 있는 것처럼 초식이 멈추었을 때 마유필의 팔을 잡아버린 것이다.

마유필의 등골에 소름이 오싹 돋아 올랐다.

'내, 내 팔을 잡아? 무학을 배운 지 반년도 안 되는 놈이?'

마유필은 가볍게 팔을 흔드는 것만으로 소량의 손을 떨쳐 내었다. 나름 회심의 일격을 준비하던 소량이 당황한 얼굴로 뒤로 물러났다. 그게 바로 십오 년 내공의 힘이었다.

'죽여야 해. 이 녀석은……'

등골에 소름이 돋은 마유필이 거세게 도를 휘둘렀다.

소량은 침을 꿀꺽 삼켰다.

'마, 마지막 방법이었는데.'

서너 번의 초식을 피하다 보니 약간의 흐름이 보였다. 칼이 앞으로 나오면 다시 돌아가는 것이 순리인 법인데, 언제 뒤로 돌아가는지를 가늠할 수 있었던 것이다.

소량은 그때 상대의 팔을 잡고 꺾으면 도를 떨어뜨리게 할 수 있다고 기대했다. 팔을 잡았을 때에는 희망도 보였다.

하지만 상대는 가볍게 팔을 휘젓는 것만으로 자신의 손을 떨쳐 버렸다. 천하장사도 당해내지 못할 힘이었다.

'이제는 방법이 없어.'

뒤로 피하는 소량의 눈에 도광이 보였다.

첫 번째 초식은 어찌어찌 피했는데, 두 번째 초식은 피할 엄두가 나지 않았다. 마치 뱀처럼 마유필의 도가 지(之) 자를 그리며 소량의 목을 노리고 쏘아졌다.

소량은 이제는 어쩔 도리가 없다는 것을 깨달았다. 날아오는 도가 너무도 느릿하게 보였다.

할머니가 시전에 도착한 것은 바로 그때였다. 그녀는 도착하자마자 소량의 목에 칼이 드리워진 것을 보았다.

'아, 안 돼!'

소량과의 거리가 너무나 멀다. 아무리 빠르게 경공을 펼쳐도 그동안 그녀의 장손은 목을 잃고 말리라.

"크, 큰눔아!"

할머니가 크게 고함을 질렀다.

소량의 눈이 휘둥그레 커졌다.

'할머니?'

도대체 왜일까? 갑자기 마음이 편해졌다. 할머니의 주름진 얼굴과 동생들의 얼굴이 차례로 떠올랐다. 바로 코앞까지 찾아온 도가 시간이 정지한 듯 느리게만 보였다.

무(武)로써 뜻을 세우다

아랫배에서 무언가가 꼬물거리며 올라온 것은 바로 그때였다.

'어, 어라?'

소량은 목에 도가 날아오고 있다는 것도 잊고 아랫배에서 일어난 기운에 집중했다. 그러자 그동안 잊고 있었던 것이 떠올랐다.

세상은 여전히 살아 있었다. 느리고 완만하게 멈춤이 없이 흘러가고 있었다. 심지어 소량이 싸우는 와중에도 말이다.

"후우—"

갑자기 소량의 호흡이 느려졌다. 소량 스스로도 모르는 새에 저절로 바람 소리에 맞추어 호흡이 바뀌어 버린 것이다.

세상과 호흡을 나눌 수 있다면 천지의 이치를 알 수 있게 된다고 했던가!

소량의 머릿속에서 무언가가 폭발했다.

'힘으로 누르는 것은 힘이 다하면 떨어지게 마련이지만, 도도히 흐르는 것은 그 어떤 것으로도 막지 못한다고 했지.'

소량의 눈빛이 점점 더 깊어졌다.

'이제야 알겠다. 물이 어찌 흐르는지만 안다면······.'

작은 것으로 큰 것을 제압할 수 있으리라!

소량이 느리게 다가오는 도에 부드럽게 펼친 손을 가져갔다. 아랫배에서 꿈틀거리던 작은 기운이 느리디느린 손놀림에 담겼다.

마침내 소량의 손이 도첨(刀尖)에 다다랐다.

"헉!"

마유필이 비명을 토해내었다. 날카로운 칼끝에 소년의 손이 닿는가 싶더니, 도면을 타고 주르르 미끄러져 내리는 것이다.

도면을 타고 주르르 내려온 소량의 손이 그의 손목을 가볍게 건드리자 도가 본래의 궤적을 잃고 바닥에 처박혔다.

마유필의 눈이 더 이상 커질 수 없을 만큼 커졌다.

"이, 이화접목(移花接木)?!"

흔들림이라고는 한 점도 없는 소량의 눈과 마주치자 마유필의 등골에 소름이 오싹 돋아 올랐다.

무학을 접한 지 반년도 되지 않는 소년이 어찌 이화접목과 같은 상승의 묘리를 알 수 있단 말인가!

마유필은 경기를 일으키며 십오 년 내공을 전부 끌어올렸다. 최대한 내공을 돋운 마유필이 소량의 심장으로 일권을 뻗어내었다.

그때였다.

소량의 손이 부드럽게 펴지더니 마유필의 주먹을 감싸 안았다. 주먹의 궤적을 방해하지 않고 뒤로 밀려난 소량의 손바닥은 극점에 이르러서야 주먹으로 바뀌었다.

"사, 사……."

마유필이 넋을 잃은 사람처럼 중얼거렸다. 소량의 주먹이 그의 단전을 향해 달려들고 있었다.

넉 냥의 힘으로 천근의 힘을 다스린다 했던가?

"사량발천근(四兩撥千斤)!"

쿠웅—

외침이 끝나기도 전에 마유필의 신형이 뒤로 튕겨났다. 흙먼지가 자욱하게 피어오르는 가운데 소량의 거친 숨소리가 들려왔다. 흔들림없이 맑기만 하던 소량의 눈에도 다시 감정이 돌아왔다.

"허억, 헉!"

비틀거리던 소량이 멍하니 자신의 손을 내려다보았다. 방금은 어떻게 된 걸까? 부지불식간에 몸이 저절로 움직인다 싶더니 일권이 앞으로 뻗어나갔다. 아랫배에서 꼬물거리던 무언가가 전신에 흘렀다는 것도 알 수 있었다.

'이, 이건 도대체 뭘까?'

마음이 흩어진 까닭일까? 주먹을 펼쳤다 쥐었다 하는 사이 영원히 이어질 것만 같던 기운이 사라져 버리고 말았다.

마치 꿈을 꾼 것만 같은 기분이었다.

빠르게 쇄도하던 할머니도 신형을 멈춘 상태였다. 그녀는 바닥에 널브러진 마유필과 비틀거리며 서 있는 소량을 보고는 입을 꾹 다물었다.

'마, 말도 안 되야.'

아무리 육합권의 형태보다 본의를 먼저 보았다고 해도 이화접목이나 사량발천근 같은 묘리를 깨달을 수는 없는 노릇이다. 아니, 무학에 입문한 지 반년도 안 된 사람이 그와 같은 묘리를 펼친 것 자체가 있을 수 없는 일이었다.

게다가 방금 소량의 몸에서 기운이 일어나지 않았던가!

'설령 사량발천근의 묘리를 깨달았다 해도 한 줌 내공도 없었다면 피떡이 되고 말았을 거여. 저 호래새끼도 약간이나마 공력을 쌓은 놈이었으니께.'

내공이 실린 일권을 막아낸 것 자체가 소량이 기운을 일으켰다는 증거다.

하지만 지금 소량의 몸에서는 아무런 기운도 느껴지지 않는다. 태허일기공의 극의에 다다른 그녀조차도 소량의 몸에 일어난 변화를 알아차릴 수는 없었다.

'알 수가 없는 놈이로다. 도대체 어떻게 된 놈이기에……'

할머니는 경악한 듯 눈을 부릅떴다.

그때, 마유필은 비틀거리며 자리에서 일어났다.

마유필은 도저히 믿을 수가 없었다. 초식도 엉망, 보법도 엉망이었다. 싸우면서 늘긴 했지만 아직까지도 육합권을 온전히 수습하지 못한 태가 역력했다.

그런데 이화접목이라니, 사량발천근이라니…….

기지도 못하는 어린아이가 나는 법부터 배운 격이다. 무학의 상리와는 맞지 않는 일이었다.

"큭! 쿨럭쿨럭!"

마유필이 거세게 기침을 토해내며 소량과 할머니를 번갈아 바라보았다. 할머니를 보자 본능적으로 공포가 밀려들었다. 그를 아미파의 추적 속에서 구해준 본능이 절대로 그녀와 싸우지 말라고 말하고 있었다. 멀리 떨어져 있는데도 다리가 부들부들 떨릴 정도의 위압감이 느껴졌다.

'시골 노파? 내 눈을 뽑아버려야겠구나. 가늠조차 할 수 없는 고수다. 여기서 살아 나가려면……'

마유필의 눈에 이채가 떠올랐다. 장소혜를 등 뒤에 감춘 유소영을 보니 비로소 살아날 방법이 보이는 것 같았다.

"보통이 아닌 놈이로구나."

마유필이 소량 쪽으로 시선을 돌리며 말했다.

자신에게 벌어진 일을 이해하지 못해 멍해져 있던 소량이 정신을 차린 듯 고개를 들었다.

마유필과 그의 뒤편에 있는 유소영을 본 소량이 이를 뿌드득 갈았다. 유소영의 가슴팍이 검은 피로 젖어 있었던 것이다.

'폐병……'

소량은 마음속에서 무언가가 울컥하는 것을 느꼈다. 마유필이 미워서 견딜 수 없을 것 같았다.

소량은 억눌린 목소리로 입을 열었다.

"아까 말했지? 저 아주머니께 무릎 꿇고……."

칼에 베인 상처에서 피가 흥건히 배어 나왔지만 소량은 상처를 돌보지도 않았다.

"용서를 빌어."

마유필이 웃음을 지으며 말했다.

"하하! 너만 한 나이에 그 정도라면……."

"저 아주머니에게 무릎 꿇고 빌라고 했잖아!"

소량의 고함 소리가 마유필의 말을 끊었다. 마유필은 등골이 섬뜩해지는 것을 느꼈다. 고작 열서너 살이나 먹었음 직한 소년에게 두려움을 느끼고 만 것이다.

"무릎? 그거 꿇는 건 그렇게 어렵지 않다. 원한다면 해주지!"

"꺄아악!"

마유필이 번개처럼 빠르게 움직여 유소영의 목을 움켜쥐었다. 소량이 당황하여 달려들자 마유필은 재빨리 품에서 단도를 꺼내 들었다. 소량은 이를 뿌드득 갈며 걸음을 멈추었다.

"가만히, 가만히 있어라, 애송이."

마유필은 유소영을 질질 끌며 뒷걸음질 쳤다. 그녀의 뒤에 숨어 있던 장소혜가 울음을 터뜨렸다.

"엄마! 엄마! 으아앙!"

마유필이 잔인하게 웃으며 입을 열었다.

"네가 그 정도면 너희 할망구도 실력이 제법 있겠지. 그렇지? 잠깐 봤는데 날 죽일 것 같더군."

다시금 할머니를 돌아보자 마유필의 등골에 소름이 오싹 돋아 올랐다. 마유필은 공포에 질린 얼굴로 얼른 시선을 피했다.

"아주머니를 놔줘."

소량이 이를 뿌드득 갈며 말했다.

마유필이 떨리는 목소리로 대답했다.

"무, 물론 죽이진 않을 거다. 네, 네 할망구만 가라고 해. 알아듣겠느냐? 저 할망구만 간다면 가만히 있을 거다. 이 여인을 풀어주고 시키는 대로 무릎 꿇고 백배사죄하지."

"으아앙! 우리 엄마 놔줘!"

무섭지도 않은 것일까. 앙앙거리며 울던 장소혜가 도도도 달려가 마유필의 다리를 때렸다.

"우리 엄마 놔! 놔!"

"소혜야, 소혜야! 엄마는 괜찮아! 아무 일도 없어! 어서 가… 쿨럭쿨럭!"

호흡이 가빠지자 기침이 새어 나왔다. 힘껏 참아보려 했지만, 결국엔 참지 못한 유소영이 가슴 깊숙한 곳에서 나온 핏덩이를 뱉어냈다.

마유필의 손이 피로 빨갛게 물들었다.

"쿨럭! 소, 소혜야! 쿨럭!"
"우리 엄마 아파! 놔줘! 우리 엄마 아파! 으앙!"
장소혜는 앙앙 울며 마유필을 때리는 손을 멈추지 않았다.
하지만 조막만 한 손으로 때려봐야 얼마나 아프겠는가.
"저리 꺼져!"
장소혜가 성가셔진 마유필이 그녀를 발로 걷어찼다. 장소혜는 속절없이 뒤로 나동그라지고 말았다. 얼마나 세게 맞았는지 숨도 제대로 못 쉬고 꺽꺽거릴 정도다.
다급해진 소량이 빠르게 외쳤다.
"쪼, 쫓지 않겠다! 우리 할머니도 쫓지 않을 거야!"
"그렇게 말해도 믿을 수가 없구나! 크흐흐, 그냥 그대로 가만히 있어라. 이 여인은 십 리 밖에서 놓아줄 테니 그때 찾아가도록 해."
"가, 가만히 있겠다. 가만히 있을 거야."
마유필이 조심스럽게 뒤로 물러났다.
시전에 차가운 정적이 내려앉았다.
정적을 깬 것은 장소혜의 목소리였다.
"쿨럭쿨럭! 아, 아픈데. 우리 엄마 아픈… 쿨럭!"
제 상태도 모르고 엄마를 걱정하는가?
소량의 눈시울이 붉어졌다. 숨도 제대로 쉬지 못하면서 더듬거리는 모습이 가슴 시렸다. 소량은 새하얗게 변할 때까지 주먹을 움켜쥐었다.

"그래, 그렇게 가만히 있어야지. 그래야 이 여자가… 크 윽!"

그때였다. 쌩하니 무언가가 날아오더니 마유필의 팔을 후려쳤다. 할머니가 탄지공의 수법으로 돌멩이를 날린 것이다.

참을 수 없는 고통에 유소영을 놓친 마유필이 비명을 지르며 팔을 내려다보았다.

"으, 으아악!"

팔이 이상한 방향으로 꺾여 있다. 어깻죽지 끝에서 팔이 덜렁덜렁 흔들리자 마유필은 전신을 부들부들 떨었다. 그와 동시에 소량이 번개처럼 달려들어 유소영을 받았다.

"아주머니!"

"쿨럭쿨럭!"

기침만 계속하는 유소영이었다. 소량은 저도 모르게 유소영의 입에서 나오는 피를 받아내고는 손을 바르르 떨었다. 검은 피, 죽은 피였다.

끅끅대던 유소영의 호흡이 점점 가라앉아 갔다.

조금 전의 일이 심한 충격이었을 것이다. 심한 충격은 거칠게 호흡하게 만들었고, 가뜩이나 망가져 있던 폐는 점점 굳어졌을 것이다.

조금씩 잠겨가는 유소영의 시선이 장소혜에게로 향했다. 그녀의 눈에 고여 있던 눈물방울이 또르르 흘러내렸다.

소량은 멍하니 손에 묻은 피를 바라보다가 마유필에게로

시선을 돌렸다. 유소영을 조심스럽게 내려놓은 소량이 터덜터덜 마유필에게로 걸어갔다.

"으아악! 으악!"

끊임없이 비명을 지르며 팔을 어루만지던 마유필이 소량을 바라보았다. 그리고 저도 모르게 뒤로 기어갔다. 마유필은 소량에게서 섬뜩한 살기를 느낀 것이다.

"오지 마! 오지 마!"

소량은 그런 마유필에게로 걸어가 그의 멱살을 잡았다.

"너, 네가……."

퍽!

소량의 주먹이 마유필의 볼을 후려쳤다.

한 번, 두 번, 세 번.

소량의 주먹질은 점점 더 빨라졌다. 살점이 터지는 소리가 들려올수록 마유필의 얼굴은 점점 더 엉망이 되어갔다.

"네가 뭔데……."

얼어붙은 손으로 돈을 벌려고 나무장에 나왔던 남매, 폐병에 걸린 몸으로 장사를 나왔던 어머니. 어떻게든 살아보려 했던 사람인데, 서로를 위해 어떻게든 견뎌내던 사람들인데.

"네가 뭔데!"

소량의 눈이 발갛게 충혈되어 갔다. 눈시울이 점점 붉어지더니 눈물이 배어 나왔다. 소량은 마유필의 멱살을 놓았다. 그리고 조금 전까지만 해도 그가 들고 있던 단도를 집어 들었다.

 이미 정신을 잃어버린 마유필이 흘리는 신음을 들으며 소량은 단도를 높이 들어 올렸다. 아예 죽여 버리려는 것이다.

 "네가 왜, 무슨 권리로!"

 소량이 단도를 내리찍기 직전이었다.

 "큰눔아."

 단도를 쥔 손이 누군가의 따스한 손에 잡혔다. 주름지고 뼈가 툭 튀어나온 손은 여리지만 누구보다 강력한 힘으로 그를 붙잡고 있었다.

 "네가… 왜……."

 소량이 다시 힘을 주어 칼을 내리찍으려 했지만, 손은 꿈쩍도 하지 않았다. 몇 번을 노력해도 마찬가지였다.

 "그만해라."

 "흑, 흐흑."

 챙그랑!

 소량이 들고 있던 단도가 떨어졌다. 소량의 입에서 울음소리가 터져 나온 것도 그때였다. 소량은 아랫입술을 질끈 깨물며 애써 눈물을 참았다.

 소량을 막고 있던 할머니가 팔목을 놓았다.

 소량의 팔이 스르르 내려갔다.

 "흑, 흐흑."

 소량이 고개를 숙인 탓에 할머니는 그의 표정을 알아볼 수 없었다. 다만 눈물을 삼키려 애쓰고 있다는 것만 알 수 있을 뿐이다. 조용히 소량을 지켜보기만 하던 할머니가 차분한 목소리로 질문을 던졌다.

"너는 네가 어찌하여 싸웠는지 알고 있느냐?"

소량은 대답하지 않았다. 여전히 조용히 무릎을 꿇고 앉아 있을 뿐이다. 할머니가 깊이를 알 수 없는 눈으로 그런 소량을 바라보며 재차 질문했다.

"어찌하여 무공을 배워야 하는지, 어찌하여 강직함을 품어야 하는지, 어찌하여 무(武)로써 스스로를 단련하는 것인지 알겠냐?"

고개를 떨어뜨리고 있던 소량이 조그맣게 대답했다.

"…예. 이제는 압니다."

왜 배우는지도 모르고 배운 무공이지만, 이제는 무공을 배운 이유를 알겠다. 우스갯소리 같지만, 자신은 폐병에 걸려 죽어가면서도 아이를 위해 장사를 하러 나오신 저분을 위해서 무공을 배웠다. 아니, 배우지 않았으면 큰일 날 뻔했다.

"앞으로도 무공을 배울 테냐?"

"예, 배울 겁니다."

뜻을 세운 이의 목소리가 사방에 울려 퍼졌다. 할머니가 인자한, 그러나 누구보다 깊은 두 눈으로 소량을 주시했다.

"모자랄 때는 이 할미가 돕겠다."

할머니의 목소리가 소량의 마음속에 파고들었다.

무(武)로써 뜻을 세우다 217

3

시전의 사람들은 아무런 말도 꺼내지 못했다. 고작해야 열서넛 살이나 먹었을까 싶은 꼬맹이가 일심단을, 그 무서운 살호장군 마유필을 쓰러뜨려 버리고 만 것이다.

관아에서도 버린 것이나 다름없는 하통에서 소년은 자신과 아무 관계 없는 아낙을 위해 싸우고 또 울고 있었다.

"협객(俠客)이로구나."

누가 내뱉은 건지 모를 신음 같은 소리가 모두의 귓가에 머물렀다. 사람들은 저도 모르게 고개를 끄덕였다.

"후우—"

시전 부근에 숨어 있던 무영대의 장무영(張武英)도 작게 한숨을 토해내었다. 소량이 펼쳐 낸 무리(武理)에 놀란 것은 그 역시 마찬가지였다. 무학을 얼마나 배웠는지는 모르겠지만, 소년은 그 나이에는 펼쳐 낼 수 없는 무리를 펼쳐 낸 것이다.

장무영의 시선이 이번에는 할머니에게로 향했다. 소년을 저처럼 키워낸 사람은 다름 아닌 할머니일 터였다.

"확실하군. 그분이시다."

묵묵히 할머니를 바라보던 장무영이 중얼거렸다. 그의 등 뒤에 앉아 있던 천리비마 주호원이 대꾸했다.

"그렇군요. 확실하군요."

"마지막에 날린 돌멩이는 보이지도 않았어. 맹주를 키워낸 분이라 했던가? 연원은 알 수 없지만… 정심하기 이를 데 없는 무공이었어."

천리비마는 대답하지 않았다.

잠시 그들 사이에 무거운 침묵이 내려앉았다.

"모시러 가세. 조금 전에야 그럴 상황이 아니었지만 이제는 때가 되었지."

"아니오."

천리비마가 고개를 절레절레 저었다.

장무영은 의아한 듯 고개를 갸웃했다.

"좀 더 기다리자는 소리인가?"

"예, 그렇습니다."

"하긴, 매병에 걸리셨다니 좀 더 천천히 접근해야 할 필요가 있겠군. 만에 하나 또다시 자리를 비우시기라도 하면……."

"한 오륙 년을 기다리는 것은 어떨까요?"

"오륙 년?"

장무영이 오만상을 찌푸리며 천리비마를 돌아보았다.

천리비마의 눈에서 기이한 섬광이 번쩍였다.

"맹주께서는 어머니를 찾지 못했다는 보고를 받게 될 겁니다. 적어도 오륙 년 동안은요."

"그게 무슨 소린가?"

장무영이 전신의 근육을 긴장시켰다. 천리비마를 바라보는 시선도 살기 어린 시선으로 변해갔다.

"당신이 죽어야 한다는 소립니다, 장 조장."

"너, 누구의 앞잡이냐?"

장무영이 이를 뿌드득 갈았다.

"뒤에 계신 분께 대답을 들으시지요."

"......!"

장무영이 황급히 몸을 되돌렸다. 그와 동시에 장무영의 소매에서 한 자루 판관필이 튀어나왔다.

하지만 이미 늦었다.

서걱—

"목이 달아나셨으니 대답해도 못 듣겠지만, 뒤에 계신 분은 혈마곡의 화마(火魔)라는 분이십니다."

천리비마는 그렇게 말하고는 무심한 눈으로 장무영의 목을 내려다보았다. 그리고 화마에게 부복하여 머리를 조아렸다.

"천지유혈(天地流血) 혈마재림(血魔再臨)! 화마께오서 직접 오실 줄은 몰랐습니다. 그것도 이렇게 빠르게."

"굉장하군."

화마는 천리비마에게는 관심이 없었다. 그저 홀린 듯이 할머니를 바라볼 뿐이었다. 멀리서 바라보는 것만으로도 소름이 오싹 돋는 것을 느낄 수 있었다.

천리비마도 화마를 따라 시선을 옮겼다.

"겉으로는 평범한 노파로 보일 뿐입니다만……."

"평범? 그대의 무공 정도로 지금의 노파의 기세를 읽을 수는 없겠지. 저 노파는 나로서도 감당할 수 없다."

화마가 입을 다물자 천리비마 역시 침묵했다.

잠시 뒤, 조용히 서 있던 화마가 입을 열었다.

"고생했다, 천리비마. 너의 노고는 내 나중에 치하하지."

"한 가지 질문이 있습니다."

"무엇이냐?"

천리비마가 묵직한 어조로 말을 꺼냈다.

"…오륙 년을 기다리라 명하심은 어떠한 까닭이십니까?"

화마의 입가에 씁쓸한 미소가 어렸다.

"타초경사의 우를 피하기 위해서다."

"타초경사?"

"흥! 진소월의 무학이 어떠했는지 잊은 게냐? 저 노파가 진소월의 경지에 다다랐다면 지금으로서는 승패를 가늠할 수 없다."

천리비마가 이제야 알 것 같다는 표정을 지었다. 만약 저 노파가 화마가 말한 대로의 고수라면 혈마께서 출관하기 전까지는 기다리는 수밖에 없는 것이다.

"혈마께서는 오륙 년이면 열 명의 진소월이 와도 패하지 않을 거라 장담하셨다. 저 노파 정도면 좋은 기념이 될 테지."

말을 마친 화마가 묵직한 목소리로 명을 내렸다.

"너는 무영대에 숨어 맹주의 손과 발을 묶어라. 정보 역시 통제하고. 혈마께서 출도하기 전까지 저 노파와 무림이 연결되는 것을 막아야 할 것이다. 일심단의 뒤에 흑호방이라는 흑도방파가 있다니 흑호방부터 지워 버려."

"존명!"

천리비마의 목소리를 들으며 화마는 흡족한 듯 웃었다.

"이제 몇 해만 기다리면……."

할머니를 보는 화마의 눈빛이 반짝 빛났다.

할머니는 유소영의 명문혈에 장심을 대고는 기운을 불어넣고 있었다. 소량은 비로소 정신을 차린 장소혜 앞에서 고개를 떨어뜨리고 있었고 말이다.

화마의 입가에 웃음이 번졌다.

'명이 길구려, 신모(神母). 저 고아들과 잠깐이나마 편히 사시오. 여한이 남지 않게 말이오.'

잠시 할머니를 바라보던 화마가 몸을 돌려 성큼성큼 걸음을 옮겼다.

시전은 어느새 정리되는 분위기였다. 시전의 사람들은 소량이 보인 놀라운 실력과 의기에 감탄했다. 소협객(小俠客)이라며 소량을 치켜세우는 사내도 있었다.

그 말이 사람들의 마음을 감싼 탓일까.

사람들은 가난한 백성들이 몰려 사는 하통, 그 뒤편의 모산에 사는 한 소년을 소협객이라고 부르기 시작했다.
　그 뒤로 칠 년 동안이나 말이다.

第八章
칠 년의 세월

한여름의 햇살은 아침인데도 불구하고 강렬하기 그지없었다. 푹푹 찌는 날씨 덕택에 간밤은 짜증이 샘솟는 밤이었다.

이제 열한 살이 된 유선은 짜증 섞인 얼굴로 일어나 머리를 벅벅 긁었다. 새벽에야 겨우 잠에 빠져들었는데, 이번엔 아침부터 매미가 울어대기 시작했던 것이다.

"아아, 더워."

이제 아침에 일어나도 더 이상 할머니를 찾지 않는 유신이었다. 할머니는 늘 계셨던 것처럼 조방에 계실 것이고, 언니는 또 조방 일을 돕지 않았다고 잔소리를 할 것이다.

아니나 다를까.

벌컥 문이 열리더니 열여덟 살이 된 영화가 얼굴을 들이밀었다. 그리고는 눈을 가늘게 뜨며 뾰족하게 고함을 질렀다.

"너, 유선이!"

"영화 언니……."

유선이 졸음이 가득 낀 눈으로 영화를 바라보자 영화가 득달같이 달려들어 와 유선의 머리를 쥐어박았다.

"또 늦잠 잤지, 너! 이제 너도 할머니 좀 돕고 그래야지! 나잇살 먹어서 늦잠이나 자고!"

"아얏! 왜 때려!"

유선이 울상을 지으며 머리를 감싸 쥐었다.

영화가 한숨을 길게 내쉬었다.

"네가 제일 늦게 일어난 거 알아? 큰오빠가 알게 되면 또 꾸중 들을 거야, 너. 늦잠 잔다고 혼난단 말이야."

"알아, 알아."

유선은 대수롭지 않게 대답한 다음, 소량이 만들어준 침상을 툭툭 쳐서 정리했다.

모옥은 제법 사람 사는 냄새가 풍겼다. 그럴듯한 문갑도 두어 개 생겼고 침상도 여섯 개나 있다. 몇 해 전에는 아예 모옥도 증축해서 조방도 모옥 밖으로 분리되어 있었다.

"막둥아! 막둥이 어딨냐아!"

침상을 채 정리하기도 전에 할머니의 음성이 들려왔다.

"앗, 할머니다! 언니, 나 늦잠 잤다고 말하지 마. 알았지?

말하면 안 돼?'

 당황한 유선이 영화에게 주의를 주더니 재빨리 머리와 옷매무새를 점검하고는 바깥으로 뛰어나갔다. 영화는 한숨을 내쉬며 유선이 정리하다 만 침상을 마저 정리해 주었다.

 소량이 일심단과 싸운 지도 벌써 칠 년이 지났다. 유선은 이제 열한 살이 되었고, 소량은 스무 살의 든든한 청년이 되어 있었다.

 '이제 열한 살이나 먹었으니 철이 좀 들어야 할 텐데.'

 영화는 걱정스레 유선의 빈자리를 바라보았다. 멀리서 유선이 고함을 지르는 것이 들려왔다.

 "할머니! 나 여기 있어요!"

 후다닥 마당에 뛰어나온 유선의 눈에 할머니가 서 있는 것이 보였다. 유선은 배시시 웃으며 할머니에게로 다가갔다. 할머니는 눈을 가늘게 뜨고 유선이를 노려보았다.

 "이 못돼 처묵은 것이 할미를 속이려구 해? 이 할미가 암만 늙었어두 아직 귀는 안 가부렀어. 니 지금까지 늦잠 잤지? 다른 오빠덜 다 깨 있는디 이눔 계집애가……. 니 언니 본 좀 받아라, 이 못돼 처묵은 계집애야!"

 유선의 목이 자라처럼 움츠러들었다.

 "할머니는 만날 나만 가지고 뭐라고 해. 저번에 태승이 오빠가 늦잠 잤을 때는 아무 말도 않고서……."

 유선의 입술이 튀어나오자 할머니의 인상이 찌푸려졌다.

칠 년의 세월 229

"아따, 이눔 계집애가 이제는 말대답도 혀? 안 되겠다잉. 내 우리 장손 불러다가 혼 좀 내라구 해야겠다잉."

"아앗, 할머니!"

유선이 우와 하고 할머니 품으로 달려들더니 그 입을 막으려 들었다. 할머니는 홀홀 웃으며 고개를 휘휘 저어 유선이의 손을 피해냈다.

유선이 울상을 지으며 할머니의 가슴팍에 얼굴을 비볐다.

"안 돼, 안 돼. 할머니, 나 잘할게요. 잘못했어요."

"홀홀홀."

할머니는 아무 말 없이 유선의 엉덩이를 툭툭 쳐주었다.

"그려, 우리 강아지. 니 오빠한테는 입 꾹 다물어줄 테니께 걱정 말더라고."

어느새 소량은 집안의 가장이 되어 있었다.

꾸중을 하는 것도 이제 할머니가 아니라 소량이었다. 오히려 할머니는 아이들의 잘못을 몰래 숨겨주기도 했다. 물론 심한 일은 할머니가 직접 소량에게 일러 버리지만 말이다.

"하여간 일어났으면 얼른 가서 씻구 와야. 너거 오빠덜 좀 봐라. 일찍두 일어나잖어. 뭔 기운이 저리 뻗치는지 아침부터 지랄병을 떨고 있지만 말이여."

할머니가 바둑을 두는 셋째 승조와 넷째 태승을 가리키며 말했다.

"할머니도 참."

승조는 바둑판은 보지도 않은 채 턱을 긁적이며 피식피식 웃음을 지었다. 반면, 태승은 바둑판에서 약간의 시선도 떼지 못하고 있었다.

잠시 뒤, 똥 마려운 강아지마냥 끙끙 앓던 태승이 바둑돌을 내려놓았다.

"자, 형님 차례입니다."

"바둑 두는 사람 어디 갔나 했다, 야."

고심하던 태승과 달리 승조는 곧바로 바둑돌을 내려놓았다. 태승이 머리를 움켜쥐며 신음을 내뱉었다.

"이놈의 연단수(連單手)!"

맹렬히 머리를 굴려보았지만 방법이 없다. 태승이 울상을 지으며 한탄했다.

"아까는 오궁도화(五宮桃花)에 걸리더니!"

대마의 눈 모양이 열십자 모양으로 벌어져 그 궁도는 넓지만 상대방이 가운데 놓기만 하면 살지 못하는 수가 오궁도화다. 우형(愚形)의 대표적인 형태인데, 셋째 형의 술수에 걸려들고 보니 언제 그런 바보짓을 했는지도 모르게 당해 버리고 말았다.

"너, 바둑은 좀 더 배워야겠다."

승조가 고개를 절레절레 저었다.

"머리를 쓰는 기본은 어디까지나 상대를 흔드는 거지 함부로 덤벼드는 게 아니야. 넌 아까부터 나를 공격하려 했고, 나는 휘말리는 척하면서 너를 흔들어 버린 거지."

"글공부는 제일 뒤처진 게 지랄한다잉."

할머니가 퉁명스럽게 중얼거렸다. 셈은 빠르지만 노력을 하지 않는다고 한탄하던 승조는 바둑과 같은 잡기에는 몹시 능했다. 금전의 흐름에도 능통해서, 벌써부터 무창을 오가는 상인들에게 알게 모르게 이름이 알려진 승조였다.

"으으! 형, 다시 해!"

열다섯이 되어 관례(冠禮:사내아이가 관을 쓰는 성인식)를 치른 이후로는 항상 형, 누나에게 존칭을 쓰는 태승이었지만, 약이 올랐는지 평대에 가깝게 외치고 말았다. 승조는 그를 지적하는 대신 약을 올리듯 웃었다.

"뭐 줄 건데?"

"이익!"

태승이 신음을 토해냈다.

태승은 머리가 좋은데다가 정도를 벗어나지 않는 아이였다. 이제 할머니에게서 배울 필요도 없이 홀로 책을 읽고 궁리하는 아이이기도 했다. 단점이 있다면 너무 고지식해서 융통성이 없다는 점일 터였다.

태승이 머리를 감싸 쥐며 고뇌하는 사이, 향과(香瓜:참외)를 깎아온 영화가 그들 옆에 앉았다.

"이거 먹고 해, 얘들아. 어째 너희는 사내 녀석들이 활기차게 나가 놀진 못하고 매일 골방서생 흉내니?"

"아아, 무공은 나한테 영 아니야. 잘 먹을게요, 큰누이."

승조가 뒷머리를 긁적이며 어설프게 웃었다. 무공은 영 아니라고 해도 승조는 아마 또래 중에서는 가장 뛰어난 몇 명 중에 속할 것이다. 할머니 덕택에 어느새 칠 년째 무학을 익히고 있는 그들이었다.

"할머니 먼저 드시고 나서 먹어, 이 못된 놈아."

승조의 머리를 쥐어박은 영화가 얼른 할머니를 불렀다.

"할머니, 이거 좀 드세요. 소량 오빠가 며칠 전에 얻어온 향과예요."

"오, 그려?"

할머니가 홀홀 웃으며 영화가 앉아 있는 평상으로 향했다. 씻고 나오던 유선이 투덜거리며 평상으로 걸어왔다.

"나 아직 아침 식사 안 했는데."

"네가 늦었으니 그렇지."

투덜대는 유선에게 영화가 곱게 눈을 흘겼다.

지난 칠 년간 가장 많이 변한 사람은 영화였다. 말 그대로 개화한 꽃처럼 아름답게 변해 버린 것이다.

동네 총각들의 눈을 모조리 홀려 버릴 정도로 아름다워진 영화는 이미 무창제일미니 뭐니 하는 소리를 들을 정도였다. 비교를 못해봐서 그렇지 천하제일미라고 불러도 좋을 것이라는 이야기도 있었다.

"워매, 단 것."

할머니가 향과 한쪽을 집어먹고는 너무 단지 이맛살을 찌푸렸다. 몇 개 없는 이로 향과를 오물거리던 할머니가 모옥 바깥을 보고는 얼굴을 환히 폈다.

"저기 너거덜 오빠 온다잉. 큰놈아! 와서 향과 묵어라! 달달하니 맛 좋다잉!"

할머니가 미소를 지으며 손을 흔들었다.

모옥 바깥에는 훤칠한 청년이 서 있었다. 나이에 비해 묘하게 소년 같은 데가 있는 어딘가 풋풋한 청년이었다. 청년 소량이 종종걸음으로 달려오기 시작했다.

금세 모옥에 도착한 소량은 싱글벙글 웃으며 평상에 자리 잡고 앉은 다음 할머니를 바라보며 자랑스레 말했다.

"좀 이르지만 일을 다 마치고 왔어요, 할머니."

"그려?"

할머니는 향과를 한쪽 집어다가 소량의 입가에 들이밀며 반문했다. 나이가 찰대로 찬 청년인데도 소량은 넙죽 향과를 받아 물었다.

"예, 조금 일찍 끝났어요. 아침부터 큰 손님을 받았거든요. 품삯도 넉넉하게 받았고. 이거 받으세요, 할머니."

제법 두둑한 주머니가 할머니의 손 위에 올려졌다. 할머니가 입을 크게 벌리고는 주머니를 받아 들었다.

"장하다, 우리 장손. 인즉 다 커서 이 할미두 먹여 살리구."

여전히 텃밭을 일구고 작물을 시장에 내다팔고 하는 할머니였다. 하지만 요즘에는 나이가 찬 소량이 목공 일을 배워 받아오는 품삯이 더 많다.

주머니를 열어본 할머니는 구리돈 사이에 은자 조각이 들어 있는 것을 발견하고는 깜짝 놀랐다.

"워매? 은자 아녀? 반 냥쭝은 되겠는디, 어쩐 일로 품삯을 이리 많이 받았다냐?"

"어떤 부잣집 도련님이 의자를 하나 사 갔어요. 마음에 든다고 돈도 넉넉히 주대요."

향과를 하나 더 집어 든 소량이 말했다. 목공 일을 배운 지 얼마 안 되었지만 누구보다 뛰어난 목공이 바로 소량이었다.

아침 식사 대신 향과로 배를 채우던 유선이 열망에 찬 얼굴로 쏙 고개를 들이밀었다.

"은자? 할머니, 나 비단! 나 비단 옷 한 벌 해 입고 싶어요!"

"요 망할 것. 큰오빠가 벌어다 주면 고마워나 할 것이지 등골 빼먹을 생각만 하구 자빠졌네. 요것아, 이걸루 보리두 사고 밀도 좀 빻고 해야 할 것 아녀! 그리구 비단을 해두 니 언니부터 해야지 순리가 맞는 겨. 시집갈 때두 되었는디."

"이잉, 사 줘요."

유선이가 칭얼거리며 졸랐지만, 할머니는 은근한 눈으로 영화를 바라볼 뿐이었다.

"전 됐어요, 할머니."

영화가 손사래를 치며 고개를 절레절레 저었다. 활짝 피어오를 나이지만 동생들을 돌보느라 남녀 간의 정은 하나도 모르는 영화다.

소량은 그런 영화를 보고는 피식 웃었다.

"영화도, 유선이도 한 필씩 해주지요, 뭐. 싼 거라면 크게 무리 안 가요, 할머니."

"그려? 우리 장손이 그러라면 그래야지."

"할머니는 만날 장손, 장손 그러시더라."

향과를 오물거리며 태승이 투덜거렸다.

소량은 미안하다는 듯 태승이를 바라보며 어깨를 으쓱해 보일 뿐이었지만, 할머니는 그냥 두고 못 넘어가겠는지 눈을 가늘게 뜨며 태승이를 꾸짖었다.

"니는 니 형이 얼마나 힘든지 모르지? 니 형은 옛날부터 이때까지 니들 키우느라 온갖 고생을 다해가며 돈 벌어온 사람이여. 앞으로두 니들 벌어 먹일 사람이구, 니들 시집장가도 보낼 사람이여. 그런 사람이 집에서라두 으쓱대야지 어쩌겠냐잉?"

할머니가 특별히 형을 편애하는 것은 아니었다. 할머니는 항상 공평하게 모두를 대했다. 그래도 허구한 날 장손, 장손 하니 부러운 것은 사실이다.

할머니는 확실히 옛날 사고방식에 젖어 있는 분이셨다.

"시답잖은 소리 말아라, 아우야. 아마 네가 큰형이었으면 예전에 도망갔을 걸?"

승조가 태승이의 머리에 꿀밤을 때리며 말했다. 대답할 말이 곤궁해진 태승이 멋쩍게 웃어 보였다.

 두런두런 이야기를 나누는 새에 향과는 동이 났다. 할머니는 굽은 허리를 애써 펴며 자리에서 일어났다.

 "자, 인즉 작은 눔덜은 수련을 좀 해야지?"

 "수, 수련이요? 벌써요?"

 승조와 태승의 얼굴이 파랗게 질렸다.

 그들에 비하면 막내 유선은 그나마 나은 편이었다. 기본공을 겨우 뗀 유선인지라 큰오빠인 소량이 가르치는데, 성정이 온유하여 꾸중하기보다는 달래는 편이니 버틸 만하다.

 하지만 할머니에게 수련을 받아야 하는 승조와 태승은 이야기가 다르다. 안 그래도 머리 쓰기 좋아하는 둘인지라 할머니의 고된 훈련은 어렵기만 했다.

 "수련 끝나면 글두 좀 읽어야 되구."

 이번엔 유선의 얼굴이 파랗게 질렸다. 글이라면 질색하는 말괄량이 유선이었다.

 반면 첫째 소량과 둘째 영화는 무공 수련에서도, 글공부에서도 자유로웠다. 소량은 이미 사서삼경을 뗐고, 무학도 거의 홀로 수련하는 편이었다. 영화도 소량과 크게 차이가 없었고 말이다.

 "자, 인즉 수련하러 가더라고!"

 "예에……."

할머니가 경쾌하게 말하며 걸음을 옮겼다. 죽을상을 한 승조와 태승이가 그 뒤를 따랐다.
소량은 유선을 바라보며 미소를 지었다.
"자, 우리도 갈까?"
유선이 역시 그다지 밝지는 않은 표정으로 고개를 끄덕였다.

하루해는 너무 짧았다. 한여름이니 낮이 길 터인데, 아이들은 낮이 어떻게 지나갔는지도 모르게 하루를 보내야 했다.
승조와 태승은 할머니와의 수련에서 호되게 얻어맞고는 수준이 조금도 나아지지 않았음을 한탄한 할머니의 명령 탓에 저녁이 될 때까지 초식을 수련해야 했다.
반면, 유선은 소량이 예상보다 엄하게 가르치는 바람에 녹초가 되었다. 그 탓에 할머니와 글을 읽을 때 졸고 만 유선은 호되게 종아리를 맞았다.
심신이 지쳐 버린 아이들은 저녁이 되자마자 고롱고롱 코를 골며 잠에 빠져들었다.
모옥을 밝히는 미약한 초롱불 아래에서 할머니는 흐뭇한 얼굴로 아이들의 자는 모습을 관찰했다.
"워매, 저놈은 아직두 배를 내놓구 자네. 한여름이긴 해두 저러면 배탈이 나는디."
주름진 손으로 허리를 두들기며 일어난 할머니는 이불을

걷어차고 잠든 유선에게 다가가 이불을 덮어주었다. 전신을 꼬고 자고 있던 유선이 무어라고 꿍얼거렸다.

"잠버릇이 고약하지요? 저래 놓고 매일 늦잠이에요."

탁자에 앉아 찢어진 면포배자를 꿰매던 영화가 한심스럽다는 듯 유선을 바라보았다. 할머니는 홀홀 웃으며 탁자로 걸어와서는 옷을 한 벌 집어 들고 바느질을 시작했다.

"그러게 말이여. 어릴 때는 제일로다가 빨리 일어나더니 나이 묵고서 못된 망아지가 되어부렀어."

"할머이가 오야오야해서 그래여."

영화가 이로 실을 끊으며 말했다. 발음이 좀 새긴 했지만 대충 알아들은 할머니가 고개를 끄덕였다.

"혼을 냈어야 되는디 우리 강아지 때릴 데두 없구 그래서 놔뒀더니… 쯧쯧."

초롱불은 미약하기 짝이 없었지만, 영화와 할머니는 어둡지도 않은지 잘도 아이들의 옷을 꿰매갔다.

"그보다 우리 영화가 시집갈 때가 다 되었는디."

혼기가 꽉 찬 처녀가 되었으니 시집을 보내야 하는데 마음에 차는 곳이 없다. 사람 욕심이란 게 무서워서, 사위는 멋진 놈으로 보고 싶은 할머니였다.

"조금 있다 가도 돼요."

영화가 또 다른 옷가지를 집어 들며 말했다. 그래도 계집애라고, 할머니와 대화가 가장 잘 통하는 사람은 영화였다. 할머니도 영화와 함께 있을 때는 두런두런 속에 있는 이야기를 꺼내곤 했다.

"아녀, 아녀. 시집은 제때 가야지. 그런디 영화야, 이 할미는 너거 오빠두 걱정이다잉. 너거 오빠도 인즉 세상두 경험하구 그래야 되는디. 지금처럼 초야에 묻혀 있기엔 인물이 아까와야."

할머니는 소량이 욕심이나 야망 없이 초야에 묻혀 사는 것이 못내 마음에 걸렸다. 할머니가 보기에 소량의 됨됨이는 천하 어디에 내놓아도 모자람이 없는데 굳이 나서려 하질 않는다.

"확실히 큰오빠 정도면 어디 장군 시험 보러 가도 합격할 텐데. 저는 무공은 잘 모르지만 큰오빠 실력은 정말 대단해 보이거든요."

할머니가 들고 있는 것을 제외한 다른 옷들을 모두 바느질한 영화가 바늘과 실을 잘 정리해 두고는 턱을 괴고 창밖을 바라보았다. 모옥 밖에서는 소량 오빠가 무공을 수련하고 있었다.

마지막 옷에 바느질을 마친 할머니는 실을 이로 끊고는 옷을 죽 펴서 어디 흠간 데 없나 살펴보았다.

"아직 삼단공에도 들어서지 못한 놈이 대단하긴 개뿔이. 나는 무학을 이야기한 것이 아니라 인품을 이야기한 것이구먼."

할머니는 옷을 개어 정리하고는 영화를 바라보며 홀홀 웃었다.

"인즉 니두 자야. 밤새도록 집안일만 하느라 고생만 했잖어. 니가 있어서 할미는 좋긴 한디, 손도 트고 피부도 나빠지니께 앞으로는 쉬엄쉬엄 해야. 냉중에 장부한테 사랑받아야 할 거 아녀."

"저는 괜찮아요."

영화는 대수롭지 않게 웃어 보였다.

할머니가 허리를 두드리며 몸을 일으켰다.

"인즉 불 끈다잉? 얼른 누워야."

"할머니는 안 주무시게요?"

"홀홀, 나는 니 오라비가 무슨 지랄을 하는지 구경 좀 하다 잘려구. 늙으면 잠두 없어지는 법이거든. 인즉 자야."

"네."

영화가 조그맣게 기지개를 켜고는 침상을 향해 걸어갔다. 할머니는 영화가 침상에 눕자 초롱불을 후우 불어 껐다.

밤인데도 불구하고 공기는 후텁지근했다. 모옥을 나선 할머니는 '올 여름우 왜 이리 덥댬?' 하고 중얼거리며 모옥 뒤편으로 향했다.

"큰눔아."

모옥 뒤편에는 소량이 가부좌를 틀고 앉아 있었다. 미동도 없이 느릿하게 호흡을 고르는 소량의 모습에 할머니는 웃음을 터뜨리고 말았다.

'흘흘. 시답잖은 눔. 숨 쉬기를 저리 좋아하니 어디다 써, 저걸?'

할머니의 부름을 듣지 못했는지 소량은 꼼짝도 하지 않았다. 할머니는 허리를 굽혀 돌멩이 하나를 쥐어 들었다.

그와 동시에 할머니에게서 섬뜩한 기세가 일어났다.

쐐애액—!

"으앗!"

무언가가 날아오는 소리에 소량이 황급히 머리를 틀었다. 귓가를 스치고 돌멩이 하나가 지나갔다. 대경하여 뒤를 돌아보니 할머니가 허리를 굽혀 돌멩이를 쥐어 드는 것이 보였다.

"흘흘, 인즉 정신이 좀 드는 겨?"

소량이 안도한 듯 어깨를 늘어뜨리며 질문했다.

"언제 나오셨어요?"

쐐애액—!

소량의 질문에 대답한 건 또 다른 돌멩이였다. 소량은 쓴웃음을 머금으며 옆에 놓아둔 낡은 철검을 집어 들었다. 스르릉, 소리와 함께 철검이 모습을 드러내었다.

"아가딜 다 자기에 밤공기나 맡으려구 나왔지."

어디선가 바람 소리가 들려왔다.

자연이 일으킨 바람이 아니라 소량의 검에서 일어난 바람이었다. 소량의 검이 움직임을 멈추었을 때는 할머니가 던진 돌멩이가 그 위에 놓여 있었다.

"니는 뭘 해도 그렇게 느리냐, 어째?"

할머니가 미간을 찌푸리며 또다시 돌멩이를 던졌다.

소량이 부드럽게 몸을 회전하며 검으로 원을 그렸다. 느리지도 빠르지도 않게, 다만 자연스럽게.

이번에 던진 돌멩이도 소량의 검 위에 얹혀 있었다. 할머니는 몇 개의 돌멩이를 더 던지며 눈을 가늘게 떴다.

'기이한 녀석이로다, 기이한 녀석이여.'

할머니는 문득 칠 년 전의 일을 떠올렸다.

살호장군 마유필의 도가 코앞까지 왔을 무렵, 소량은 이화접목과 같은 신기를 발휘한 적이 있다. 무학을 배운 지 반년도 채 되지 않은 소년에게는 불가능한 묘리였다. 도대체 어떻게 그렇게 할 수 있었는지 얼마나 궁금해했는지 모른다.

하지만 그것이 전부였다.

그 후로 칠 년간 소량은 평범한, 아니, 오히려 평범함보다 못한 재주밖에 보여주지 않았다. 호흡은 여전히 완공이었고, 육합권의 조식을 온전히 수습하는 데에도 한참이 걸렸다.

검로에 입문한 것도 겨우 삼 년 전 일이다.

당장 지금도 그렇다. 그리 빠르지 않은 속도로 돌멩이를 던졌는데도 힘겨워하는 태가 역력하지 않은가!

'하지만 또 검인(劍人) 흉내는 낼 줄 안단 말이여.'

할머니가 소랑의 검에 얹힌 여섯 개의 돌멩이를 바라보았다. 돌멩이는 자로 잰 듯 반듯하게 배열되어 있었다. 개중 몇 개의 돌멩이에는 금이 가 있기도 했는데, 이는 검로에 담긴 기운이 제법 강성하다는 뜻일 터였다.

'도대체 어찌 된 놈인지 알 수가 있어야지.'

할머니는 고개를 절레절레 저어버렸다.

"돌멩이를 얹으니 그깟 낡은 검도 좀 그럴듯해 보이는구먼. 그래, 잘되어가냐?"

할머니가 퉁명스러운 표정으로 말했다.

"아니요. 어째 배우면 배울수록 더 어려워지는 것 같아요, 할머니."

소랑이 어색하게 웃으며 머리를 긁적였다. 천지간의 호흡을 좇으면 마음은 편하지만, 무학의 성취는 늦어지기만 했다. 아무리 해도 태허일기공의 삼단공에 이를 수 없는 것이다.

때때로 초조해질 때가 있어 할머니에게 여쭤봤지만, '강(强)을 알고 유(柔)를 알아야 하는디, 유부터 깨쳤으니 그렇지!' 라는 답변만 나올 뿐이었다.

'내게 유는 있지만 강은 없는 걸까?'

어쩌면 그럴지도 모른다. 검로를 펼치면 한없이 부드럽게만 흐를 뿐, 도통 기세가 살아나지를 않는 것이다.

'그렇다면 강은 어떻게 해야 알 수 있을까?

잠시 상념에 빠져 있던 소량이 고개를 홰홰 저었다. 진지한 고민은 나중에 해야 할 터였다.

"그보다 깜짝 놀랐잖아요, 할머니."

소량이 검을 가볍게 휘저어 위에 놓여 있던 돌멩이들을 털어내었다. 놀랍게도 돌멩이는 소리도 없이 바닥에 떨어졌다.

"뭔 소리라냐? 놀라기는 내가 더 놀라 부렀는디. 장운이에게 가 있을 줄 알았던 눔이 집에 있기에 얼마나 놀랐는지 몰러."

할머니가 허리를 두드리며 소량의 옆으로 걸어왔다. 소량은 검을 수습하고는 밝게 미소를 지었다.

"육로 대신 뱃길로 올 모양입니다. 사흘 뒤에 배가 온다니 그때 나가보려고요. 동시(童試)를 잘 봤는지 모르겠는데······."

과거를 보려면 먼저 유학(儒學)에 재적을 해야 하는데, 동시란 바로 유학에 들어가기 위한 시험을 말한다.

현시(縣試), 부시(府試)를 통과한 장운은 원시(院試)를 보러 보름 전에 동호(東湖) 쪽으로 떠났는데, 사흘 뒤에 뱃길을 타고 도착할 예정이었다.

"장 부인의 고심이 이만저만이 아니더라만. 떠나보낼 때는 그리 의연한 척하더니 속이 다 곯은 모양이여. 동시가 어려운 것이 아니라고 말해줘도 그 모양이더라."

"그래도 요즘에는 좀 건강하십니다."

장운의 어머니는 일심단과 싸운 날로부터 석 달간 사경을 헤맸다. 하지만 할머니의 운기요상 덕택일까? 석 달이 지나자 그녀는 조금이나마 심신을 다스릴 수 있었다.

비록 방 밖으로는 한 걸음도 나설 수 없었지만, 그녀는 무려 칠 년이 지난 지금까지도 생존해 있었다. 가히 천운이 따랐다 해도 좋으리라.

그러나 어머니가 한 걸음도 제대로 걷지 못한다는 것은 장운에게는 충격이었던 모양이다. 장운은 그날로부터 돈을 벌겠다고 설치기 시작했던 것이다. 시전 상인들의 도움이 아니었더라면 장운도 장사치가 되어 있을지도 몰랐다.

십시일반(十匙一飯)이라 했던가!

시전 상인들은 장운이 공부할 수 있도록 크고 작은 손길을 내밀었다. 소량이 일심단과 싸운 이후로 하통의 백성들은 서로 나누기를 꺼리지 않게 된 것이다.

"장 부인이 여한이 없겠구먼, 여한이 없겠어. 사흘 뒤에는 나도 한번 가봐야 쓰겠다."

"당연히 오셔야지요, 할머니. 그렇지 않아도 장운이 돌아온 김에 우육(牛肉)을 좀 끊어볼까 생각하고 있어요. 장 부인께서 건강하셨다면 다복반점(多福飯店)을 예약했을 텐데……."

좀 비싸기는 하지만 맛이 좋기로 유명한 반점이 바로 다복

반점이었다. 장운이 돌아온 김에 할머니를 모시고 다복반점이나 가볼까 생각했던 소량이었다.

할머니가 눈을 가늘게 뜨고 소량을 흘겨보았다.

"그 집 둘째 계집애가 너 좋다고 그렇게 따라다닌다는디, 혹시 너, 그 때문에 우육이니 뭐니 지랄 떠는 거 아니냐?"

어느새 자라서 '오빠랑 혼인하고 말 거야!'라고 외치고 다니는 장소혜를 떠올리자 소량이 질색했다. 할머니는 그 표정이 우스운지 한참 동안이나 웃음을 터뜨렸다.

"홀홀. 됐다잉, 됐어. 시간 늦었으니께 너무 늦게까지 있지 말구 자야. 이 할미도 인즉 눈 좀 붙여야 쓰겄다."

할머니는 그렇게 말하고는 소량의 눈을 묵묵히 바라보았다. 도대체 왜인지 여름 들어 이유도 없이 가슴이 철렁철렁 내려앉곤 하는 할머니였다.

산들바람만 들어도 공연히 섬뜩해지는 것이, 어쩌면 죽음이 목전에 다가온 것일지도 모르겠다는 생각이 들 정도였다.

'불쌍한 우리 큰눔, 고생만 하고······.'

할미니가 주름진 손을 들어 소량의 얼굴을 쓰다듬었다. 이렇게 잘 자랐는데도 불쌍하고 가련하게만 느껴지는 소량이었다.

동생들이 잠들었을 때에야 남몰래 손을 잡던 어린 시절의 모습이 아직도 눈에 선했다. 자신을 의지하는 눈빛이 가련하면서도 얼마나 서릿발 같던지. 아이의 모든 것이 내게 달렸다는 생각에 밤잠을 설칠 때가 한두 번이 아니었다.

할머니는 소량의 얼굴에서 쉽사리 손을 떼지 못했다.

"왜 그러세요, 할머니?"

"아니여. 아무것도 아니여."

할머니가 느릿하게 손을 떼었다. 그리고는 허리춤을 두드리며 모옥을 향해 걸어가기 시작했다.

소량이 할머니의 뒷모습에 대고 작게 외쳤다.

"주무세요, 할머니!"

할머니는 대답하지 않았다.

소량은 이상한 표정으로 할머니의 뒷모습을 바라보았다. 예전에는 태산처럼 커 보이던 할머니의 등이 작고 가냘프게만 보였다. 최근 들어 잠도 많아지고 무언가를 깜빡깜빡할 때도 많은 할머니였다.

소량은 할머니의 기운을 자신이 빼앗아온 게 아닐까 하는 생각을 했다. 자신이 이렇게 커가는 동안 할머니는 작아지고만 있었던 것이다.

소량은 불현듯 마음이 텅 비어버리는 듯한 느낌을 받았다.

'기분이 왜 이렇지?'

가슴도 이유없이 싸해졌다. 평소와는 하나도 다를 바 없는 날이었으나, 왠지 모르게 초조해지고 불안해진다.

소량은 가슴께를 어루만졌다.

'피곤해서 그런 걸지도 몰라.'

소량은 그렇게 생각하며 마음을 다스리려 했다.
어쩌면 그 불길한 느낌은 정확한 것이었을지도 모른다.
소량은 몰랐지만, 화마가 말했던 오륙 년에서 벌써 일 년이나 지나 있었다.

第九章
진무신모(眞武神母)

1

 신양상단(信陽商團)은 본래 신양현에서 나는 모첨차(毛尖茶)를 중원 각지로 운송하는 상단으로, 신양현과 무한삼진에서 주로 활동하는 상단이었다.

 삼대나 내려온 상단이니 역사 역시도 유구한 편이며, 재해 때마다 백성 돕기를 즐겨해 인망 역시 두터웠다.

 그러다 보니 자연히 규모도 커졌다. 신양상단은 표국(鏢局)을 통해 호광성을 넘어 다른 성에까지 영향을 끼칠 정도로 성장했던 것이다. 세인들은 벌써부터 신양상단을 중원십대상단 중 하나로 꼽기를 주저하지 않았다.

 그런 신양상단의 상단주 이호청(李好晴)의 얼굴은 현재 딱딱하게 굳어 있었다. 최근 들어 무창에 거간꾼이 자란다는 말에 직접 단속을 하러 왔는데, 그중 제일이라는 거간꾼이라는 놈이 이제 열여섯 애송이가 아닌가!

포구(浦口)에 쌓인 짐에 아무렇게나 올라앉아 다리를 까딱이는 소년의 모습이 너무나 태평스럽게 보였다.

'뿌리를 밟아버릴 요량으로 직접 왔는데, 알고 보니 푼돈벌이나 하는 애송이였을 줄이야. 내 성급했구나, 성급했어.'

이호청은 수염을 지그시 쓰다듬으며 눈썹을 꿈틀댔다.

'생각해 보면 모든 일이 내 손을 거쳐야 한다고 여긴 것이 잘못이다.'

이호청은 자신이 수하들을 너무 믿지 않고 있다고 생각했다. 이만한 일에 직접 나선 것 자체가 그 증거가 되리라. 괜한 자괴감에 휩싸인 이호청이 공연히 헛기침을 내뱉을 때였다.

"할아버지는 상인이라는 사람이 그렇게 계산이 느려서 어떻게 합니까? 칠십이 냥에서 삼 할이면 이십일 냥하고 칠십 문가량이잖아요. 그러게 아드님에게 좀 맡기시라니까."

"어, 그런가? 맞아. 삼 할이면 이십일 냥 칠십 문이로군."

짐에 올라앉아 다리를 까딱이던 소년이 향과를 아삭아삭 베어 물며 말했다. 간단한 계산에도 끙끙 앓던 노인이 멋쩍게 뒷머리를 긁적이다가 이내 노호성을 터뜨렸다.

"아니, 그런데 네 말투는 왜 그 모양이냐! 네 형은 그렇지 않은데 너는 어찌 그렇게 건방진 게야!"

"갑갑하니까 그런 거 아닙니까, 갑갑하니까. 복래다점(福來茶店)이면 그래도 팔십 년이나 된 다점인데 그 주인장이 이만한 계산도 못해서야, 원. 잔말 말고 아드님께 맡기세요. 그게 더 수월하겠네."

"흥! 그놈은 차 맛을 몰라. 덖은 차와 덖지 않은 차를 가져다줘도 알아보지 못할걸. 그보다 이만한 물량이면 우리 쪽도 너무 많은 셈인데……."

"천우다점(天佑茶店)에 이 할가량 넘기세요. 요즘 그쪽에 물량이 좀 부족하답니다. 값은 반 푼가량 올리시면 아마 별말 없이 계산할 겁니다."

"반 푼이면 얼마를 올려야 하는 거냐?"

노인과 소년이 말하는 모습은 참으로 우스웠다. 누가 봐도 노인이 소년의 지시를 따르는 모양새인 것이다.

그 뒤로도 마찬가지였다.

이번에는 어물전(魚物廛)의 상인들이 와서 이것저것을 캐묻는데, 시세 동향을 모조리 파악한 듯 가격까지 매겨주지 않는가! 지 상점이 값을 내렸으니 이쪽도 값을 내릴 수밖에 없다거나, 아무리 그래도 구리돈 칠십 문 이하로는 내리지 말라거나 하고 설명해 주는데, 말투 하나하나가 영특하기 짝이 없다.

이호청의 표정에 미소가 어렸다.

'셈에 능한데다가 흐름을 보는 눈도 밝다. 상재(商材)가 제

법 탁월한 놈이로구나.'

저만하면 인재인 셈이다. 조금만 가르친다면 무창 같은 일개 도시의 흐름뿐 아니라 더 큰 흐름, 중원의 흐름도 볼 수 있을지 모른다. 자세한 것은 더 알아봐야겠지만 말이다.

'홍! 어쩌면 식충이 같은 나의 수하들보다 월등할지도 모르지.'

방금 전까지 수하들을 믿어야겠다고 생각했던 이호청이 마구 욕설을 내뱉었다. 천하의 신양상단의 행수들이 체면도 잊고 소년에게 가서 질문을 던지고 있었던 것이다.

"사, 상단주!"

이호청이 결심을 한 듯 소년에게로 걸어가자, 행수들이 화들짝 놀라며 뒤로 물러났다.

"허흠, 험."

이호청은 못마땅한 얼굴로 행수들을 노려보는 표정을 근엄하게 바꾸어 소년을 돌아보았다. 소년이 태연자약한 얼굴로 외쳤다.

"질문은 무엇입니까! 구리돈 십 문이면 무창 상계의 모든 정보를 들으실 수 있습니다!"

"하하하! 십 문이라? 재미있구나. 하지만 나는 무창의 상황을 물어보러 온 것이 아닐세, 소형제."

"듣자 하니 천하의 신양상단의 단주님이신 것 같은데… 그럼 무엇을 물어보시려고?"

"소형제의 이름 정도면 어떨까."

이호청이 느긋하게 말하며 소년의 표정을 살폈다. 소년은 뚱한 얼굴로 이호청의 위아래를 훑어보다가 손을 내밀었다.

"그건 질문 아니랍니까? 주세요, 십 문."

이호청이 기가 막힌다는 표정을 지었다. 무창의 시세를 묻는 것도 아니고, 고작 이름을 묻는데 셈을 치르라니 기가 막히지 않을 도리가 없는 것이다.

하지만 조금 더 생각해 보니 배포가 마음에 든다. 무릇 상인이라면 조금의 이득조차 놓치지 않아야 하는 법. 역시 상재가 있는 놈이다 싶다.

"하하하! 소형제의 배포가 참으로 마음에 드는군! 좋네!"

역시 상인이었던 이호청이 정확하게 십 문을 꺼내어 내밀었다. 소년은 느긋하게 돈을 받아 들고는 말했다.

"저는 무창 사람으로 성은 진가요, 이름은 승조라고 합니다."

이호청은 진승조의 이름을 두어 번 중얼거렸다. 배포도 크고 셈도 밝다. 몇 마디 나눠보지 않았지만 벌써부터 마음에 드는 놈이다. 이호청은 내심 '어디 한번 시험해 볼까' 라고 중얼거리며 또다시 십 문을 내밀었다.

"이보게, 소형제. 질문을 하나 더 하세."

승조가 돈을 받아 들고는 소매에 집어넣었다. 이호청은 질문을 듣기도 전에 돈부터 챙기는 모습에 실소를 지었다.

진무신모(眞武神母) 257

"은자가 가득 든 자루가 네 개 있다네. 그런데 네 자루 중 하나에 불순물이 섞인 가벼운 은자가 들어 있다 하지 뭔가! 혹시 자네는 저울을 단 한 번 사용해서 그것을 알아낼······."

"첫 번째 자루에서는 은자 한 개, 두 번째 자루에서는 은자 두 개, 세 번째 자루에서는 세 개, 네 번째는 네 개. 그다음 재면 되겠네."

이호청은 저도 모르게 감탄을 터뜨리고 말았다.

본래 이 질문은 상재가 있는 사람도 대답하는 데 한두 시진이 걸리는 어려운 질문인데, 진승조라는 소년은 자신이 말도 끝마치기 전에 대답을 해버린 것이다.

어디 이호청뿐이랴? 주변에서도 감탄을 터뜨리기는 매한가지였다. 알게 모르게 둘의 대화에 귀를 기울이고 있던 사람들은 승조의 답변이 옳은지 계산을 해보기 시작했다.

"대단해, 대단해."

이호청의 눈빛이 조금씩 달라졌다. 조금 전까지만 해도 호기심이 더 컸지만, 지금은 달랐다. 물론 좀 더 알아봐야겠지만, 한번 키워볼 만한 인재다 싶은 것이다.

"소형제는 이런 데서 거간이나 하기에는 아까운 사람이구먼. 좀 더 배운다면 지금보다 더욱 성장할 텐데, 어디······."

"됐어요. 지금도 잘 배우고 있습니다. 어, 형님! 포구에는 어쩐 일이십니까?"

승조는 이호청을 깔끔하게 무시해 버렸다.

이호청이 당황하여 눈만 끔뻑이는 사이, 승조는 연신 손을 흔들며 누군가를 불러댔다.

이호청이 고개를 돌려보니 훤칠한 청년이 그들이 있는 쪽으로 걸어오는 것이 보였다.

청년은 도착하자마자 승조의 머리를 후려쳤다.

"이 녀석아, 보아하니 너보다 나이가 곱절은 많아 보이는 분인데, 어른 앞에서 예의가 어찌 그 모양이냐? 일어서서 답해도 모자랄 판에."

"아이쿠!"

승조가 맹렬히 머리를 비볐다. 승조의 앞에 선 소량이 미안하다는 표정을 지으며 이호청에게 장읍해 보였다.

"어르신께 제가 대신 사죄드리겠습니다. 이 녀석은 제 셋째 동생인데, 때때로 방종할 때가 있습니다. 저는 진가 사람으로 이름은 소량이라 합니다."

인사를 마치고도 무언가 찝찝했던 것일까. 소량은 읍하던 모습 그대로 머뭇거렸다.

'기세가 흐릿하긴 하지만, 뒤에 한 분이 더 계신 것 같은데.'

본래 그런 사람인지, 아니면 일부러 숨어 있는 것인지 모르겠다. 만약 일부러 숨어 있는 것이라면 모르는 척하는 게 나을 테지만, 예의를 논하자면 또 그게 아니다.

잠시 머뭇거리던 소량이 결심한 듯 장읍했다.

진무신모(眞武神母) 259

"저, 뒤에 계신 일행 분께도 대신 사죄드립니다."

이호청이 물끄러미 뒤를 돌아보았다. 도대체 언제 나타난 것인지 그의 뒤에는 검은 무복(武服)의 사내가 서 있었다.

검은 무복의 사내가 눈썹을 꿈틀거렸다.

"……."

검은 무복의 사내 이름은 본래 임자평(林紫平)으로, 한때 살수 출신이었다가 사람을 죽이는 일에 염증을 느껴 신양상 단주의 호위가 된 사람이었다.

몸에 배인 살기 때문인지 이호청과 함께 다니면 사람들이 겁을 먹고 피하곤 했다. 때문에 임자평은 항상 기척을 감추고 그를 호위했는데, 놀랍게도 소량은 대번에 알아본 것이다.

'믿을 수가 없구나.'

임자평이 눈을 지그시 감았다. 한때 소림 나한승의 이목마 저 피하게 해주었던 은마공(隱魔功)이 이렇게 깨어질 줄이야!

'설마 하니 저 나이에 나한승을 능가할 정도의 무위를 가 졌단 말인가?'

잠시 소량을 살펴보던 임자평은 '내가 무언가 실수를 한 모양이다'라고 중얼거렸다. 눈빛이 영준하기는 했지만, 저만 한 나이에 그럴 리가 없는 것이다.

사정을 알 길 없는 소량이 무언가 실수를 한 게 아닐까 하 고 안절부절못하자, 이호청이 헛웃음을 머금었다.

"허허, 결례랄 것도 없으니 괘념치 말게. 그저 영준한 소형제가 보이기에 상계의 일을 배워봄이 어떤지 권하던 것이었다네."

"아, 지금도 충분히 잘 배우고 있다니까 그러… 십니다."

소량이 눈치를 주자 승조의 표정이 머쓱하게 변해갔다. 소량은 작게 한숨을 내쉬고는 다시 한 번 읍을 해 보였다.

"다시 한 번 결례를 사죄드리겠습니다. 다만 이 녀석도 제법 머리가 굵어 제 길은 제가 정하려 하니 해량하여 주시기를 바랄 뿐입니다."

"허음, 안타깝구먼."

이호청은 그래도 그냥 물러날 기색이 아니었다. 그는 몇 번이나 생각을 바꾸어보라 권하다가 승조가 계속 고개를 젓자 '혹여 마음이 바뀌면 찾아오라'고 말했다. 승조가 알았다고 말하자 다시 배로 돌아가는데, 그 표정에는 아쉬움이 그득했다.

이호청이 물러나기 직전, 그의 뒤에 서 있던 임자평이 무거운 목소리로 질문했다.

"소량이라 했던가?"

"그러합니다."

소량이 정중하게 대답하자 또다시 임자평의 눈썹이 꿈틀댔다.

"흐음."

임자평은 무어라 말하려 하다가 고개를 절레절레 젓고는

몸을 돌렸다.

승조가 '싱거운 사람인데?'라고 중얼거렸다가 소량에게 또다시 꿀밤을 맞았지만, 임자평은 뒤도 돌아보지 않았다.

이호청에게로 가까이 다가가자, 그가 한탄을 토해내는 소리가 들려왔다.

"허, 저렇게 계속 거절하니 점점 더 아까워지는군. 내 보기에는 보기 드문 상재인 것 같은데."

"저는 소량이라는 자가 더 신경 쓰입니다."

임자평이 무거운 목소리로 대답했다.

이호청의 눈에 이채가 떠올랐다.

"언뜻 보았는데도 보통이 아닌 무골이었습니다. 제 기척을 읽어낸 것을 보면 기감을 읽는 능력 역시 뛰어날 터. 데려다가 키우시면 손해는 입지 않으실 것입니다."

이호청이 고개를 갸웃했다. '무학을 익힌 자에게는 특별한 기세가 있어 대개는 알아볼 수 있다'는 말을 들은 적이 있는데, 정작 그 말을 한 장본인이 확신할 수 없다는 듯 말하니 이상하기 짝이 없는 것이다.

"자네답지 않군그래. 무학을 배운 것이 확실한지 알 수 없다는 말투야."

"그것이……."

임자평이 느릿하게 말을 끌었다. 이호청이 재미있다는 듯 헛웃음을 터뜨렸다. 형제가 모두 그 정도라니 더더욱 탐이 난다.

"저 형제에 대해 더 알아봐 주게. 기회가 닿는다면 함께 일해 봐야겠어."

"그리하겠습니다."

임자평이 말을 맺고는 조용히 뒤를 돌아보았다. 두 형제는 느긋하게 서서 무언가 대화를 나누고 있었다.

소량이 포구에 들어오는 배를 보며 작게 손을 흔들었다. 아직은 멀리 떨어져 있지만, 일다경이면 무사히 배를 댈 터였다. 배 안에서는 이제 열여섯이 된 장운이 손을 흔들고 있었다.

승조가 뚱한 표정을 지었다.

"저 자식, 많이 컸네. 동시를 다 보고."

"너도 이 년 전에 봤잖느냐."

소량이 미소를 지은 얼굴로 승조를 돌아보았다. 승조는 태승과 함께 이 년 전에 동시를 보러 간 적이 있다. 할머니와 영화, 유선과 함께 바로 이 포구에서 그들을 배웅했었다.

승조가 머리를 감싸 쥐며 신음을 토해냈다.

"전… 전 떨어졌지 않습니까!"

태승은 합격하여 생원(生員)이 되었는데, 안타깝게도 승조는 떨어지고 말았다. 글공부를 게을리하고 여기저기 놀러 다닌 탓이었다.

진무신모(眞武神母) 263

소량은 그런 승조를 보고는 헛웃음을 머금었다.

"네 잘못인 것을 누구를 탓하게? 아, 배가 도착했다. 장운아! 이쪽이다!"

소량이 말을 하다 말고 작게 손을 흔들었다.

배와 포구 사이에 너른 널빤지가 걸리자마자 장운이 빠른 걸음으로 달음박질쳤다.

"소량 형님! 승조도 있었구나. 두 분 모두 잘 지내셨습니까?"

"잘 못 지낼 까닭이 없지. 그래, 동시에는 합격했느냐?"

소량이 환하게 웃으며 질문했다.

"제학관(提學官:학교 감독관)이 좀 까다롭게 굴긴 했지만… 본래 쉬운 시험이지 않습니까. 별일 없이 붙었습니다."

도무지 살이 붙지 않는 체질이라 깡마른 장운이었지만, 키는 벌써 소량과 마주할 정도로 컸다. 장운이 멋쩍은 듯 뒷머리를 긁적이자 승조가 입술을 비죽였다.

"떨어진 나는 뭐가 되라고 그런 말을 하나, 자네는?"

"정말로 그리 어렵지 않던데. 태승이가 볼 때 나도 갈 것을 그랬어. 지레 겁먹고 보러 가지 않은 게 후회될 지경이야."

장운이 자랑스럽게 말했다. 동갑내기에게 뒤처진 기분에 승조가 입술을 비죽댔다. 하지만 역시 호사는 호사인 법. 승조는 곧 어깨를 펴고는 장운의 등을 두드렸다.

"생원이 되었으니 이제 향시(鄕試)를 볼 차례로구나! 태승이가 먼저 거인(擧人)이 될지 자네가 먼저 거인이 될지 궁금한데?"

"누가 먼저 되든 되기만 하면 좋은 일이지. 떨어진 것이 속상한 것은 알겠는데, 공연히 싸움 붙이지 말거라."

장운이 소량의 흉내를 내며 승조의 머리를 쓰다듬었다. 승조가 황당하다는 표정을 지으며 제 머리를 가리키고는, 지금 이게 뭐하는 짓이냐고 되물었다.

장운은 그런 승조를 모른 체하며 소량을 돌아보았다.

"어머니는 소혜가 모시고 있겠지요?"

"그래, 그래서 대신 마중을 나왔다. 기다리실 텐데 서두르자. 어서 가서 절을 올려야지. 우육을 끊어놨으니 간만에 영화가 해주는 육사(肉絲)도 좀 맛보고."

소량이 담담한 어조로 말하고는 몸을 돌려 모산 쪽으로 걸음을 옮겼다.

승조와 장운이 툭탁거리며 그 뒤를 쫓았다. 한 번 더 동시를 볼까 말까 고민하는 승조를 두고 네 머리로는 안 될 것이라며 놀리던 상운이 무언가 떠오른 얼굴로 소량을 불렀다.

"그런데 형님, 무창에는 별일 없었습니까?"

"그게 무슨 소리냐?"

"태행마도(太行魔刀)인가 하는 큰 도적놈이 무한삼진에 얼씬댄답니다. 얼마나 흉악한 놈인지, 천지사방에 원수가 한두 명이 아닌 모양이에요. 그놈을 잡아 죽이겠다며 무한삼진으

진무신모(眞武神母) 265

로 오는 무사들이 적지 않다고 합니다."

장운의 말이 끝나자 소량이 턱을 긁적였다. 혹여 며칠 전부터 느껴지던 불안함의 원흉이 그게 아닐까 싶어서였다.

승조가 탄식하듯 입을 열었다.

"어쩐지 요즘 칼을 든 사람이 많이 보이더라니."

소량이 승조를 흘끔 돌아보았다.

승조가 심각한 얼굴로 설명했다.

"형님은 포구에 잘 나오지 않으니 모르시겠군요. 며칠 전부터 도검을 든 사람이 많이 찾아들었습니다. 개중에는 기병(奇兵)을 든 사람도 많았고요. 그래서인지 며칠 전부터 마음이 편치가 않습니다."

"너도 그랬느냐?"

소량의 가슴이 철렁 내려앉았다. 며칠 전부터 느껴지던 불안감이 비로소 현실화되는 느낌이 든 것이다.

승조 역시 놀란 표정을 짓기는 마찬가지였다.

"형님도 그렇습니까?"

"그래, 며칠 전부터 공연히 불안해지곤 하더구나. 할머니도 그러신 것 같았다. 혹시 무슨 일이라도······."

소량이 무어라고 말할 즈음이었다.

콰콰콰쾅!

어디선가 굉음이 울려 퍼졌다. 소량과 승조, 장운의 고개가 모산 쪽으로 돌아갔다. 곧 세 명의 입에서 비슷한 신음 소리가 울려 퍼졌다.

"저, 저게 무슨!"

모산의 귀퉁이가 뒤흔들리고 있었다.

2

할머니는 굽은 허리를 두드리며 걸음을 옮겼다. 연세가 있으니 걷기 불편하실 거라며, 모산 아래로 이사하자고 말하던 소량을 떠올리자 그녀의 입가에 미소가 어렸다.

그러나 할머니는 모산의 모옥을 떠나지 못했다.

그 집에서 보낸 세월이 서리처럼 내려앉아 이제는 그녀 자체가 되어버렸다. 아이들이 뒹굴며 자라난 그 집을 벗어나서는 그녀 스스로도 자신이 누구인지 모르게 될 것 같았다.

'내 새끼덜, 천금 같은 내 새끼덜.'

할머니는 아이들을 떠올리고는 눈을 지그시 감았다.

아비가 있었다면, 어미가 있었다면 아이들도 웃음을 지을 줄 알았을까. 병상에 누워 있다 돌아온 자신을 겁먹은 눈으로 올려다보던 어리고 야윈 얼굴을 떠올리자 숨이 턱턱 막혀왔다.

아이들의 입이 얼마나 무섭던지, 그 안에 채워 넣어야 할 먹을거리들을 마련하지 못할까 봐 자다가도 식은땀을 흘리며 깨어나기 일쑤였다. 그 입을 채울 수만 있다면 누구보다 당차고 누구보다 독해질 수 있었던 그녀다.

그러나 아이들만 보면 독기마저 스르르 녹아버리곤 했다.

저들끼리 치고받고 싸우는 모습을 보면 속이 문드러지다가도, 그래도 제 형 먹을 거라고 당과 하나씩 숨겨놓던 모습을 떠올리면 불현듯 눈물이 나곤 했다.

아이들이 게으름을 부려 회초리를 댈 때면 제 살을 깎아먹는 듯 아팠고, 아이들이 제 성취보다 높은 것을 얻을 때에는 기뻐서 춤을 추고 싶었다.

그래, 아이들은 잘 자랄 것이다.

아이들은 자신 없이 잘살 수 있겠지만, 자신은 아이들 없이 살 수 있을까. 아닐 것 같았다. 아이들을 두고 홀로 가야 하는 저승길이 그렇게 무서울 수가 없었다.

그렇게 장운의 집으로 향하던 무렵이다.

'저것이 뭣이당가?'

소로(小路) 너머에 흐릿하게 검은 그림자가 보였다.

할머니는 염라사자(閻羅使者)가 온 것이 아닐까 생각하고는 겁을 덜컥 집어먹었다.

"뉘시우? 이 길가에……."

"귀하를 기다렸소."

소로 전체에서 섬뜩한 살기가 일어났다. 알고 보니 중늙은이 한 명만 있는 것이 아니었던 것이다. 검은 수염을 그럴듯하게 늘어뜨리고 검은 무복까지 입은 중년인 뒤로 보이지는 않지만 마흔 남짓한 무인들이 더 있었다. 할머니는 그들이 염라사자가 아니라는 것을, 사람이라는 것을 알 수 있었다.

그러자 다른 의미의 두려움이 밀려들었다.

'도적들이로구나. 칠 년 전에 봤던 것들보다 몇 곱절은 무서운 도적들이로구나.'

할머니의 두려움은 점점 더 커져만 갔다. 그녀의 어린 손자들이 떠오른 탓이었다. 저 도적들이 아이들에게 갈지도 모른다는 생각이 들자 두려움과 동시에 독기가 일어났다.

"어인 일로 길을 이렇게 막는당가? 그것도 칼을 비껴 차고서?! 관아에 발고하기 전에 썩 꺼져 부러! 썩 꺼져 버리란 말이여!"

할머니가 버럭버럭 고함을 질러대었다.

가장 앞선 중늙은이가 허망한 미소를 머금었다.

"허탈하구나, 허탈해. 귀하만큼은 절대로 늙지 않을 줄 알았는데, 매병에 걸렸다는 보고를 듣고도 아닐 것이라 믿었는데. 헐미께서 잘못 생각하셨던 게지. 허허허!"

"뭔 개소리를 지껄이는 겨! 매병이라니?"

할머니가 버럭 고함을 질렀다. 그녀의 무휙은 그야말로 하늘 끝에 닿아 있었지만, 안타깝게도 그녀의 정신은 땅에서 벗어나지 못했다. 왕삼이나 마유필쯤이야 몇 번이든 해치울 수 있었지만, 당금 맞이한 적들은 맨 정신이라면 모르되 흐릿한 정신으로는 감당할 수 없었다.

진무신모(眞武神母) 269

천하의 보도가 있다 한들 쓸 줄을 모르는데 어찌하랴.

"나를 기억하지 못하실 터이니 다시 소개 올리겠소."

"시끄러워! 썩 물러가라 했잖여!"

"…말도 없이 귀하의 목숨을 거두지 않은 것은 과거 귀하가 보여주었던 무위를 진심으로 존경한 탓이오. 더 이상 나를, 귀하 스스로를 욕되게 하지 마시오."

검은 무복의 사내가 눈을 지그시 감고 호흡을 골랐다.

"수마(水魔) 한철광(漢鐵光)이 신모를 뵙소이다."

"수마건 자시건!"

"후우—"

스스로를 수마라고 소개한 무인이 고개를 돌려 아무것도 없는 텅 빈 길가를 흘끔 바라보았다.

길가에 가득한 수풀이 바람에 일렁였다.

"혈마께서는 신모를 혈마곡으로 모시라 했지만, 신모는 더 이상 세상에 없구나. 그저 늙을 대로 늙은 여인이 있을 뿐이다. 나서라."

"존명!"

스으윽—

수풀이 잔뜩 뒤흔들린다 싶더니 이내 흑의인들이 나타났다. 할머니의 표정이 딱딱하게 굳어가는 사이, 흑의인들이 번개처럼 달려들었다.

소리보다 먼저 할머니의 미간에 검극이 와 닿았다.

"흥! 이까짓 것!"

챙강!

할머니가 콧방귀를 뀌며 손가락을 퉁겨 검날을 후려쳤다. 수백 번 두드린 검이었건만 검날은 수수깡마냥 부러져 버렸다.

그다음부터는 할머니가 먼저 움직이기 시작했다.

굽은 허리로 가볍게 흑의인을 스쳐 지나가는데, 그녀가 지나쳐 간 흑의인은 비명도 없이 바닥에 스러지고 만다.

마혈을 점혈당하고 만 것이다.

흑의인들에게서 벗어난 할머니가 가볍게 몸을 회전하더니 근처의 나무에서 가지 하나를 뚝 부러뜨렸다. 그리고 그것을 지팡이처럼 쥐고는 가볍게 혀를 찼다.

"끌끌끌."

도대체 어째서인가!

고작 혀를 차는 것뿐인데 서너 명의 흑의인이 대경하여 뒤로 물러났다. 혓바닥이 천장에 부딪치는 것과 동시에 종(鐘)이 울리는 소리가 들려온 것이다.

그것도 서너 명의 흑의인의 귓가에만 말이다.

"큭, 크헉!"

가장 앞에 있던 흑의인이 귓가에서 피를 흘리며 휘청댔다. 고막이 터져 버리는 바람에 일순간 균형을 잃은 탓이다.

"고작 그게 전부요?"

진무신모(眞武神母)

강호의 무인들이라면 경악을 금치 못할 무위였는데도, 수마는 눈을 지그시 감고 한탄을 할 뿐이었다. 과거의 신모는 고작 저따위 잔 수법을 부리지 않았다. 병기를 들지 않아도 모두가 앙복할 만큼 그녀는 세상에 홀로 오롯이 서 있었다.

"정말로 그게 전부란 말이오?"

수마의 말이 끝나기가 무섭게 흑의인들이 고함을 질러댔다.

"합공! 합공하라!"

곧이어 할머니 주위로 검광이 일렁이기 시작했다. 일단의 흑의인들이 일제히 초식을 뻗어낸 것이다.

사방을 점하고 공중에서조차 짓쳐드는 검은 나뭇가지로는 상대할 수 없을 것만 같았다.

그러나 할머니가 든 나뭇가지는 보통의 것과 달랐다. 방금 꺾은 잔가지일 뿐인데 무슨 신병이기라도 되는 양 검날에 부딪쳐도 상처 하나 나지 않는 것이다.

검공이 극의에 이르면 바람이 쌓인다[疊風]고 했던가!

그녀의 나뭇가지가 벽을 이루어 사방을 보호했다. 심지어 나뭇가지에 검푸른 무언가가 어리기도 했다. 검기와는 또 다른 두텁기 그지없는 기운의 응집이었다.

"검기성강(劍氣成罡)?!"

흑의인들이 대경하여 뒤로 물러났다.

흑의인들이 물러나자 할머니가 양 떼에 뛰어든 호랑이마

냥 사방을 종횡했다. 분명히 할머니는 단 한 명뿐인데, 천지 사방에 그녀가 존재하는 것처럼 보였다.

이형환위의 경지라!

느리디느리게 움직이는 듯하지만 할머니의 신형은 천하의 그 무엇보다도 빨랐다. 할머니의 주변에 검광이 번쩍댔지만, 그녀는 산보라도 나온 것처럼 검광 사이를 활보했다.

"혈륜마라진(血輪魔羅陣)을 펼쳐라!"

수장인 듯한 흑의인 한 명이 벼락처럼 외치자, 흑의인들이 사방으로 흩어지기 시작했다. 할머니는 눈을 가늘게 뜨고는 흩어지는 흑의인들을 바라보았다.

만약에 뭉치려 든다면 뭉치기 전에 흩어버리면 그만 아닌가! 할머니는 혈륜마라진이 구성되기 전에 흑의인들에게로 뛰어들었다.

"크아악!"

할머니가 지나가며 나뭇가지로 다리를 툭 치자, 흑의인의 다리가 싹둑 잘렸다. 흑의인이 비명을 지르며 텅 비어버린 다리를 움켜쥐었다.

서걱 하는 소리와 함께 할머니의 머리더럭이 몇 가닥 하늘로 휘날렸다. 할머니의 뒤에서 덤벼든 흑의인이 검을 휘두른 탓이었다. 그러나 그 역시 팔 한쪽을 잃어버리고 뒤로 물러나고 만다.

"헉!"

진무신모(眞武神母)

명령을 내렸던 흑의인이 깜짝 놀라 비명을 토해내었다. 어찌어찌 진법을 구성하기는 했는데, 그 이전에 너무 극심한 손해를 입고 말았다. 진법의 중심축이 모조리 깨어진 것이다.

"홀홀홀, 당황한 꼬락서니 좀 봐라잉."

할머니가 여유로운 듯 웃음을 머금었다. 사실 그녀는 조금도 여유롭지 않았다. 흑의를 입은 도적들도 무서웠지만, 가장 무서운 것은 아직도 꼼짝 않고 있는 수마라는 자였다. 할머니는 수세에 몰렸다는 것을 들키지 않기 위해 억지로 여유를 부리는 셈이었다.

"일륜(一輪)은 전진하지 않고 무엇을 하는 게냐!"

사람 셋으로 이루어진 바퀴가 다가오자 할머니가 귀찮다는 듯 얼굴을 굳혔다. 차륜전으로 힘을 빼놓을 속셈이라면 그에 걸려들어선 안 된다. 할머니는 상대를 베는 대신 나뭇가지로 검을 날려 버렸다.

"크헉!"

날아간 검이 동료의 몸을 꿰뚫었다. 흑의인들은 깜짝 놀라 뒤로 물러났다.

할머니는 그 뒤로도 서너 명의 병장기를 더 건드렸는데, 그럴 때마다 병장기는 튕겨나 동료들의 몸을 꿰뚫었다.

"너거들에게도 아비와 어미가 있을 테니께 목숨을 가져가지는 않겠어. 하지만 더 덤벼들면 덤벼드는 순서대로 병신이 될 테니께 그리 알더라고!"

긴박한 상황에서 들려오는 광동 사투리가 오히려 희극적으로 느껴졌다. 수마가 껄껄 웃으며 한 걸음을 앞으로 내디뎠다.

"하하하! 차라리 목을 베심이 낫지 않겠소?"

서걱.

저도 모르게 뒤로 물러났던 흑의인 하나가 수마의 도에 목을 잃은 채 바닥에 무릎을 꿇었다. 수마는 손가락을 기이하게 굽혀 또 다른 흑의인을 겨누었다. 그의 손에서 검붉은 기환(氣丸)이 생겨나는가 싶더니 한꺼번에 네 개나 앞으로 쏘아졌다.

"뭐하는 짓이여! 니가 데려온 놈덜이 아니당가!"

할머니가 대경하여 앞으로 쏘아졌지만, 기환 중 한 개만을 막을 수 있었을 뿐이다. 나머지 세 개는 그대로 쏘아져 아직까지 서 있는 흑의인의 미간을 꿰뚫었다.

휘이잉—

어디선가 차가운 바람이 불어왔다. 바람 소리가 들릴 만큼 장내는 고요하게 변해 있었다.

이제 남은 흑의인은 한 명뿐. 그 역시 수마가 자신들을 공격할 줄은 몰랐던 듯 눈을 휘둥그레 뜨고 있었다.

할머니는 흘러내린 머리를 쓸어 가지런히 정리하고는 묵묵히 수마를 바라보았다.

수마가 느긋하게 중얼거렸다.

진무신모(眞武神母) 275

"나는 무학 외에는 관심이 없는 사람이오. 혈마, 아니, 혈존(血尊)의 명을 어긴 것은 그 때문이지. 하지만 그걸로 인해 피곤한 일을 겪을 생각은 없다오. 이 녀석들만 사라져 준다면 피곤한 일도 없겠지."

혈마의 명령을 어긴 것을 숨기기 위해 살인멸구를 하겠다는 뜻이다. 수마가 헛웃음을 머금으며 널브러진 흑의인들을 훑어보았다.

"이 아이들이 신모의 본색을 깨워주기를 기대하기도 했고 말이오."

"이런 호래새끼를 다 봤나."

할머니가 수마를 노려보며 말했다.

순간, 수마의 눈이 반짝 빛났다.

"그러나 이제는 무용지물이라는 것을 알았소. 물론 좀 더 시험해 보겠지만 말이오."

쐐애액!

수마의 도가 날아오자 할머니가 눈을 부릅떴다. 검강은커녕 검기도 실려 있지 않은 도였으나 그 안에는 천근 거력이 잠들어 있었던 것이다.

"칫!"

할머니가 잇소리를 내며 나뭇가지를 마주해 갔다.

수마가 익힌 혈마수령공(血摩水靈功)은 외기를 발출하기보다 안으로 갈무리하는 데 의의를 둔다. 그러다 보니 신병이기가 필요한데, 도가 내기를 견뎌내지 못해 부러질까 우려한 탓이었다. 수마는 당대 제일의 장인이라는 곽 공(廓公)의 아들을 죽여 그 피로 도를 만들게 했다.

먼지 한 점 묻어 있지 않은 도가 춤을 추었다. 수마는 눈 깜짝할 사이에 네 초식을 펼쳐 내는데, 초식 하나하나에 감당치 못할 살기가 숨어 있었다.

할머니는 자신의 나뭇가지에 실린 강기가 흩어지는 것을 느끼고 이를 뿌드득 갈았다.

'음유하구먼. 지나치게 음유하구먼. 수마라 했던가? 그 이름이 어찌 생겨났는지 알겠구마잉.'

말 그대로 물을 닮은 경력이 파고들어 강기를 흩어내고 있었다. 마주 상대해 승부를 결하기보다는 기회를 봐서 숨어드는 뱀과 같은 경력이었다.

느릿하게 변한 할머니의 나뭇가지가 수마의 어깨로 향했다. 지(之) 자를 그리며 휘어진 나뭇가지가 수마의 어깨를 쓸어갔다.

"흐읍!"

수마가 호흡을 들이켜며 두어 걸음 뒤로 물러났다. 어깨에서 피가 배어 나오는 데도 수마의 표정에는 미소가 어려 있었다.

"하하하! 썩어도 준치라더니. 그러나 여전히 예전만 못하구려. 오십 년 전에는 이렇지 않았던 것 같은데 말이오."

"오십 년 전?"

할머니의 표정이 일순간 흔들렸다. 수마가 걸음을 멈추더니 도를 곧게 들어 할머니를 겨누었다.

"그렇소. 오십 년 전."

우우웅—

대기가 한차례 진동하기 시작했다. 곧이어 수마의 도극에 검붉은 도환(刀丸)이 어렸다.

흔히 검환, 혹은 도환을 강기지경보다 드높은 경지로 치부한다. 강기를 한 점에 응축하기까지 했으니 얼마나 무서우랴.

할머니의 표정도 급변했다.

"이, 이런!"

바람을 가르며 도환이 날아왔다. 할머니는 허공으로 몸을 띄우는가 싶더니 이내 여섯 번이나 몸을 뒤집었다. 그런데도 불구하고 도환은 사라지지 않았다.

"큭!"

할머니가 신음을 토해내며 바닥에 착지했다. 착지하고도 나뭇가지를 정신없이 휘두르며 다섯 걸음이나 물러난다. 곧 할머니의 가슴팍에 매달려 있던 옥 노리개가 바닥에 떨어졌다.

'저것이 뭐였더라?'

할머니는 바닥에 느리게 떨어지는 노리개를 바라보았다.

'저것이 언제부터 내게 있었더라?'

뒤늦게 기억이 떠올랐다.

재작년 처음으로 목공 일을 하게 된 소량이 어린 계집애나 할 법한 노리개를 사 온 적이 있었다. 혹여 여자라도 생겼나 싶어 뱁새눈을 뜨고 바라보자, 소량은 '할머니에게는 장신구가 너무 없어요'라며 수줍게 그것을 건네주었다.

'저것이 얼마나 고마운 것인디, 우리 큰눔이 사준 것인디.'

도환이 방향을 바꾸어 노리개를 부러뜨렸다. 반쪽은 그나마 형체라도 남았는데, 반쪽은 그야말로 산산조각이 나 우수수 떨어져 내렸다.

할머니가 수마의 공격도 잊어버린 채 남은 반쪽으로 손을 가져갔다. 그것을 잡아야 한다는 생각 외에는 아무 생각도 들지 않았다.

'맞어. 그날, 우리 영화가 처음으로 밥을 해줬더랬지.'

어깨너머로 밥 짓는 법을 배운 영화가 처음으로 밥을 해주었다. 영화는 물을 너무 많이 넣어 죽이 되어버렸다고 울음을 터뜨렸지만, 사실 그것은 그녀가 먹어본 것 중에 가장 맛있는 밥이었다.

승조가 항상 주물러 주던 이깨에서 피가 튀었다. 할머니는 살점이 달아나는 것이 아니라 승조의 손길이 달아나는 것 같아 비명을 토해냈다.

태승이 동시를 보러 갔다 오는 길에 사다 준 당혜(唐鞋)가 벗겨져 버렸다. 할머니는 저도 모르게 무릎을 꿇었다. 당혜를

진무신모(眞武神母) 279

주우러 엉금엉금 기는 그녀를 보고 수마가 웃음을 터뜨렸다.
"하하하! 천하의 신모가 기어다니는 꼴을 다 보는구려!"
할머니가 당혜를 움켜쥐기 직전에 당혜가 다섯 조각으로 찢어졌다. 할머니는 눈물을 삼키며 찢어진 당혜를 바라보았다.
할머니의 손이 부르르 떨렸다.
'안 돼야, 안 돼.'
칠 년쯤 전, 도적을 잡아다가 관아에 발고한 일이 있었다. 그때 아이들은 자신이 떠날까 봐 겁먹은 얼굴로 '정말로 가면 안 돼요?'라고 물었었다.
약속했는데, 떠나지 않기로 약속했는데.
아이들의 얼굴을, 다 자란 면면들을 늘 보고 살았건만 떠오르는 것은 그때의 얼굴들이었다. 자신이 없어졌다고 아이들이 울면 어쩌나 겁이 났다.
그때, 또 다른 기억이 꿈틀대며 떠올랐다.

"엄마, 엄마는 아빠처럼 어디 안 갈 거지?"

문득 소량을 닮은 어른스러운 얼굴이 떠올랐다.
장부께서 돌아오지 않은 지 삼 년이 지난 해였을 것이다. 자식들을 어찌 건사해야 할지도 모르는데, 남은 재산도 다 떨어져 가는데 삼 년이 지나도록 장부는 돌아오지 않았다.

아이들은 엄마도 어디 갈지 모른다며 밤에 잠을 안 자려고 했다. 어디 안 간다고 그렇게 약속했는데도 아버지의 부재가 겁을 주었을 터이다. 잠들지 못하는 아이들이 불쌍해서 베갯잇을 적셨더랬다.

 그 아이들에게 어떻게 해주었던가?

 어찌해야 할 줄 몰라서 서원도 보내지 못했다.

 추워하는 막내딸을 보다못해 큰아들의 돈으로 옷을 사 입혔다. 알고 보니 빚진 돈이었다고 했다.

 큰아들은 괜찮다 웃었지만, 알고 보니 그가 빌린 돈은 평소 그를 조롱하던 자가 적선하겠다며 던진 돈이었다.

 큰아들의 자존심보다 막내딸의 따듯함이 더 중요했던 그녀는 그 돈을 돌려주지 않았다.

 막내딸을 가르치고 싶어 둘째 아들에게도 빚을 지웠다. 무관보다 문관이 되고 싶었던 둘째 아들은 막내딸을 위해 억지로 출사했다. 하고픈 것을 못하게 한 죄가 얼마나 크던지.

 '장부께서는 어디에 계신가요? 어찌하여 우리를 홀로 두셨지요?'

 이런 못난 어미 밑에서도 자식들은 훌륭하게 장성했다. 아무것도 해준 것이 없는데 저들끼리 자라났다.

 지독한 광동 사투리를 고친 것도 그때쯤이었다. 아이들의 체면에 손상이 갈까 봐 애써가며 배운 정음이었다.

 '장부께서는 떠나시기 전에 제게 무어라 하셨지요?'

진무신모(眞武神母) 281

사람들을 수도 없이 죽이고 다니는 악한이 있다 했다. 그를 막아야 한다고도 했다. 그가 자신의 가족에게 원한을 가지고 있으므로 잠시도 안심하지 못한다고 했다.

여리고 여렸던 그녀는 자식들이 헛되이 죽을까 겁먹고 그 악한을 잡아달라고 말했다.

그 악한이 누구였더라?

"…혈마."

그 순간 할머니의 머릿속에서 무언가가 폭발했다.

그녀 자식들의 얼굴이 다시 떠올랐고, 장부의 실종과 함께 일어났던 혈란이 떠올랐다. 어린아이의 피를 탐하던 마인들의 얼굴이 떠올랐고, 그녀가 구해내지 못한 아이들이 떠올랐다.

강호에 처음 발을 디뎠을 때 보았던, 창백하게 굳어버린 어린아이의 시신도 떠올랐다. 그녀는 시신을 붙잡고 미안하다 외치며 천하의 모든 아이들을 내 자식처럼 여기겠다고 선언했다.

그사이 수마가 다가와 헛웃음을 머금었다.

"잘 가시오, 신모."

수마가 무릎을 꿇은 채 머리를 숙이고 있는 할머니를 무심히 내려다보았다. 잠시 그녀만을 내려다보던 수마가 그녀의 천령개로 손을 가져갔다.

그때, 할머니의 입에서 나직한 목소리가 들려왔다.

"신모……. 오랜만에 듣는구나."

드드드드—

그와 동시에 대기가 진동하기 시작했다.

급격하게 기억이 돌아옴과 동시에, 그녀의 안에 잠자고 있던 기운도 일어난 것이다. 정신이 혼란한 까닭에 그녀는 일순간 내공을 제어하지 못했다.

그것은 수마에게는 악몽 같은 일이었다. 오십 년 전의 그녀였다면 능히 이길 수 있다고 여겼다. 그래서 신모가 깨어나 한바탕 호쾌하게 싸울 수 있기를 바랐다.

하지만 이게 무언가!

대적은커녕 감당조차 못할 기세가 아닌가!

할머니, 아니, 신모가 천천히 몸을 일으켰다. 굽혀져 있던 그녀의 허리가 펴지자 촌로가 아니라 귀부인처럼 보였다. 그녀는 가볍게 옷자락을 털고는 단아한 얼굴로 말했다.

"오랜만에 보는구나. 너는 수마가 아니냐?"

"지, 진……."

무어라 말하려던 수마가 이를 뿌드득 갈고는 그녀에게로 손을 뻗었다. 아직은 지지 않았다. 그녀가 오십 년 동안 변했듯 자신 역시 변하기는 마찬가지인 것이다. 기세에 눌린 것일 뿐, 실제로 싸워보면 다를 것이라고 생각했다.

할머니가 피식 웃으며 발을 한차례 굴렀다.

쿠웅—!

가볍게 발을 구른 것인데도 대지가 진동했다. 곧이어 쩌저적 소리가 들리더니 그녀를 중심으로 거미줄처럼 땅이 갈라졌다. 수마는 기세조차도 감당하지 못하고 뒤로 튕겨났다.

"크, 크헉!"

수마가 밭은기침을 토해냈다. 검붉은 피가 튀어나와 입가와 수염을 적셨다. 수마는 입가를 어루만졌다가 피가 묻어나는 것을 보고는 부릅뜬 눈으로 할머니를 바라보았다.

곧이어 수마의 입에서 탄성이 터져 나왔다.

"지, 진무신모(眞武神母) 유월향(柳月香)!"

세상천지에 그녀밖에 없는 것처럼 오롯이 서 있던 할머니, 아니, 진무신모 유월향이 옅은 미소를 머금었다.

"대답해 보려무나, 아이야. 혈마가 깨어났느냐?"

수마는 대답을 하지 못한 채 몸을 떨었다.

강호는 알고 있을까?

십 년 만에 진무신모가 돌아왔다는 것을.

第十章
돌려받겠습니다

1

할머니, 아니, 진무신모의 표정은 무심하기 짝이 없었다. 다만 헛되이 기운을 발출한 까닭에 산기슭 하나를 뒤흔들어 버린 것이 못내 찝찝할 뿐이었다.

경지에 이른 이후 내기의 발출을 수습하지 못한 적이 없는데, 이번에는 이상하게도 뻗어가는 기운을 다스리지 못했다.

"크어옥, 커억."

진무신모의 앞에는 수마가 벌레처럼 버르적거리고 있었다. 진무신모가 귀찮다는 듯 손을 휘젓자 사지의 뼈가 다 부러지고 만 것이다.

단 일 수였다.

주변의 대기를 한 점으로 압축하여 그의 뼈를 부러뜨려 버리는 데에는 단 한 수만이 필요할 뿐이었다. 진무신모는 무심히 수마를 내려다보다가 고개를 절레절레 저었다.

"본래 나는 살수를 펼치는 것을 좋아하지 않는다만, 너는 피를 너무 많이 보았구나. 네게서 혈향이 진동해."

실제로 진무신모가 목숨을 거두어가는 사람은 악인일 뿐이다. 악인이라도 개과천선의 여지가 있거든 무학을 폐하는 데서 멈추지만, 그런 기운이 보이지 않거든 목숨을 거둔다.

수마의 눈을 물끄러미 내려다보던 진무신모가 탄식했다.

"하아, 내가 아니면 누가 지옥에 가겠는가?"

뿌득.

진무신모가 손을 휘젓자, 마치 눈을 밟는 듯한 소리와 함께 수마의 목이 부러졌다. 세상을 제 것처럼 여기게 해주던 그의 내공도 바람과 함께 자연으로 돌아갔다.

진무신모는 고개를 돌려 주변을 훑어보았다.

처음 보는 산야였다.

'내가 어찌하여 이런 곳에 있는고?'

기억이 돌아온 탓일까? 그녀는 지난 칠 년의 세월을 조금도 기억하지 못했다. 그녀는 자식들에게 폐가 갈까 두려워 항상 챙겨 입었던 불편한 비단 정장이 어디로 갔는지, 성가셔서도 억지로 하고 다니던 귀한 옥잠이 어디로 갔는지 알지 못해 당황한 표정을 지었다.

그렇게 주위를 둘러보던 진무신모의 눈에 이채가 떠올랐다.

'노리개?'

처음에는 무심히 보고 지나가려 했다. 반은 그나마 멀쩡했지만 나머지 부분은 아예 박살이 나버린 노리개였다. 옥도 상품이 아니니 그녀가 신경 쓸 것이 아닌 것이다.

하지만 그녀는 저도 모르게 손을 뻗고 있었다.

허공섭물(虛空攝物)이라!

노리개가 저절로 날아와 그녀의 손에 잡혔다. 그녀의 주름진 손이 부르르 떨리며 노리개를 어루만졌다.

'이것, 이것을 잃어버려서는 안 돼.'

가슴이 타들어가는 것만 같았다. 무언가 중요한 것을 잊고 있는 것만 같았다. 노리개를 소중하게 쥐어 든 그녀가 그것을 가슴에 꼭 안았다. 비로소 조금이나마 안심이 되었다.

그렇게 안심하고 나니 이번엔 또 다른 것이 보였다. 찢겨진 당혜였다. 고개를 내려다보니 오른쪽 발에 같은 당혜가 신겨져 있었다.

'저것 역시……'

진무신모는 바닥에 떨어진 당혜의 조각을 하나하나 빨아들였다. 잔뜩 낡았지만, 상품의 비단으로 누볐는지 아직도 결이 곱다. 그녀는 그것 역시 가슴에 안아 들고 나서야 안도한 듯 한숨을 내쉬었다.

그녀는 그것을 품에 안은 채로 주위를 둘러보았다. 강직했던 마음이 일순간 풀어져 버린 느낌이다.

'뭔가… 내가 뭔가를 잊고 있구나. 내가 무엇을 잊고 있었는고?'

그녀의 주름진 눈가가 슬며시 감겼다.

문득 소를 닮은 맑은 눈을 한 청년의 얼굴이 떠올랐다.

허름한 차림이었지만 세상 누구보다 어여쁜 소녀의 얼굴도, 장난스러운 소년과 영준하기 짝이 없는 소년의 얼굴도 떠올랐다. 아직 철이 들지 않아 천방지축인 열한 살 소녀를 떠올리자 그녀의 가슴이 쿵 내려앉았다.

도대체 무엇을 잊고 있었던 것일까?

왜 무엇을 그리워하는지도 모른 채 그리워하는 것일까.

"어디에 있느냐? 다들 어디에 있어?"

진무신모는 자신이 내뱉어놓고도 자신의 말에 깜짝 놀라고 말았다. 자식들을 찾는 것인지, 아니면 또 다른 누군가를 찾는 것인지 그녀 스스로도 알 수가 없었다.

잠시 시골 노파처럼 몸을 파르르 떨어대던 그녀가 천천히 몸을 일으켜 주름진 손으로 치맛자락을 부욱 찢었다.

'이것을 잃어버려서는 안 돼.'

이 찢어진 당혜와 반만 남은 노리개가 그녀가 왜 이곳에 있는지 설명해 줄 터였다. 아니, 그게 아니라도 잃어버려서는 안 된다. 머리보다 마음이 먼저 그것을 일러주고 있었다.

찢어진 치맛자락에 물건들을 넣고 단단히 옥죄자 비로소 안심이 되었다.

그녀는 그것을 품에 꼭 안은 채로 목숨을 잃은 수마를 돌아보았다. 그녀의 눈빛에 무인의 기세가 돌아왔다.

"그렇게 잡으려 해도 꼬리조차 보이지 않던 놈이 마침내 모습을 드러냈구나."

수마가 나타났다는 것은 오십 년 전에 미처 죽이지 못했던 혈마가 다시 나타났다는 증거인 셈이다. 그 사실을 상기하자 등골에 소름이 오싹 돋아 올랐다.

'갓난아기들의 정혈을 취해서 무학을 연성하던 게 화마였던가, 목마(木魔)였던가?'

아마 화마일 터였다. 남성의 정기를 갈취하던 여인이 목마였던 것 같다. 그녀는 고개를 홰홰 저었다. 천지에 피가 가득히 흐르는 것을 벌써부터 목도한 기분이었다.

'가야 한다. 혈마가 돌아온 것이 분명하다면 내 큰아들조차 그를 막을 수 없을 게야. 설령 목숨을 잃더라도 내가 막아야 하느니.'

그러려면 먼저 이곳이 어디인지, 자신이 왜 이곳에 있는지부터 알아야 할 것이다.

진무신모는 휘청휘청 걸음을 옮겼다.

무언가 놓고 간 기분이 그녀의 발을 잡아챘다. 천근 무게를 가진 족쇄가 그녀를 앙앙 옭아매고 놓아주지 않았다.

그녀는 떨어지지 않는 발걸음을 억지로 떼었다.

잠시 뒤, 휘청휘청 걸어가던 진무신모의 신형이 환영처럼 사라졌다.

2

소량의 안색이 창백하게 변해갔다. 불안한 예감이 마침내 현실로 일어나고 만 것이다. 소량은 아랫입술을 질끈 깨물었다.

어디 소량뿐이랴?

장운과 승조의 표정 역시 새파랗게 질려 있었다.

"형님 댁과 저희 집 중간입니다. 어째서 갑작스레 지진이……"

장운이 믿을 수 없다는 듯 더듬더듬 중얼거렸다.

"지진이 아니다!"

"지진이 아니야, 이 멍청아!"

소량과 승조가 동시에 외쳤다.

무학을 익힌 소량과 승조는 지진의 진원지에서 섬뜩한 살기가 일어났음을 알 수 있었다. 특히 소량은 그로서는 상상조차 할 수 없는 강맹한 기세까지도 느꼈다. 아마 그 기세가 산기슭을 뒤흔들어 버린 것일 터였다.

'할머니다.'

이제는 소량도 할머니가 얼마나 큰 산인지 알고 있었다. 무창에 저만한 기세를 발출할 수 있는 사람은 오직 할머니뿐일 터였다.

'하지만 상대가 누구기에 저렇게까지……!'

소량의 마음이 다급해졌다.

"승조는 가서 네 누이와 동생들을 챙겨라! 지금 시간이면 집에 있을 터, 서둘러야 할 것이다! 그리고 장운! 너희 어머니와 동생이 위험에 처해 있을지도 모르니 어서 가서 안전한 곳으로 모셔라!"

소량이 장운과 승조를 바라보며 빠르게 외치고는 대답도 듣지 않고 가볍게 발을 굴렀다. 그와 동시에 소량의 신형이 빠르게 쏘아졌다.

"헉!"

장운이 깜짝 놀라 비명을 지르자, 승조가 그의 뒤통수를 후려쳤다. 장운은 도대체 상황이 어찌 돌아가는지 알지 못해 눈을 끔뻑일 뿐이었다.

"놀랄 시간 없어! 어서 너는 너희 집으로 돌아가!"

승조가 그렇게 외치고는 달음박질쳤다. 무슨 일인지는 모르겠지만 조심하라고 외치고는 장운도 제집을 향해 달려갔다.

승조는 달려가며 흘끗 지진이 난 곳을 돌아보았다.

소량 역시 뒤를 돌아보기는 마찬가지였다.

소량은 승조와 장운이 흩어져 달려가는 것을 확인하고는 안도한 듯 가볍게 숨을 토해냈다.

숨을 토하고 나니 마음이 조금이나마 안정되었다. 소량은 귓가에 흐르는 소리들을 들으며 느릿하게 호흡을 맞추어갔다.

호흡이 거의 쉬지 않는 것처럼 느려짐과 동시에 그의 신형이 화살처럼 빠르게 쏘아져 갔다.

일다경이 지났을 즈음, 소량은 처참한 현장에 당도했다. 소량은 도착하자마자 신음을 토해내었다. 이와 같은 지옥도를 본 적이 한 번도 없었던 것이다.

"이, 이런……."

사방에 시신이 즐비했다. 몇몇은 팔과 다리가 잘려 있었고, 몇몇은 미간에 구멍이 뚫려 있었다. 모두 똑같은 흑의를 입은 것으로 보아 한패인 모양이었다.

소량은 입을 꾹 다물고는 두근두근 뛰는 심정을 가라앉히려 애썼다. 억지로 마음을 진정시키고 나니 비로소 엉망이 된 수마의 시체가 보였다. 소량은 얼른 수마의 시체 앞에 다가가 무릎을 꿇었다.

'도대체 어떻게 된 거지?'

사지가 기괴하게 비틀린 것을 보면 전신의 뼈가 부러진 것 같다. 마치 용(龍)이 나타나 그를 쥐어짜 버린 것 같았다.

"할머니!"

소량이 시신에서 눈을 떼어 또다시 주변을 둘러보았다.

"할머니! 어디에 계세요?"

목청껏 불러봐도 대답은 없었다. 소량은 공허하게 울려 퍼지는 자신의 목소리에 귀를 기울이다가 이를 질끈 악물었다. 불안한 예감이 이전보다 배는 심해졌다.

그리고 마침내 소량은 박살 난 옥 조각을 발견할 수 있었다.

"이건……."

소량은 옥 조각 하나를 쥐어 들고는 멍하니 그것을 어루만졌다. 몇 개의 조각을 더 모은 소량은 그것을 만지작거렸다. 조각을 맞춰보니 그것이 무엇인지 알 것도 같았다.

"할머니."

그것은 할머니에게 선물했던 노리개의 파편이었다. 눈에 눈물이 핑 돌더니 소량의 가슴이 쿵쾅쿵쾅 뛰었다.

'혹여 할머니가 잘못되신 것이면 어떻게 하지?'

수많은 시신을 보고 나니 불길한 생각밖에 떠오르지 않는다. 소량은 텅 빈 눈으로 바닥을 한차례 훑었다. 그리 오래 지나지 않아 소량은 자그마한 손자국을 발견할 수 있었다.

"할머니."

할머니의 손은 그렇게 작았다.

소량은 무릎을 꿇고는 할머니의 손자국에 자신의 손을 마주 가져다 대었다.

돌려받겠습니다

소량의 눈에서 눈물이 한 방울 떨어져 손등을 적셨다. 영원할 줄 알았던 일상이 너무나 갑자기 깨어져 버리고 말았다.

할머니께서는 정말 잘못되신 것일까.

'왜 쉬게 해드리지 못했지?'

할머니가 잘못되었을지도 모른다는 불안감 때문일까?

갑자기 할머니가 텃밭 일을 하시던 모습이 너무나도 죄스럽게 느껴졌다. 목공 일을 해서 이제 제법 먹고살 만한데, 왜 쉬게 해드리지 못했을까. 요리를 배워서 해드릴 수도 있었는데 왜 할머니가 지어준 밥을 먹기만 했을까.

'비단, 비단은… 왜 영화와 유선에게만 비단을 해주려 했을까? 왜 할머니에게 해드릴 생각은 못한 거지?'

할머니의 손자국에 겹쳐진 소량의 손이 부르르 떨려왔다. 소량은 흙을 한 움큼 움켜쥐고는 땅을 쿵 내려쳤다.

세상에 버려져 서로의 온기만을 의지하던 자신들에게 찾아와 준 할머니다. 떠나지 않겠다고 약속해 준 고마운 할머니다.

생각해 보면 아무 연관도 없는데, 아무 연관도 없는 자신들을 그렇게나 사랑해 준 할머니인데 자신은 사랑한다는 말 한마디 못했다.

'어째서 더 잘해 드리지 못했나! 도대체 그동안 무얼 한 건가, 나는!'

주먹으로 바닥을 치던 소량이 자리에서 벌떡 일어났다.

소량은 자괴감을 떨쳐 내려 고개를 홰홰 저었다.

'아니, 시신이 없어. 만약 잘못되었다면 시신이라도 있어야 해. 할머니는 살아 계실 것이다.'

소량은 눈을 부릅뜨고는 할머니의 흔적을 찾아 헤맸다.

추종술을 몰랐기에 소량은 바닥을 샅샅이 훑었고, 그 결과 할머니가 썼음 직한 나뭇가지나 황급히 움직이다 남겼을 그녀의 족적 등을 발견할 수 있었다.

마지막 족적은 느릿하지만 확고하게 어딘가를 향해가는 걸음이었다. 마치 누군가를 쫓는 것처럼 할머니는 어디론가 달려가고 있었다.

'살아 계신다. 할머니는 살아 계셔.'

소량의 얼굴에 비로소 안도감이 깃들었다. 소량은 할머니의 마지막 발자국을 어루만지며 미소를 지었다. 아니, 미소를 지으려 했다. 수십 명의 인기척을 느끼지 못했다면 소량은 기뻐서 춤이라도 추었을지도 몰랐다.

'살기다.'

소량은 천천히, 아주 천천히 몸을 일으켰다. 주변의 시체들 틈에서 검도 한 사루 주워 들었다.

'누구지? 이자들과 같은 패인가?'

소량은 억지로라도 침착해지려 애썼다. 만약 같은 패라면 할머니의 행방을 물어봐야 하니 긴장된 상태로 있어서는 아니 되는 것이다.

곧 모산 너머에서 노인 한 명이 나타났다. 노인은 무심한 표정으로 소량의 주변을 둘러볼 뿐 아무런 말도 하지 않았다.

소량 역시 입을 다물긴 마찬가지였다. 낯선 기척들 틈에서 익숙한 기척 하나가 느껴진 탓이었다.

'유선아, 네가 어찌……'

소량이 눈을 지그시 감으며 신음을 토해내었다. 그리 오래 지나지 않아 유선이 내지르는 고함 소리가 들려왔다.

"놔! 놓으란 말이야! 이 바보들아! 멍청이들아! 자라 같은 놈들아! 놓으라고!"

혈마곡은 할머니의 무학, 즉 태허일기공의 흔적을 온전히 지우려 했다. 불길한 싹을 남겨놓을 필요는 없는 것이다. 자연히 할머니와 함께 살던 소량과 아이들도 표적이 되었다.

다행히 영화는 텃밭에서 나온 작물을 팔러 나갔고, 태승은 세책점(貰冊店)에 나가본다며 중로로 나간 뒤였다.

집에 남아 있는 사람은 유선뿐이었는데, 유선은 혈마곡의 무인에 비하면 익힌 것도 아닌 무학으로 반항하다가 그만 사로잡히고 말았다.

유선이 죽지 않고 사로잡힌 것은 할머니가 밟은 진각 덕택이었다. 그것이 할머니의 신위임을 짐작한 혈마곡의 무인들은 그녀를 유인할 생각으로 유선을 살려서 데려온 것이다.

겁을 먹을 만한데도 간이 배 밖으로 나왔는지 유선은 말괄량이처럼 고함을 질러대고 있었다.

"너희들, 다 두고 봐! 언젠가 나한테 무릎 꿇고 죄송하다고 빌게 될 테니까! 어, 큰오빠?"

팔과 다리를 휘젓는 유선과 성가시다는 듯 그녀를 잡고 있는 흑의인의 모습이 보였다. 그 뒤로 스무 명은 넘는 흑의인들이 모습을 드러내었다.

"표정이 왜 그래, 큰오빠? 할머니는?"

유선은 소량의 표정을 보고는 불안한 표정을 지었다. 항상 넉넉하게 웃음 짓던 큰오빠인데 오늘의 표정은 어둡기 짝이 없는 것이다.

뒤늦게나마 상황을 알아차린 유선이 입을 꾹 다물었다.

"허어—"

장내가 고요해지자 노인이 한숨을 내쉬었다. 눈을 지그시 감고 수염을 쓰다듬던 노인이 질문을 던졌다.

"한 가지 묻겠네. 자네가 이리한 것인가?"

소량은 답변 대신 차가우리만치 냉정한 눈빛으로 고개를 저었다. 노인은 알 것 같다는 듯 고개를 끄덕였다.

"하긴, 자네의 무위로 어찌 수마의 목숨을 거둘 수 있었겠나. 틀림없이 자네의 조모께서 행한 일일 테지. 그래, 신모께서는 어디에 계신가?"

"자리를 비우셨습니다. 제 여동생을 돌려주시겠습니까?"

"이름이 소량이라 했던가?"

차가운 소량의 태도와 달리 노인의 목소리는 태연하기 짝이 없었다. 소량은 대답 대신 같은 말을 주워섬겼다.

"제 여동생을 돌려줄 것인지 여쭸습니다."

"적어도 나눈다[少兩]. 기이한 이름일세. 노부는 곽서문(廓書文)이라 하네. 문사가 되라고 지어주신 이름이지만 어쩌다 보니 무인이 되었지. 강호 동도들은 사망객(死亡客)이라 불러준다네."

사망객 곽서문!

오십 년 전 혈마곡에서 일으킨 혈란 당시, 천외천이라는 무당파의 제자 셋을 한 번에 베어버린 청년이 있었다.

'그런 인물이 어찌하여 마도에 들었던고'라고 한탄하던 무림지사가 한둘이 아니었다.

혈란이 종식됨과 동시에 사라졌던 사망객 곽서문이 오십 년 만에 노인이 되어 나타났다. 강호인들이 알았더라면 그의 무학이 얼마나 발전했을까 논하며 두려워했을 터였다.

하지만 소량은 그의 소개에도 같은 말을 되뇔 뿐이었다.

"마지막으로 묻겠습니다. 제 여동생을 돌려주시겠습니까?"

"신모께서는 어디에 계신가?"

곽서문이 질문에 질문으로 답했다. 느긋한 말투 속에 배인 은은한 살기가 소량의 몸을 찔렀다.

소량은 눈을 지그시 감았다. 살기를 마주하자 두려움이 밀려왔다. 본래 곽서문은 강호에서도 이름을 날리는 무인, 소량이 감히 감당할 수가 없는 무인인 것이다.

그러나 할머니가 사라진 지금이다. 여동생이 저들의 손에 떨어진 지금이다.

'걱정하지 마라, 유선아. 우리 할머니, 할머니를 찾으러 가야지.'

마음이 명경지수처럼 맑아지자, 세상과 호흡이 맞추어지며 아랫배에서 무언가가 꼬물거리며 일어났다. 소량은 이제 그것이 태허일기공이 불러낸 기운임을 알고 있었다.

하지만 소량이 파악하지 못한 것도 있었다.

홀로 수련하는 것이 아니라 살기와 마주했기 때문일까?

꼬물거리며 전신을 휘돌던 기운이 사지백해에 있는 다른 기운들을 끌어 모았다.

기운은 중첩되고 중첩되어 점점 커져만 갔다. 마음을 한 점에 집중하고 있던 소량은 그 사실조차 깨닫지 못했지만, 그것은 태허일기공에 입문한 이래 처음 있는 일이었다.

우우웅―

바람도 없는데 소량의 옷깃이 펄럭였다. 아직 태허일기공의 삼단공에도 이르지 못한 소량에게서 믿을 수 없을 정도로 두터운 내공이 일어난 것이다.

"으, 으음."

소량을 제법 빼어난 후기지수 정도로만 생각했던 곽서문이 신음을 토해냈다.

소량이 눈을 뜨자 그의 눈에서 신광이 번쩍였다.
"제 여동생을 돌려받겠습니다."
소량의 무거운 목소리가 사방에 울려 퍼졌다.

『천애협로』 2권에 계속…

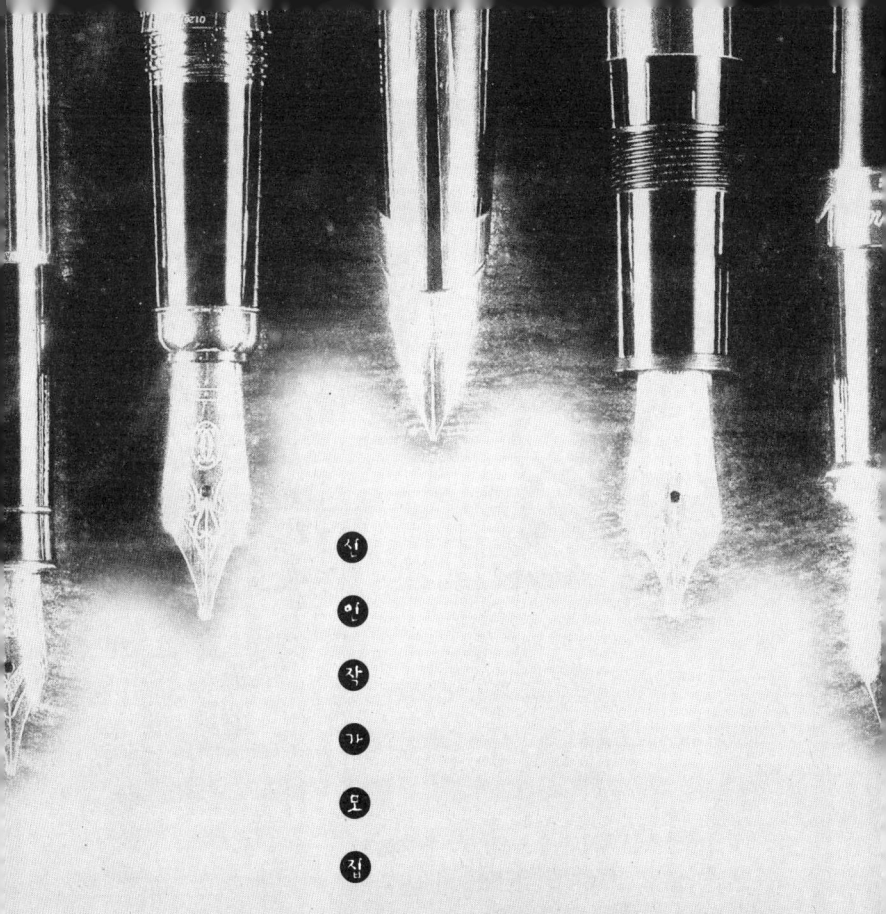

신

인

작

가

도

집

**시작이 반이라고 했습니다.
작가의 길에 대한 보이지 않는 벽을 과감히 깨뜨리십시오!
청어람은 작가 지망생 여러분들의
멋진 방향타가 되어드리겠습니다.**

저희 도서출판 청어람에서는
소설 신인 작가분들을 모집합니다.
판타지와 무협을 사랑하시는 분들의 많은 참여를 바랍니다.
소정의 원고(A4용지 150매)를 메일이나 우편으로 보내주시면
검토 후 출판 여부를 알려드리겠습니다.

주소:경기도 부천시 원미구 심곡2동 163-2 서경B/D 2F 우편번호 420-822
TEL:032-656-4452 · **FAX**:032-656-4453
http://**www.chungeoram.com**
e-mail:chungeoram@chungeoram.com

十變化身
십변화신
조종호 新무협 판타지 소설

"너는 죽는다."
"……!"

뇌서중은 자신도 모르게 번쩍 고개를 치켜들어 뇌력군을 올려다봤다.
"다시 말해주랴? 난호가 망혼곡에 들어가면 네놈은 반드시 죽는다."

비밀에 싸인 중원 최고의 살수문파 망혼곡(忘魂谷).
그곳에서 십 년 만에 돌아온 화사평은 기억을 지우고
평화로운 삶을 꿈꾸지만,
주위엔 가문을 위협하는 자들이 존재하고 있었으니……

그의 손엔 망혼곡 삼대기문병기
용편검(龍鞭劍), 명혼기수(冥魂起手), 엽섬비(葉閃匕).
얼굴엔 서로 다른 열 개의 괴이한 가면.

망혼곡주 십변화신! 그가 일으키는 폭풍의 무림행!

Book Publishing CHUNGEORAM

秘龍潛痛
비룡잠호

오채지 新무협 판타지 소설

『백가쟁패』,『혈기수라』의 작가 오채지가 돌아왔다!
그가 선사하는 무림기!

비룡잠호!

야만의 전사 오백으로 일만 마병을 쓰러뜨리고
홀연히 사라진 희대의 잠룡(潛龍).
그가 십 년의 은거를 깨고 강호로 나오다.

"나를 불러낸 건 실수야."

이가 갈리고 치가 떨리는
경험을 관틀어주겠다!

Book Publishing CHUNGEORAM

유행이 아닌 자유추구
WWW.chungeoram.com

장강삼협
長江三峽

조돈형 新무협 판타지 소설

『궁귀검신』, 『마도십병』, 『운룡쟁천』의
작가 **조돈형**
그가 장강의 사나이들과 함께 돌아왔다!

굽이쳐 흐르는 거대한 장강의 흐름 속에서
선혈처럼 피어나 유성처럼 지는 사내들의 향취!

장강삼협(長江三峽)!

하늘 아래 누구보다 올곧았던 아버지의 시신을 이끌고
고향으로 돌아온 유대웅을 기다리고 있던 것은
천오백 년의 시공을 뛰어넘은 패왕(霸王)의 무(武)와 검(劍)!

패왕칠검(霸王七劍)과 팔뢰진천(八雷振天)의 무위 아래
천하제일검(天下第一劍)으로 우뚝 설 한 소년의 일대기!

장강의 수류는 대륙을 가로질러
이윽고 역사가 된다!

Publishing CHUNGEORAM
www.chungeoram.com

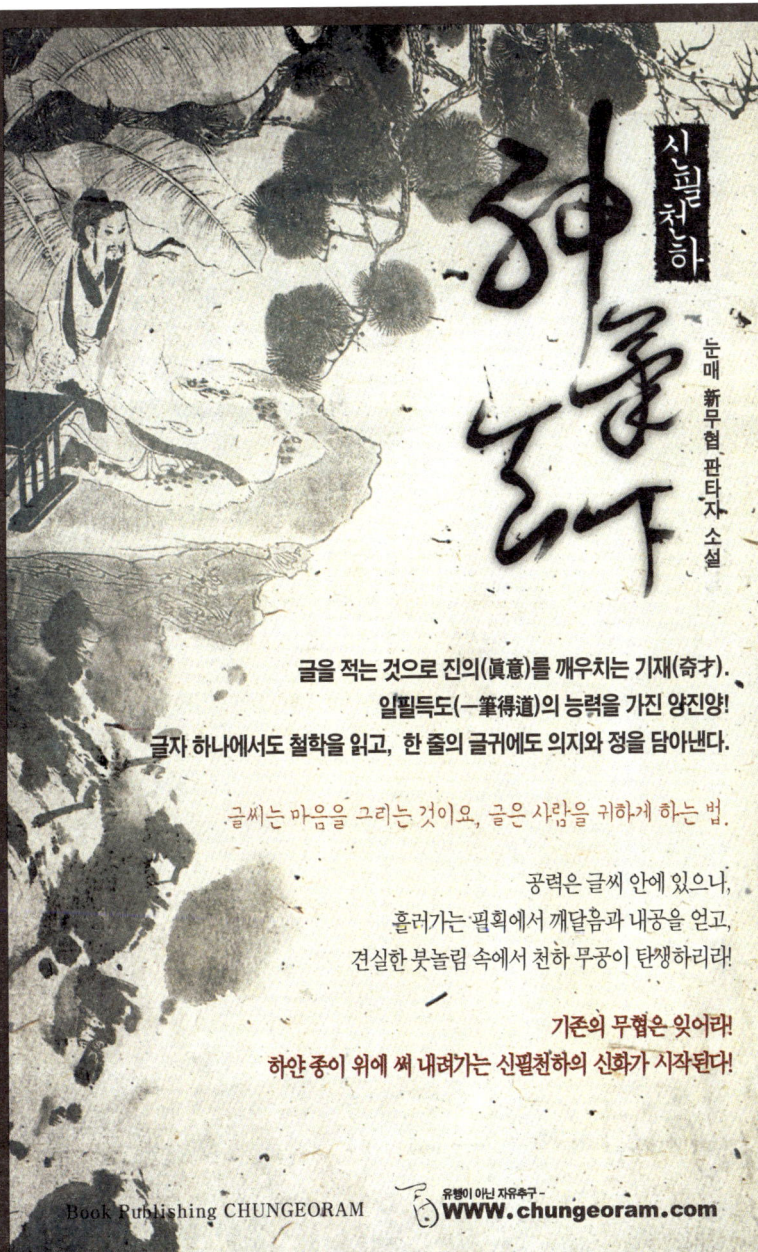

김현석 현대 판타지 소설

전능의 팔찌

THE OMNIPOTENT BRACELET

「신화창조」의 작가 김현석이 그려내는
새로운 판타지 세상이 현대에 도래한다!

삼류대학 수학과 출신, 김현수
낙하산을 타고 국내 굴지의 대기업 천지건설(주)에 입사하다!

상사의 등쌀에 못 견뎌 떠난 산행에서, 대마법사 멀린과의 인연이 이어지고……

어떻게 잡은 직장인데 그만둘 수 있으랴!

전능의 팔찌가 현수를 승승장구의 길로 이끈다!

통쾌함과 즐거움을 버무린 색다른 재미!
지.구. 유.일.의 마법사 김현수의 성공신화 창조기!

Book Publishing CHUNGEORAM

유행이 아닌 자유추구 -
WWW.chungeoram.com